読まずにはいられない

北村薫のエッセイ

新潮社

北村薫

読まずにはいられない
北村薫のエッセイ
contents

読まずにはいられない

北村薫のエッセイ

1

読書

1978-2001

山椒は小粒で

――高校生の文章表現　コラム

世界で、もっとも短い手紙はヴィクトル・ユーゴーが『レ・ミゼラブル』の出版元に送ったもの――とされています。

それは、たった一字、

「？」

というのでした。本の売行きはどうだ？　世間の評判は？　という質問をこの一字で表したものでしょう。

これに対する出版元の返事が、また変わったものだった。

「！」

素晴らしい！　というわけです。このやりとりはなかなか洒落たものです。（『現代文の書き方』扇谷正造）

どのような大作家になっても、新作がどう評価されるかは気がかりなことでしょう。子供の成績を親が聞く時のような、微妙な気持ちのこめられた「？」だと思います。そして返事の「！」も見事なものです。

さて、一字、とはいきませんが、一語の例なら日本にもあります。

先年、南極昭和基地で全員をシュンとさせたのは、隊員の一人にその奥さんから来た「アナタ」という短い電文だったと言われた。（『日本人の言語表現』金田一春彦）

朝日新聞の記事だそうです。こちらもまた短くても、元気ですか、心配していますよ、等々の言葉をいくつ並べるよりも、はるかに胸にしみこむ一語です。

推敲以前

推敲――難しい字です。

唐代の詩人に賈島《かとう》という人がいました。ある時、彼は「僧は推《お》す月下の門」という詩句を思いついたのです。しかし「推す」よりも「敲《たた》く」の方がよいような気もしました。どちらにすべきか決めかねて、彼が大いに悩んだことから、推敲という言葉が生まれました。文章を練ることをいいます。

芥川龍之介は七、八枚の原稿を書くのに何十枚も書きつぶしたそうです。その書きつぶしの原稿用紙の中に埋まるようにして苦しい創作を続ける芥川の姿には、鬼気迫るものがあったといいます。

一方、太宰治はこたつで盃を傾けながら『駈込み訴え』を二度に分けて、口述しましたが、淀みも言い直しもなく、さながら蚕が糸を吐くように続いて、言った通り筆にしてそのまま文章になっていたそうです。(「思い出の断片」津島美知子)

二人の作家のタイプの違いが現れています。

さて、我々の場合はどうでしょう。僕は太宰流だな――とすましていてはいけません。一回見直せば分かるような誤りは、残さないようにしましょう。これは推敲以前のことです。

誤字脱字はないか、だ・である調と、です・ます調が混じってはいないか、主語述語の対応は正しいか、一つのセンテンスが長過ぎないか――まず最低でも、これぐらいのことには気をつけたいものです。

海はまっさお

海は何色でしょう。

芥川の、ある短編に出て来る少年は、バケツのサビのような色だ――と思いました。初めて海（東京湾大森海岸）を見たところが、なるほど沖は青いが、なぎさの近くは違っていました。汚かったのです。

海は遠くから見れば青いが、近くで見るとぬかるみと同じだ、大人たちは気付かないらしい――そう思ったのです。

少年は家に帰って「浦島太郎」のさし絵に色を塗り、母に見せました。もちろん海はサビの色です。しかし、ほめ言葉はかえってきませんでした。大森の海はこんなだったと言うと、「大森の海だって、まっさおだあね」

押し問答の末に、かんしゃくを起こした母親は絵を破ってしまいました。結局、どろ色の海もある、とは信じてくれなかったのです。

確かに、浦島太郎の絵にぬかるみのような海では変です。しかし海なら必ずまっさおと決めこんでいる母親も正しいとはいえません。

小学生の絵に、地面は茶色、川は水色で描かれているものがあります。実際にそう感じたのでしょうか。違うと思います。先入観がその色をつけさせたのでしょう。

青い海、赤い火――そう書く前に、もう一回対象をよく見てみましょう。大森のなぎさはサビ色だと発見した少年のように、先入観とは違ったものが見えてくるかも知れません。

月夜を描く

チェーホフの『かもめ』には、二人の作家が登場します。すでに文壇に名をなしているトリゴーリンと、新進のトレープレフです。

原稿に手を入れながら、トレープレフはこんなことを言います。

——月夜の描写が長たらしく、凝りすぎている。トリゴーリンは、ちゃんと手がきまっているから、楽なもんだ。……あいつなら、土手の上に割れた瓶のくびがきらきらして、水車の影が黒く落ちている——それでもう月夜ができあがってしまう。ところがおれは、ふるえがちの光だとか、静かな星のまたたきだとか、しんとした匂やかな空気のなかに消えてゆくピアノの遠音だとか……いや、こいつは堪《たま》らん。（神西清訳）

実はこの台詞自体が、二人の作家の人となりと関係についての見事な「描写」でもあるのですが、そのことはさておきます。

月夜の描写について考えてみましょう。

トリゴーリン流の例文は簡にして要を得ています。そして確かに「月夜ができあがって」いるのです（蛇足ですが、チェーホフ自身、これとほとんど同じ描写を短編小説の中で使っています）。一方、トレープレフの描く月夜は、まるで劇場の舞台の背景のように感じられます。「土手の上に——」と始まるこの短い描写は、何行あるいは何十行と費すことが、必ずしも多くを語ることにはならないのだと教えてくれます。

最初の一行

『現代作家と文章』（三省堂新書）という本があります。十八人の作家がその中で文章について書いています。

小説であれ評論であれ、むずかしいのは書き出しであろう。

杉浦明平はそう切り出していますが、なるほどこれだけ作家がそろうと、書き出しだけ読み比べていても面白く興味深いものです。

瀬戸内晴美は直接切りこんできます。

文章は、素直でわかりやすいのが極上だと思う。

一方、木下順二は淡々と書き起こします。

文章を書く、ということで初めて意識的になったのは、旧制高等学校の時だったろうと思う。

長谷川四郎は、どう続くのだろうと読者に思わせます。

子供の時に少年雑誌に「犬小屋の作り方」という記事が出ていて私はそれを読み、犬小屋をなんとか作ることができた。

椎名麟三の次のような書き出しも、人を引きつけます。

私は「悪文家」といわれている。

題材が同じでも、実にさまざまな切り出し方があるものです。

またこの他に会話や引用で始める場合も少なくありません。いずれにしろ、我々の場合にはあまりこりすぎるよりも、分かりやすくすんなりと書き出した方がよいでしょう。

今なら見られます

言葉は生きています。「来《こ》ない」を「来《き》ない」と読むのは誤りです。しかし文法の大きな流れから考えると、数百年後には日本中が間違った言い方をするようになる――つまり、「来《き》ない」が正しくなってしまうそうです。

今現在が過渡期という言葉もあります。

「――国宝、重要文化財に指定されている庭や書院が今なら見られます。」

電車の中で、たまたま目についた広告の文章です。あなたなら、どう書きますか。「今なら見れます。」と書くのではないでしょうか。

本来、上一・下一・カ変の動詞には「られる」はついても「れる」はつかないはずなのです。昭和三十年、国立国語研究所が国語研究者などに行なった調査でも「見れる」等の言い方は否定されています。

ところが昭和四十九年の同研究所の調査では、二十代の五七・〇%、そして何と十代の七六・二%が「食べれる、出れる、来れる」などと言うそうです。現在の十代の諸君の場合、そのパーセンテージはさらに高くなっているだろうと想像できます。

変化は生きて使われている言語の宿命です。百年の後には、この「れる・られる」の正誤は逆転しているかも知れません。

しかし今は、少くとも文章語としては「食べられる、出られる、来られる」などと書いてもらいたいものです。

一字違いで大違い

夏目漱石の当て字は有名です。

岩淵悦太郎さんのあげられている例では、「馬穴《ばけつ》」に始まって「浅墓《あさはか》」「八釜《やかま》しい」「矢鱈《やたら》に」さらには「凡倉《ぼんくら》」「盆槍《ぼんやり》して」「出来《でき》っ子《こ》ない」「果《は》てな」「御負《おま》けに」などというのまであります。

文豪が書けば話の種ですが、我々が書くと、もの笑いの種になってしまいます。

誤字・当て字の類は、気をつけて見ているとかなりあります。それだけ間違いやすいわけで、注意しなければいけません。

スーパーで人肉（にんにく）を売っていたり、本日は四時間で放火（放課）だったり、源氏の若紫の巻で尻（尼）が経をよんでいたり（どれもこの眼で見た実例です）するのは困りものです。

また、大学の試験で上田秋成を「秋声」と書いたために、卒業できなかった学生もいます。すでに就職まで決まっていましたが「本学日本文学科学生としてあるまじき誤り」と担当の先生が判断、不可となりました。

死亡欄の「故人の徳をしのんで」が「悪をしのんで」となっていたために辞職せざるを得なかった編集責任者もいたそうです。こうなってくると「いいじゃないの、一字や二字」――ではすまないのです。

ところで前述の「成」を「声」と書いた学生ですが、翌年無事に単位を取り卒業、先生のところに行って「学問のきびしさを知りました」と頭を下げたそうです。

遅筆速筆

文章はいったいどれくらいの速さで書かれるものなのでしょう。江口渙の『わが文学半生記』によれば、次の通りです。

谷崎潤一郎　一日四、五枚。無理すれば徹夜で二十枚ぐらい。
宇野浩二　多いときには、一晩で八十枚以上。
久米正雄　四、五十枚のものなら一晩で書き上げる。
広津和郎　六十枚を一晩で書いたことがある。
菊池寛　毎日、七、八枚ぐらい。
佐藤春夫　一日に四、五枚。八枚以上は無理だが、書きなぐれば二十枚は書ける。
江口渙　一日半で、六十枚書いたことがある。
夏目漱石　「吾輩は猫である」の頃は、一晩五十枚でも書けた。「行人」「こころ」の頃になると、新聞一回分がやっと。

信じられないような数字も並んでいます。その最たるものが宇野浩二の八十枚以上です。しゃべるように書いていけたこの作家が、晩年には中野重治が十日かかって「学校」という二字しか書けなかったという話に感心し、極端に執筆速度が遅くなっていくのですから不思議なものです。

文体や内容によって、書く速さはもちろん違うはずです。ともあれ、まず我々が心がけるべきことは「書きなぐ」らないことでしょう。

『高校生の文章表現』は鈴木亮一先生編になる本。昭和五十七年三月刊行である。埼玉県高等学校国語科教員が執筆にあたった。わたしの分担はコラムであった。

日本探偵小説全集　内容紹介

1　黒岩涙香　小酒井不木　甲賀三郎　集

黒岩涙香は明治新聞小説界の王者であった。「**無惨**」は明治二十二年の作。その序文の言葉を借りれば、まさに近代的な創作としての「日本探偵小説の嚆矢」である。本全集第一巻もまた、この作品に始まる。あわせて翻訳物からは、探偵小説的妙趣に富む「**血の文字**」を収めた。医学博士**小酒井不木**《ふぼく》は翻訳や研究にも大きな足跡を残した。異様な心理、執着を描く時、その筆はいっそう冴える。「**愚人の毒**」「**闘争**」などは代表的作品。「**琥珀のパイプ**」を経て発表された「**支倉事件**」は、乱歩・宇陀児《うだる》と並んで三羽烏といわれた**甲賀三郎**の力作。「**蜘蛛**」は奇怪な殺人方法を描き、「**黄鳥の嘆き**」の冒頭に提示される謎も魅力的である。また「**青服の男**」は誰がよりも何故を重視する現代的着眼の作品である。

解説　中島河太郎

2　江戸川乱歩　集

大**乱歩**の歩みは、そのまま日本探偵小説の歩みであった。「**二銭銅貨**」による衝撃的登場以来、その紡ぎ出す幻想の糸は絶えず読者を捕えてきた。「**心理試験**」は初期本格物の代表的作品である。また、望みの品は、と問われて「隠れ蓑が欲しい。これを着てあらゆる場所へ忍び込んで行って、人間社会の裏面や、他人の秘密を覗きたい」と答え、地獄極楽の選択については「地獄の悽愴悲惨な有様を見たい。極楽は唯退屈な無為な場所としか思えない」といった彼の願望は「**屋根裏の散歩者**」以下の作品中に、ある時は戦慄とともに、ある時はこの世のものならぬ甘美さとともにうかがえることであろう。なお、〈新青年〉を三版まで重ねるにいたらせた「**陰獣**」には、雑誌掲載時の作者の言葉をも収めた。

解説　中井英夫

3　大下宇陀児　角田喜久雄　集

大下宇陀児は常に「魂のある人間を描くこと」を小説の主眼としてきた。「**虚像**」の女主人公、大谷千春はその輝かしい到達点である。また揺れ動く心を鬼気迫る告白体で綴った「**情獄**」は戦前の代表作。「**凧**」も宇陀児らしい作品である。「**悪党元一**」では卑小な人間を描き切り、現実的な地獄を感じさせる。時代伝奇小説の大家、**角田喜久雄**は戦前から「**死体昇天**」ほか多彩な探偵小説を発表してきた。戦中の空白を一気に取り返すように、わずか二十日で書き上げられた「**高木家の惨劇**」は本格長編時代の先陣を切った。「**怪奇を抱く壁**」は同時期の加賀美警部物。さらに「**沼垂《ぬったり》の女**」「**悪魔のような女**」「**笛吹けば人が死ぬ**」では、独自の円熟した境地に達している。

解説　日影丈吉

4　夢野久作　集

溢《あふ》れる奇想を独自の筆致で描いた**夢野久作**。その熱心な読者の数は、年を経るごとに増えている。童話から猟奇歌に至るまで彼の作品の幅は広い。ここに収めた三編は小説における業績を代表するものである。短編「**瓶詰の地獄**」は構成の妙が読者を圧倒する珠玉作。中編「**氷の涯**」は公金拐帯事件をめぐる物語。満州からシベリアの流浪、そしてたどり着いた北の港ウラジオの地に想う氷の涯の幻想は、まさに久作の独擅場である。最後に「**ドグラ・マグラ**」。十年の間、推敲に推敲を重ねられたこの大長編が出版された時、表題の上には「幻魔怪奇探偵小説」と冠せられていた。だが、果たしてどのような言葉がこの「脳髄の地獄……ドグラ・マグラ」を包含し得るのだろうか。

解説　由良君美

5　浜尾四郎　集

検事から弁護士への道を歩んだ**浜尾四郎**はその処女作「**彼が殺したか**」で正しかるべき法と、あるべき正義との矛盾を訴える。怜悧な理智と懐疑の目は、自らが会心の作とする「**殺された天一坊**」においても鋭い。他にも、短い作家生活の間に「**悪魔の弟子**」「**彼は誰を殺したか**」など印象深い短編を多く残している。また真の探偵小説は理論的推理による真犯人の暴露でなければならない、との持論を実践したのが長編「**殺人鬼**」である。名探偵藤枝真太郎の事務所を訪れた依頼人は、ヴァン・ダインの「グリーン家殺人事件」を読む美貌の令嬢であった、という幕開けは本格物の読者の心をくすぐらずにおかない。様式こそ違え、堂々たる構築美を誇る本編は「黒死館殺人事件」と並ぶ戦前の大建築である。

解説　権田萬治

6　小栗虫太郎　集

――こんな嵐には、戸外で遊ぶ子はないのだけれど――。マーラーの調べとともに「**完全犯罪**」の幕が切って落とされる。彗星のごとき**小栗虫太郎**の登場は、一世を驚倒させるに充分であった。絢爛たる超現実の世界の案内人は超論理の探偵法水《のりみず》麟太郎である。「**後光殺人事件**」で初めて読者の前に姿を現わした彼は、凍てつく払暁「**聖アレキセイ寺院の惨劇**」に出くわし、また「**オフェリヤ殺し**」の花言葉を読むのだ。しかし彼の踏み込んだ最大の迷宮がかの「**黒死館殺人事件**」であることは論を待たない。虫太郎の読者の一人が、戦場に赴く時携える一冊の本に、聖書でも仏典でもなく「黒死館」を選んだという、あまりにも有名なエピソードも、この書なればこそ、うなずけるのである。

解説　塔晶夫

7　木々高太郎　集

木々高太郎の名は「探偵小説芸術論」とともに記憶されている。その試みが敗北に終わろうとも、「心をこめてかくも愛する、探偵小説壇より逐われて、野末の墓にねむるであろうとも——来るべき若い時代のために、身をもって教訓の歴史を描くことだけは出来るであろう」という激しい情熱のほとばしりは、今なお人の心を打つ。「**文学少女**」「**永遠の女囚**」などのひたむきな人間像の造型は、彼の大きな成果の一つである。また「**網膜脈視症**」「**就眠儀式**」、そして戦後の長編「**わが女学生時代の罪**」には専門の精神分析が巧みに取り入れられ、「**睡り人形**」「**新月**」「**月蝕**」では、極限的な愛への考察がある。「**折蘆**《おれあし》」は描かれる人間像と謎の解明の融合に成功した戦前を代表する長編である。

解説　紀田順一郎

8　久生十蘭　集

小説の名手、**久生十蘭**《ひさおじゅうらん》。行くところ可ならざるは無き、その筆の冴えについては今さら贅言を要しないであろう。「**湖畔**」「**ハムレット**」の二つの傑作は人間心理の深奥に迫り、「**昆虫図**」「**水草**」「**骨仏**」は恐怖と寂寥の珠玉掌編である。また本格探偵小説について考える時、逸するわけにいかないのが「**顎十郎捕物帳**」である。沖を行く船の中から二十三人の人間が忽然として姿を消す「**遠島船**」、見世物小屋の鯨が瞬時に消失する「**両国の大鯨**」など飛び切りの不可能興味を提出し、主人公仙波阿古十郎が鮮やかにその謎を解きほぐしていく。本巻には全二十四話を完全収録。さらに「**平賀源内捕物帳**」からは祭の行列の最中、曳かれる張り子の象の腹から血の流れ出す「**山王祭の大象**」等を収めた。

解説　清水邦夫

9 横溝正史 集

巨人横溝正史の圧倒的な作品群は、探偵小説史上の一大山脈を象っている。戦前の浪漫主義の作品からは、喀血闘病後の第一作「鬼火」。「病上りもあったが一日二枚がやっと」という彫心鏤骨の暗黒の絵巻である。一転して戦後に発表されたのは本格物長編「本陣殺人事件」である。その後の探偵小説の方向を定めたこの作はカー流の密室を日本家屋で実現したものだが、同時に名探偵金田一耕助初登場の記念すべき作品でもある。続く耕助物の長編「獄門島」は、終戦直後の瀬戸内の小島という舞台設定と、比類ない卓抜な着想が結び付いた傑作である。他に発表誌のあてもないまま書きたくて書いたという「探偵小説」と、「獄門島」に続く事件「車井戸はなぜ軋る」の二力作中編を収めた。

解説　栗本薫

10 坂口安吾 集

「風博士」で牧野信一、永井龍男らに認められた坂口安吾が、戦時中は探偵小説の犯人当てゲームで迷探偵ぶりを発揮したことは有名なエピソードである。「アンゴウ」は謎の解明が感動を呼ぶ傑作。長編「不連続殺人事件」はその筆力と共に心理的なトリックを仕掛けて成功、古典的名作となり、戦後文壇の巨星安吾が同時に探偵小説の理解においても卓越していることを示した。「不連続」の名探偵、巨勢博士の登場する「**選挙殺人事件**」は奇妙な味の超探偵小説。「**心霊殺人事件**」は合理的な本格物である。また主人公結城新十郎に配するに、維新の英傑勝海舟をもってした「**明治開化安吾捕物帖**」も見逃すことはできない。ここにはその中から好編を選んで収める。

解説　都筑道夫

11・12　名作集（1・2）

代表的な名作を二巻に分けて集大成する。十一巻には**谷崎潤一郎**に始まり、**渡辺啓助**、**渡辺温**、**城《じょう》昌幸**、**水谷準**、**海野《うんの》十三《じゅうざ》**他の作品を採り、あわせて**山本禾太郎**が本格物以上に疑問を探求し、実話以上に面白いと自負する「犯罪実話小説」、長編「**小笛事件**」を収めた。十二巻には**蒼井雄**の長編アリバイ物の古典「**船富家の惨劇**」と鬼気迫る「**霧しぶく山**」を中心に、**大阪圭吉**などの作品を集めた。さらにこの巻には**中島河太郎**が「**日本探偵小説史**」を書き下し、また味読して興趣尽きない探偵小説評論・随筆集を編集して収める。

《収録作品》

11巻——谷崎潤一郎「途上」ほか　**芥川龍之介**「藪の中」　**佐藤春夫**「陳述」ほか　**菊池寛**「ある抗議書」　**渡辺啓助**「密室のヴィーナス」ほか　**渡辺温**「兵隊の死」ほか　**山本禾太郎**「小笛事件」　**地味井平造**「魔」　**羽志主水《はしもんど》**「監獄部屋」　**牧逸馬《いつま》**「舞馬《ぶま》」ほか　**瀬下耽**「綱《ロープ》」
城昌幸「スタイリスト」ほか　**水谷準**「胡桃園の青白き番人」ほか　**海野十三**「人間灰」ほか
橘外男「逗子物語」　**岡本綺堂**「お文の魂」ほか

12巻——葛山二郎「赤いペンキを買った女」 大阪圭吉「寒の夜晴れ」ほか 蒼井雄「船富家の惨劇」「霧しぶく山」 付 評論・エッセイ集（中島河太郎編）日本探偵小説史（中島河太郎）

解説 鮎川哲也

『日本探偵小説全集』の編集にかかわらせていただいた際、書いた内容紹介。当初の案と実際の収録作の間にわずかなずれがある。当然、それも含め発行された文章のまま、ここに示すべきだが、菊池寛「若杉裁判長」とあったのだけは「ある抗議書」と直させていただいた。後からの作品変更ではなく、わたしのミスだからだ。「ある抗議書」は、学生時代から胸の中のアンソロジーに入っていた作品のひとつ。裁判に関するものだったため、その題の記憶が「若杉裁判長」と入れ替わっていた。菊池の短編なら頭に入っているという自信があり、確認しなかった。うかつである。表記上のミスのひとつと、お考えいただきたい。

1　Yの悲劇 THE TRAGEDY OF Y　エラリイ・クイーン

二月の灰色の空の下、もはや形もないほどの死骸が、泡立つ海のうねりにもまれていた。トロール船のその日最後の獲物となり、あらくれ男の呪いの声と風の音を鎮魂曲に死体公示所へ向かう、これがヨーク・ハッター最後の旅であった。彼の遺書は簡潔だった。

——完全な精神状態において私は自殺する。

常軌を逸したハッター一族。その中で小心な父ヨークには女中ほどの権力もなかった。悪名高い一家の暴君エミリー老夫人、天才詩人の長女バーバラ、酒色におぼれる狂暴な長男コンラッド、無軌道な末娘ジル。そして、エミリーと前夫トム・キャンピオンとの間に生まれたルイザは、不幸なことに見えず聞こえず話せずの三重苦の運命を背負っていた。

ヨークの死から二カ月、ルイザの卵酒を飲んだコンラッドの長男ジャッキー少年が、身体を海老のように折って苦しみ始めた。猛毒、ストリキニーネ。こうして悲劇の幕は開く。

名優ドルリー・レーンは聴覚を失って引退、今はハドソン河畔の広大な「ハムレット荘」に住んでいた。年は六十だが、四十といっても通るだろう。新聞記事を読んだだけで当局を悩ませていた事件を解決、続いてロングストリート事件（「Xの悲劇」）でもその非凡な推理の力で人々を驚かせた。そしてレーンは今回も、捜査に行き詰まったニューヨーク市警のサム警部から相談を受けたのだ。

六月の夜。今度はエミリーが、奇怪にもマンドリンで頭を打たれて死んだ。その形相は背筋の凍るような恐ろしい驚愕を示していた。人を人とも思わぬこの老夫人は、死の間際に何を見たのか。

母とベッドを並べていたルイザが、意外にも手話で証言を始めた。ただならぬ気配に目覚めた彼女は、犯人の顔に触れたというのだ。

――やわらかく、すべすべした頬でした。

レーンは点字盤で文字を綴《つづ》る。

――匂いはしませんでしたか?

彼女の指が動いた。しました、それは……。不思議な答えが返ってきた。

〔うんちく〕
やはり、またしても、――さまざまないい方ができようが、一位は「Yの悲劇」であった。緻密な論理の展開に加うるに、江戸川乱歩のいう「想像を絶して恐ろしい」犯人の設定。つまり純本格であり、なおかつ「推理問題」を越えた作品、とするのが一般の評価であろう。海外ではもはやヴァン・ダインが読まれないように、「Y」もまたあまり問題にされないという。だがクイーンの評伝作者ネヴィンズJr.の「これまでに書かれた最もすばらしい推理小説のひとつ」という意見もあるのだ。
福永武彦は先輩にこれを読まされ感服、「探偵小説を馬鹿にしてすみません」とあやまり、三島由紀夫は「おもしろく読むには読んだが」、犯人がわかるとその他の人物が「不用な余計な人物に思えてくる」、などの不満をもらしている。その通りではあるが、小説の論理でなく本格の論理で考えるとトリヴェット船長などまさに必要不可欠、この人物を用意する作者の周到さが嬉しい。ともあれ「Y」が、クイーンの数多い名作のひとつであり、日本で最も著名な探偵小説のひとつであることは確実である。

16　黄色い部屋の謎　LE MYSTÈRE DE LA CHAMBRE JAUNE　ガストン・ルルー

――グランディエ館、すなわち、スタンジェルソン教授邸で、恐るべき凶行が演じられた。老僕ジャック爺さんは語った。

「マチルドお嬢様が、お休《やす》みをおっしゃって『黄色い部屋』に入られました。ちょうど鳩時計が十二時半を打ったとき、『黄色い部屋』から『人殺し！』というお嬢様の悲鳴、続いて銃声、格闘でもしているような音。わたしたちは驚いてドアに走りよったのですが、内側から鍵と掛金で厳重に戸締まりされているので、びくともしません。窓の方に回ってみますと、鉄格子に異状がないばかりか、よろい戸もぴったりと閉まっています。そのうちお嬢様の声は弱まり聞こえなくなりました。ようやくドアを破ってなかに入ると、お嬢様は虫の息、ひどい格闘のあった様子で、壁とドアには血染めの手の跡がついており、床にはハンカチとベレー帽、そしてまだ新しい足跡があり、わしのピストルが落ちておりました――」

ちょうど、わたしがこの記事を読んでいるとき、部屋に入ってきたのが「レポック」紙の記者、ジョゼフ・ジョゼファン、通称ルルタビーユだった。彼はわずか十八歳ながら、編集長がこれはと思う事件には必ず第一線に送りこむ敏腕記者だった。

「ぜひ力を貸してほしいんだ。ダルザック氏に会って、話す必要があるんだ」

スタンジェルソン嬢と近く結婚するはずだったダルザック氏は、わたしの知人だったのだ。

スタンジェルソン邸の門前に着くと、わたしたちは何事か実験中のひとりの男を見た。

「フレデリック・ラルサンが活動中だ！」

ルルタビーユが敬意をこめてこの高名な探偵に挨拶し、邸内に入れないか交渉を始めたとき、折よくダルザック氏の乗った馬車が来た。わたしが無二の親友だと紹介したルルタビーユが新聞記者とわかったとたん、ダルザック氏は、失礼する、というなり馬に鞭《むち》をあてた。その瞬間、ルルタビーユは手綱を握ると、わけのわからぬ文句を口にしたのである。

「〃牧師館の魅力いささかも失われず、花園の輝きもまた〃」

ダルザック氏は、ぎくりと身を震わせ、すぐさま馬車から飛び降りてきた。

「まさか！　そんな！」

〈うんちく〉

ガストン・ルルーは、ルルタビーユ同様、新聞記者であった。ミステリー評論家のF・ホヴェイダによれば、若きルルーは、刑務所内に知事の見学許可書なるものを持って入りこみ、人類学者という触れこみで所長に案内させ、面会不能のはずの人物との会見記をものにしたそうである。ルルタビーユは「その生みの親にふさわしい息子だった」（「推理小説の歴史はアルキメデスに始まる」三輪秀彦訳）。

「黄色い部屋の謎」は人ぞ知る密室ものの古典であり、さらに続く廊下での犯人消失の妙にも忘れ難いものがある。

一方、小説としては大時代的と否定するのが通説らしいが、そのなかで前に引いたホヴェイダは、発想、主題、表現などについて、「ユリシーズ」「オイディプス王」そしてプルーストと比較し、「彼の評価を低めようと熱中する若干の気むずかしい人たち」に反論している。（皮肉ではなく）これが愛というものである。

17 死の接吻 A KISS BEFORE DYING　アイラ・レヴィン

第一部　ドロシイ

彼は注意深くことばを選んだ。
「赤ちゃんのことを知ったら、潔癖すぎるほどのきみのおとうさんが、どうすると思う。きみは一ペニイももらえなくなる。ぼくたちはやっていけないよ」

彼のととのった顔だちと明晰な頭脳は子供のときから目立っていた。徴兵され、日本軍との戦いで悲惨と死を見つめた彼が、復員後、中西部の富豪たちの子女が集まるストッダード大学に入学したのは学問のためではなかった。そこで彼は首尾よく、「キングシップ製銅」社長令嬢のドロシイと会ったのだ。

計画はおそろしく見事に運んでいた。ところが、いま彼女が何もかもぶちこわそうとしているのだ。

間に三人の娘までいる病身の妻を、八年も前のちょっとした間違いがわかっただけで離婚した製銅王レオ・キングシップである。ドロシイが堕胎しないかぎり、結婚には何の意味もない。焦燥は憎悪となった。彼は当然の対応策を実行した。

新聞はドロシイの市政会館からの墜落死を自殺と報じた。姉エレンにあてた彼女の最後の手紙が遺書としか思えなかったからである。

第二部　エレン

――ドロシイもはじめはコールドウェルへ入学したがったのです。（この旅行で一週間以上は欠席すると思います。あなたが授業のノートはとっておいてくださるから安心）でも、いつまでもわたしにたよりすぎているあの子のことを考えて、わたしは反対したのです。それであの子はストッダードに入りました。でもわたしがあの子の死を自殺と認めないのは、そういった感情的な理由だけではありません。手紙にあった「ダーリン」ということばは普段あの子の使わないものです。そして死んだ時の服装も、身なりに気を使うあの子らしくないものでした。

わたしはあることに思いあたって、ぞっとしました。市政会館は結婚しようというときに行く建物です。そうだとしたら、もとよりひとりで行ったのではないはずです――。

ストッダード大学に着いたエレンは、ドロシイのいっていた男、秋の学期に文学のクラスにいた、美貌の、ブロンドの、青い目の青年を捜した。

だが、そういう学生は――二人いたのである。

〔うんちく〕

アイラ・レヴィンが二十三歳で書いた「死の接吻」は、最大級の賛辞を浴び、当然のようにアメリカ探偵作家クラブ最優秀処女長編賞に輝いた。発表と同時に古典となったのである。

新人とは思えぬその筆力には、驚嘆の他ない。また、優れた倒叙小説でありながら、第一部で主人公を「彼」とすることにより、中間部では犯人探しとなるという心憎い着想にも舌を巻かされる。そのあたりを説明しすぎるわけにはいかないが、要するに、寝ながら読んでいると途中で思わず起き上がる本なのである。

なお、寡作なレヴィンが「死の接吻」以来十四年という長い沈黙を破って発表した二作目「ローズマリーの赤ちゃん」もまたひじょうな話題を呼び、映画化もされた。

24 ブラウン神父の童心 THE INNOCENCE OF FATHER BROWN

G・K・チェスタトン

パリ警察主任ヴァランタンは食堂に入った。

「犯人は創造的な芸術家だが、探偵は批評家にすぎぬのさ」

犯罪界の大立者フランボウを追う彼は、自分の不利を十分承知していた。ひとりごちながらヴァランタンはコーヒー茶碗を持ち上げ、塩と砂糖がすり替えられているのに気付いた。呼びつけられた給仕はどもり声でいった。

「わたしが思いますには、こいつはあの二人の神父じゃねえかと思います」

今朝早く入ってきた神父のひとりが出がけに、飲みかけのスープを壁にひっかけていったというのである。ヴァランタンが風変りな神父たちのあとを追跡すると、八百屋は林檎《りんご》をひっくり返された上クルミとオレンジの値札を置きかえられ、レストランは窓を割られていた。

二人の神父を見つけると、のっぽのほうは、一目瞭然、フランボウだった。それはよいとして、さすがのヴァランタンにもここにいたるもろもろの事件に、つじつまのあう説明をつけることができなかった。

これが、もう一人のちびのほう、ブラウン神父が初登場する「青い十字架」の物語である。「奇妙な足音」の事件で、神父はフランボウに再会する。社交界の選り抜きだけからなる「真正十二漁師クラブ」、その年一度の晩餐会が行なわれるヴァーノン・ホテルに、ブラウン神父が立ち入ることになったのは給仕の一人が死んだからである。神父が事務室で世を去った男に関する文書を書いていると、奇妙な足音が聞こえてきた。すばやい小刻みな足音がつづき、一定の地点にくるとぴたっと停まって、今度はゆっくりとした歩調に変わり、それがこだまして消えると、またもや急ぎ足になるのだ。歩くために走り、走るために歩くのはなんとしたことであろうか？

神父と、この事件で改悛したフランボウは、「折れた剣」の冒頭で探偵小説史上最も有名なやりとりのひとつを交わすことになる。

「賢い人間なら小石をどこに隠すかな？」

「浜辺でしょう」

「賢い人間なら樹の葉はどこに隠すかな？」

「森の中ですよ」

〔うんちく〕

チェスタトンは万能の文学者である。バーナード・ショーは、彼を「巨人級の天才の持ち主」といったという。

「探偵小説弁護」のなかでチェスタトンは、「由緒正しい文学形式である」「探偵小説の第一の本質的価値は」「現代生活の持つある種の詩的感覚を表現した大衆文学形式として、最初にしてかつ唯一のものである」（安西徹雄訳）からだといっている。

探偵小説は現代の大都会のロマンを語る——という彼の言葉は、そのまま今現在のいくつかの探偵小説にあてはまるだろう。だが、チェスタトン自身の作品をその説明でとらえることはできない。それには、よほど特別な網が必要であろう。ヴァランタン主任のいい方を借りるなら、疑いもなく「犯人」たち以上に「創造的な芸術家」であるブラウン神父の一連の物語は、それゆえにこそ魅力的な探偵小説史上の高峰なのである。

26　三つの棺 THE THREE COFFINS　J・ディクスン・カー

第一の棺　学者の書斎の問題

グリモー教授が酒場で、早すぎた埋葬について話しているとき、いつのまにか見知らぬ男が入りこんで来ていた。

「人間が棺から出る。わたしはそれをやったんですよ。だが、弟はそれ以上のことをやれる。弟はあなたの命をとりたいと思っている」

男の出した名刺には、奇術師ピエール・フレイと書いてあった。

身を守る用心をしたほうがいい、という人々に、教授は不思議な答をした。

「ああ、わたしは絵を一枚買うつもりだ」

そして、彼は立木と墓石の描かれた巨大な絵を買って自分の部屋に置いたのだ。

土曜の夜は雪になった。フェル博士とハドレイ警視が教授の家に行ってみると、謎の人物が来ているという。内側から鍵のかけられたドアが、ようやく突き破られたとき、なかには血まみれのグリモー教授がいるだけだった。

教授の部屋から〝目を放さないで〟いた目撃者のミルズはこう証言した。

「教授は訪問者を見て『あんたは誰なんだね？』といいました。その見知らぬ男は、ひどくすばやい動きで、さっとドアの中に飛び込みました」

だが窓べりにも窓の外にも雪の乱れはまったくなかった。仮面をかぶってやってきたという男は、文字通り、消え失せたのである。

第二の棺　カリオストロ街の問題

ハドレイ警視は、フレイを連れてくるよう警官をさしむけた。だが、彼もまた殺されていた。現場はグリモーの家から三分もかからぬカリオストロ街の袋小路。新聞には〈魔術で殺された魔術師〉として次のように報じられていた。

――この街の突き当り近くに来ていた人と、その入口にさしかかった巡回中の巡査が「二発目はおまえだ」という言葉と銃声を聞き、目をやると、通りの真中で男がよろけ、うつむけに倒れた。あたりに人影はなく、雪の上には全然足跡がついていなかった。そして、驚くべきことに、銃撃はごく近距離から行なわれたものであり、その角度は自殺では不可能なものだったのである。

〔うんちく〕

J・ディクスン・カーについて横溝正史はこういっている。「クリスティーが現代劇だとするとカーは歌舞伎ですね。デンデンというアクがあるんだ。だからうっとりしてると、アクがつよいから、いつの間にかおわって不自然さに気がつかないんだよ」。「プレーグ・コートの殺人」と「忠臣蔵六段目」の相似、一人二役、全体の趣味などをとらえての発言だが、面白いたとえである。

この「三つの棺」も、非常に〝アクがつよい〟作品である。ここでカーは現実性《リアリティ》そのものに真っ向から挑戦している。有名な密室講義の中で、作者はフェル博士に何と「われわれは推理小説の中にいる人物」なのだといわしめ、さらに、結果がつまらないとか好みの問題についてなら「何とでもいうがいい。しかし、ありそうもないことだとか、こじつけだとかいう、くだらない発言をしないように気をつけることだな」と、まことに威風堂々たる宣言をさせているのだ。

38

はなれわざ TOUR DE FORCE

クリスチアナ・ブランド

サン・ホアン・エル・ピラータの島にコックリル警部は来ていた。団体の観光旅行である。ホテルに到着したつぎの日の午後、宮殿見物の誘いがかかった。しかし、警部はそれを断ってテラスで探偵小説を読んでいた。何人かはホテルに残っている。ヴァンダ・レインが部屋から出てきて、めずらしく話しかけてきた。

「休暇のときは人はよく嘘をつきますわ。この旅行団の人たちも胸の奥に、みにくい秘密を温めて、おたがいに欺《だま》しあい……」

「そして、利益を得ようとする」

コックリルが、にこにこしながらつけくわえると、彼女はぷいとはなれていった。そして海に突き出た巨岩の先端まで駆けていくと、スプリングボードからさっと体を空中におどらせた。お得意の飛びこみである。

レインが見物人の視線を受けながら飛びこみを終えて部屋に引っこむと、新進女流作家のルーリー・バーカーが、コックリルの椅子の足もとに体を横たえた。

「ねえ、警部さん――ミス・レインって、ほんとうはゆすりなんじゃありません?」

「反対ですね。あのひとは、ただスリルを娯《たの》しみたいといっただけのことです」

ルーリーは話しているうちに眠りこんでしまった。下の海岸では金持のミス・トラップが大型のビーチ・パラソルのなかに入って日光浴をしている。旅行社の案内役フェルナンドーは海の上のいかだに寝そべっている。デザイナーのセシル氏はあひるの形のゴム・ボートであそんでいた。片腕を失ったピアニスト、レオ・ロッドの頭と肩と、彼の妻ヘレンの脚が日除け小屋から突き出して見える。

そして七時になりホテルに入った人々は、レインの部屋をのぞいてみた。彼女は血の流れに漂う現代のオフェリアといった様子で、殺されていた。

コックリルは警察署長のところにいき、スコットランド・ヤードの権威にかけて言明した。

「わたしは容疑者全員をずっと見ていました」

「ずっと？　では、誰かあんたを見ていた人はいるのですか？」

コックリル警部は愕然《がくぜん》として黙りこんだ。

〈うんちく〉

クリスチアナ・ブランドの印象深い作品のなかでも、多くの人が「はなれわざ」を代表作と推す。「これならどうだ」といわんばかりの設定であり、解明に至る運びもまことに巧みである。

しかし、いかんせん、その解決に背負い投げの快感より肩すかしの不満が残るのも事実なのである。

もっとも、「はなれわざ」という題で作者が「ちからわざ」をあえてなそうとしているのはわかるし、その姿勢は嬉しい。また、この真相のようなことが、特に女から恋人である男に対しても十分成立しうるのだ、というところにブランドらしい醒めた視線を感じる人もいるかもしれない。

ともあれ、考えぬかれた楽しめる作品であることに間違いはなく、ブランドの最も恐るべき作品「ジェゼベルの死」を切れ者の姉とするなら、人あたりのいいよくできた妹といえる。

53　災厄の町 CALAMITY TOWN　エラリイ・クイーン

ニュー・イングランドの田舎町ライツヴィル。エラリイはここがすっかり気に入った。噂好きな町の人々にとって、三年前、旧家ライト家の娘ノーラの結婚式前日、花婿が姿を消した事件は、恰好の話の種だった。ところが突然、その男ジムが帰って来た。ノーラの頰は再び赤く染まった。

万聖節の夜、エラリイは幸福な新婚生活を送るノーラを訪ねた。ジムの蔵書を整理していた彼女は、大型の本の間からこぼれ落ちた三通の手紙を読み、顔色を変える。それは妹ローズマリーにあてた未投函のジムの手紙だった。一通目は妻の発病を、二通目は病状の悪化を告げ、そして三通目には――一月一日　妹へ　彼女は死んだ。書物は「毒物学」、はさんであったのは砒素《ひそ》のページであった。

十一月二十八日、夕食の席でノーラは激しく嘔吐した。この日は感謝祭――第一の手紙の日付の日だった。

〔うんちく〕

エラリイ・クイーンは、その作風を大きく変貌させていった作家である。前期の国名シリーズや悲劇物になれ親しんだ純真な年少の読者が、後期の作品に接してうろたえ、本当に同じ人が書いたのかと作者名を見直すことすらありそうである。「災厄の町」は前期との橋渡しの時期に生まれた。ここでは、誰が殺したか、は主要な問題ではない。作者は、被害者の沈黙を中心に、心をこめて忘れ難い悲劇を語る。

54 ギリシア棺の謎 THE GREEK COFFIN MYSTERY　エラリイ・クイーン

美術商ゲオルグ・ハルキスの葬儀の日、遺書の入った鋼鉄の箱が消えてなくなった。地方検事補ペッパーの必死の捜索にもかかわらず、箱は見つからない。エラリイはその頃、まだ生意気な若造だった。

葬儀の間いた者も家もすべて調べたのなら、残るのはただひとつ。さっそく掘り出されたハルキスの棺。だが、そのなかにもめざす箱はなかった。かわりに発見されたのは、死んだ美術商の真上に詰めこまれた第二の死体だった。ハルキスの秘書の証言によって、殺された男グリムショーが、金曜の夜に訪ねて来ていたことがわかる。そしてそのときには、顔を目元まで隠し一言も口をきかぬ謎の人物が一緒だったという。

「事件は解決です」

五里霧中の捜査陣に、エラリイはしたり顔でいう。彼の歴史的な大失敗の始まりであった。

〈うんちく〉

クイーンの評伝作者ネヴィンズJr.は、この「ギリシア棺の謎」を「職人芸の力作」といっている。確かにこの時期のクイーンの作品は、探偵小説のひとつの極点に達している。我々はそこに、論理とともに作者の情熱を読むことができる。

この小説も他の彼の初期作品同様、犯人の設定から物語がスタートしている。そのため必然的に、「時」をその前後の作品と同じにできなくなったのだが、おかげで我々は、骨組みに対する肉付けとしての、若き日のエラリイに接することができるのだ。

90　ジェゼベルの死 DEATH OF JEZEBEL　クリスチアナ・ブランド

「ペピイ、伝言をもらったんで、来てみたんだがね。どうしたんだ、いったい？」

コックリル警部は、北ケントにいた頃のパーペチュア・カークを知っていた。

「コッキー、あのジョニイのことおぼえていらっしゃるわね？」

ジョニイ・ワイズの事件は「恋人に裏切られた青年将校自殺」としてセンセーショナルに報じられたものだった。

その原因となった彼の恋人パーペチュアの「不義」は、実はイゼベル・ドルーとアール・アンダーソンによって仕組まれたものだった。

そして、殺人予告がその二人のバッグとポケットに入っていたのだ。

やがて展示会の初日となり、呼び物のページェントが始まった。ラッパが鳴り、鎧兜《よろいかぶと》を身にまとった騎士が行進し、バルコニーからは女王に扮したイゼベルが――落ちた。予告通り、彼女は殺されたのだ。

〔うんちく〕

クリスチアナ・ブランドの魅力として、よくユーモアなどがあげられる。だが、ブランドといわれてすぐ思い浮かぶのが、「恐さ」である読者も多いのではないだろうか。ブランドは時折、作中に彼女ならではの異様な感覚を見せる。

「ジェゼベルの死」が一読忘れ難い作品であるのは、ここにその極限があるからである。ここに使われているトリックは、もはや単なる犯罪の手段ではない。それは戦慄そのものなのである。

1　獄門島　横溝正史

備中笠岡から南へ七里、瀬戸内海のほぼなかほど、そこに周囲二里ばかりの小島があり、その名を獄門島と呼ぶ。

それは、昭和二十一年九月下旬のことである。獄門島へ向かう連絡船に、風変わりな男が乗っていた。いまどきめずらしいセルの着物にセルの袴《はかま》、形のくずれたソフトをかぶっている。男で和服を着ているのは他には了然《りょうねん》という和尚だけだった。セルの男は、獄門島の村長と医者、そしてこの和尚の三人に宛てた紹介状を持っていた。

「じゃが……しかし、金田一さん。鬼頭千万太《ちまた》はどうしてかえって来んのじゃ」

金田一耕助は少しどもると、戦友の死を口にした。

「これは是非ないことじゃ」

和尚は吐き出すようにいった。

網元の鬼頭家に連れて行かれた耕助は、そこで千万太の美しいがどこか尋常でない妹たち、月代、雪枝、花子に会う。……おれがかえってやらないと、妹たちが殺される……それが千万太の遺《のこ》した言葉だった。千万太のかわりにこの島に来た耕助だったが、この三輪の狂い咲きを目の前に見、初めて使命の容易ならぬことを識《し》った。その日から耕助は、和尚の寺にやっかいになることになった。

やがて、千万太戦病死の公報が入り、通夜が行なわれた。その夜、花子の姿が消えた。

「おお、金田一さん、あれを見い」

和尚の声に山門に飛びこんだ耕助は、梅の古木に世にも恐ろしいものがぶら下がっているのを見た。花子が自分の帯で、まっさかさまに吊るされていたのである。どこかでけたたましく鳥が鳴き、そのとたん花子の体がゆさゆさ揺れて、黒髪のさきが、からす蛇のように地をのたくった。和尚は念仏とともにもぐもぐとつぶやいた。

「気違いじゃが仕方がない——」

不可解な言葉に首をひねる間もなく、事件は続いた。海に面した天狗の鼻に伏せられた吊り鐘、その下からはみ出していたのは——、

「雪枝さんの振り袖ですよ」

駐在の清水さんがささやいた。

「それじゃ……この下に……？」

〔うんちく〕

横溝正史の常に第一線での六十年間に及ぶ作家生活は、日本探偵小説史のひとつの驚異といってよかろう。「獄門島」はその彼の、代表作中の代表作である。

好評の「本陣殺人事件」に続き、異例の同一作家の長編を連続して載せた「宝石」の編集長は、詩人にして小説の名手、城昌幸であった。当時を語る横溝の言葉は印象深く、また温かい。

「城君は名編集長ですよ。あの人はハガキで送ってくるんだな。途中で俳句殺人というのがあるでしょう。そのときにハガキで、『作家としての嫉妬を感じる』といってくるんですよ。——あのときは私も、わりにうまかったんだ（笑）。城君が私に作家としての自信をつけてくれたんだな」

4　不連続殺人事件　坂口安吾

一馬に招かれて、山奥の歌川家に出掛けた私だが、あきれ返ってしまった。ピカ一こと土居光一までが、やって来たのだ。あやか夫人が顔色を変えたのも当然である。ピカ一の奴、あやかさんが結婚するとき、一馬から何とミウケ代と称して、手切れ金を十五万もせしめたくせに、よくも、のこのこと来られたものだ。

フランス文学者の三宅木兵衛が奥方の女流作家宇津木秋子と一緒に来ているのも、バカげた話だ。秋子は一馬の元夫人だがそれはいい。彼女が内心参っている望月王仁と会って、そのままでは済むわけがないのだ。

文壇の野獣、望月王仁、それに一座に加わってきた画壇の鼻つまみ土居光一、この二人が角突き合いをしてくれるなら見物《みもの》である。ところが王仁は、一馬の妹、珠緒さんを抱きかかえると、ドッコイショ、ハイ、ゴメンと自分の寝室に立ち去ってしまった。

「醜態だ。締め殺してやりたい」

一馬はイライラしている。珠緒さんのことばかりではない。ピカ一や歌川家で毛嫌いされている弁護士の神山東洋たちは、招待などしなかった、というのだ。

「まったく、何者のイタズラだろう。奴らは招待状を受け取っている」

私への手紙にしても、書き直してあった。犯罪を予告し巨勢博士をも連れて来い、と書いてあるのだ。——博士といっても、まだ二十九の若僧である。私のところに文士になりたいと弟子入りして来たのに、まもなく探偵に凝りだした。彼にかかると人間心理がハッキリまぎれもなく描き出されてしまう。

「まア、いいさ。あした巨勢博士が来るから。あいつは全く、その道では天才なんだから」

ところが次の日の朝、王仁は起きて来なかった。裸のまま心臓を一突きにされていたのである。博士が到着しても、事件は続いた。珠緒が電気コードで首をしめられて死んだのだ。王仁の火葬には、人見小六、丹後弓彦、内海明らの面々もゾロゾロと出掛けて行った。その夜こそ、大変な夜であった。酒を飲んだ木兵衛はからみ、医師海老塚は絶叫し、ピカ一は気違いのように笑い出し、あやかさんは怒りにふるえた。

〈うんちく〉

坂口安吾は戦争中、探偵小説の犯人あてに興じた。裏の裏を読む彼の推理は、実によく——あたらなかったそうである。大井廣介はいう。「『ヨットの殺人』というあてあい用のテキストがあり、誰に読ましても犯人があたるようになっていたのに、坂口だけがはずれたのは不審でさえあった」

原作以上に創意に富む解答をひねり出していた安吾が、戦後、読者に自前の懸賞つきで挑戦したのが、この「不連続殺人事件」である。乱歩が海外のふたつの作品との類似を指摘しているが、それら同様、この「不連続——」も、必然的に愛の物語ともなっている。

さて、挑戦を受けた一人、大井廣介は安吾が「私が犯人の名前をあげると、ペシャンコになったと書き、一方、安吾は「大井廣介探偵のごときは」「細部の解釈もランミャクをきわめ」犯人の名こそあてたが、「作者に敗北を感じさせるものではなかった」といっている。まことに楽しい藪《やぶ》の中である。

5

黒死館殺人事件　小栗虫太郎

豪壮を極めたケルト・ルネサンス式の城館、通称黒死館と呼ばれる降矢木《ふりやぎ》の館で、法水《のりみず》麟太郎が見たのは、犯人の恐ろしい殺戮《さつりく》の宣言、挑戦の意志であった。

「富貴を示す英町旗《エーカー》――信仰を示す弥撒《ミサ》旗が逆になっている……。Mass、acre。続けて読んで見給え。Massacre《マッサカー》――虐殺」

唖然とする支倉検事。

そして、見よ！　横たわる第一の被害者、乳呑児のうちから黒死館のなかだけで育てられた、門外不出の弦楽四重奏団《ストリング・カルテット》の第一提琴《ヴァイオリン》奏者グレーテ・ダンネベルグの死体からは、聖《きよ》らかな光が放たれているのだ。さらに、彼女の顳顬《こめかみ》につけられた創《きず》の形こそ、まさしく降矢木家の紋章の一部たる、フィレンツェ市章二十八葉橄欖冠《かんらんかん》にほかならなかった。殺人史上空前ともいうべき、異様な死体。

だが、図書掛りの久我鎮子《しずこ》はこともなげにいった。

「私には既《とう》から、この事件の起る事が予知されていたのです」

そして、鎮子は懐中から二枚に折った上質紙を取り出した。

「御覧下さいまし。これが、黒死館の邪霊なので御座います」

それは、黒死館の建設者降矢木算哲博士の遺した章句であった。

――グレーテは栄光に輝きて殺さるべし。オットカールは吊されて殺さるべし。ガリバルダは逆さになりて殺さるべし。オリガは眼を覆われて殺さるべし。旗太郎は宙に浮びて殺さるべし。易介は挟まれて殺さるべし。

その言葉通り、給仕長川那部易介《かわなべえきすけ》は咽喉を突かれ鎧《よろい》のなかから死体となって発見された。そして、鐘鳴器《カリルロン》室の鍵盤の前には故算哲の秘書紙谷伸子《かみたにのぶこ》が、犯行に使われたと思われる鎧通しを握って倒れていた。

「ああ、此奴が」

熊城捜査局長は夢中になって、伸子の肩口を踏み躙《にじ》ったが、その時法水がほとんど放心の態《てい》で扉を眺めているのに気がついた。白い紙片……、

Sylphus《ジルフス》 Verschwinden《フエルシユヴインデン》（風精《ジルフス》よ。消え失せよ）

〈うんちく〉

小栗虫太郎こそ、まさに特異な作家である。一方に「黒死館」を持ち、一方に「人外魔境」を持つ彼は、戦後、突然の死を迎えた。新たな探偵小説の創作に意欲を燃やした虫太郎に、天は第三の高塔の建築を許さなかったのである。

「黒死館殺人事件」という名の奇跡について語るとき、よく引かれる挿話がある。江戸川乱歩によれば、召集を受け戦地に向かうある青年が、携える一冊の本に「黒死館」を選んだ、というのだ。

読み返してみて存外内容がないのに驚いた、という否定論も聞かれないではない。だが、やはり読者をとらえるひとつの世界を内包した作品ではある。

目もくらむようなペダントリーと超論理の魅惑については、今更いうまでもない。しかし、この作品が傑作となりえた最大の理由は、物語の中心にある犯人と動機の設定なのである。むしろ、作者はそれを成立させるために「黒死館」の表現を必要とした、とさえいえるのだ。

8 黒いトランク　鮎川哲也

黒い大型のトランクにはマニラ麻の細引がわたされ、両端に白木がくくりつけられていた。差出人の名は、つぎのように読めた。——若松市外二島鴨生田　近松千鶴夫

悪臭は、ふたをあけるにしたがって、ますます激しくなった。ゴムシートのなかから男の死体がころがり出たとき、人々はわッと叫んでとび退《すさ》った。

通報をうけた若松警察署は大して驚きもしなかった。近松は麻薬密売者として監視下にあったような男だからである。

さしむけた刑事は彼の妻を同行してきた。

「四日以来、お会いにならんのですね？」

「はい」

二島駅で確認すると、近松は一日にトランクを一時預けし、四日の晩に来て受け取り、貨物の窓口に持っていったのだという。

一方、被害者の身許については、柳河町署から、特徴の一致する失踪者がいるという連絡が入った。その男、馬場番太郎の指紋は被害者のものと一致した。

近松の留守宅には、意外なことに彼からハガキが届いていた。消印のあった兵庫県別府町署に捜査を依頼すると、折り返し、海岸に近松の遺留品があり投身したものとみなしている、という返事が来た。やがて岡山県下津井の海でそれらしい死体が発見され、夫人によって近松と確認された。被害者と加害者がそろって、事件はここに解決したといってもよかった。

二島の駅で鬼貫は下車した。十年前に己れを拒否した女性の苦境を救おうと急ぐ自分のお人

好し加減に、我ながらあいそもつきるのであった。

近松としるされた標札をみたとき、鬼貫は、やはり冷静ではいられなかった。思い切って扉をおしあけ、声をかけた。小走りに出てきた由美子は、鬼貫をみると顔をゆがめ、泣き笑いの表情を浮かべて立ちつくした。

「やあ」

と鬼貫はつとめて無感動な調子でいった。

「やって来ましたよ」


〈うんちく〉

鮎川哲也は、彼を愛する多くの読者を持っている。「鮎川哲也長編推理小説全集」が出始めたとき、各配本ごとに必ず二冊ずつ買っている人がいた。その人曰く、「鮎川を理解してくれる、これならという人に会ったとき、揃いで渡すためです」。これは、もはや布教活動である。

「黒いトランク」のトリックは、作者によれば「マッチ箱をA、B二点の間に往来させているうちに、忽然《こつぜん》として」浮かんだものだという。そしてあとは「のめり込んで仕事を」した。当時、病身であった作者にとって「書くことだけが生き甲斐だった」のだ。

また、この精妙に作り上げられた論理の物語は「鬼貫警部自身の事件」であるともいえる。鮎川ファンは、この作品を早いうちに読了しているであろう。しかし、鬼貫の数多い物語に接したあと、「黒いトランク」をまた読み返してみるのはさらに味わい深い。その意味でこれは鮎川ファンにとっては故郷《ふるさと》的作品なのである。

37 黒い白鳥　鮎川哲也

東和紡績常務の娘須磨敦子は、専務夫人文江から社長秘書灰原との縁談をすすめられた。しかし、彼女の恋人は、ストライキ中の組合副委員長鳴海秀作だったのである。敦子に受諾の意志はなかった。

六月二日の、あけがたの四時にちかい頃だった。埼玉県久喜駅手前の大カーブで、射殺死体が発見された。被害者は、東和紡績社長西ノ幡豪輔であった。その日の九時すぎ、宮城県白石駅のペンキ工が足場から、青森行117列車の屋根に、！型に尾を引く赤黒い斑点を見た。さらに、上野駅の両大師橋に血痕の付着が認められ、それが西ノ幡社長のものであると判明した。彼の体が、昨夜の十一時四十分、現場の真下を走る列車の屋根に落ちて、そのまま埼玉まで運ばれていったことはすぐに想像がついた。

「社長の命を狙うような人物の心当りを、きかせて頂きたいのですがね」

警察の質問に答えて、灰原秘書は即座に三人の名をあげた。西ノ幡と対立関係にあった組合正副委員長の恋ケ窪義雄と鳴海、そして脅迫を繰り返していた新興宗教沙満教の知多半平である。

一方、事件のあった日の午後、西ノ幡社長が昭和銀行の貸金庫から、何かを持ち出したことがわかった。金庫のなかを確認すると三枚の写真が出て来た。二枚は西ノ幡の隠し子のものだったが、残りの一枚は胴から上を破りとられた若い女の写真だった。

捜査の進展に伴い、組合の二人はアリバイが確認された。残る糸は姿をくらましている知多の一本だけである。事件の日の十一時五十分、池袋で被害者を目撃したという情報もあったが、それも替玉を使った知多の偽装工作かと思われた。

西ノ幡社長の埋骨式は、彼の故郷、長岡で行なわれた。ところが、その長岡の郊外で、恐喝者知多半平は胸を刺された死体となって発見されたのである。容疑者とみなされた人間は、どれも白になっていくようであった。

捜査本部がゆきづまったとき、誰かのちがった目で事件をみなおさせようという案が警視庁の幹部の間にもち上がった。

調査は鬼貫にゆだねられた。

〔うんちく〕
鮎川哲也は昭和三十四年、甲乙つけ難い力作「黒い白鳥」「憎悪の化石」を並行して執筆した。
その「黒い白鳥」は、橋の上から死体を投棄しても電線が邪魔になって列車の屋根には乗らない、との指摘を受けたことがある。作者はこの点について、「当の私が十分に承知の上だったのである」といっている。解明の部分で、死体移動がそうやって行なわれた、と説明されているだけではない。前提として与えられているのだ。作者が、このゲームはそういうルールで進めます、というのなら、それで納得できる。
ところで二十数年前、ある大新聞に、小説の題についての文章が載った。そのなかに、読みもせずに書かれた、白鳥が黒いなどとはおかしなことだ、という噴飯ものの一節があった。鮎川ファンはいまだに怒り、かつその愚劣さを笑うのである。

48　りら荘事件　鮎川哲也

《りら荘》は荒川の上流の、埼玉県と長野県の境に近いところにある。元の持ち主から日本芸術大学が買いとり、今はレクリエーションの寮として学生に開放している。夏休みも終わりに近づいた頃、このりら荘に七名の学生がやってきた。

夕食の席上、ピアノの橘秋夫とヴァイオリンの松平紗絽女《さろめ》の婚約が発表された。それぞれに想いをかけていたブラックばりの絵をかくブラック女史こと日高鉄子、童顔のバス歌手安孫子宏は胸中穏やかでない。

翌日、鉄子が絵具を買いに東京へ帰り、残った一同が食堂にいるとき、秩父署の刑事がやってきた。ソプラノ歌手の尼リリスのコートを着た炭焼きの男が崖から落ちて死んでいた、というのだ。そして、死体のそばにはトランプのスペードのエースが落ちていた。

「刑事さん、われわれは会ったこともない男を殺すほど酔狂じゃないですよ」

「いや、こうも考えられるじゃないですか。コートを失敬してかぶっていた炭焼きを、犯人は霧の中で誤認した」

尼リリスは大きく目を開き、同じコートを持っている紗絽女も身をちぢめた。トランプは彼らがいままで幾回となく遊んだリリスのものだった。カードの箱を見ると、いつの間にかスペードの十三枚全部が抜かれている。洋画科から声楽科に転籍した行武栄一は、このことから連続殺人の可能性を指摘し、テノールの牧数人もそれに賛成した。

翌日、ココアを飲んだ紗絽女が頭痛を訴えて倒れた。郵便受けからはスペードの2のカードが見つかった。そして、3のカードは、りら荘の川上六百メートルばかりのところで、延髄を刺された橘の死体のそばに置いてあった。

「カードを残していかざるを得ぬぎりぎりの理由があるんじゃなかろうか」

剣持警部はいう。なおも殺人が続き、捜査が手づまりとなったとき、検事がひとつの提案をした。

「わたしが東京在勤中付き合った人間に、星影龍三という素人探偵がおるのです。犯罪事件の推理になみなみならぬ才能をもっておるこの先生に、解決を依頼してみたらどうかと思うのだが……」

〈うんちく〉

鮎川哲也おかかえの超人型探偵が星影龍三である。作者は「一番嫌味な探偵を創造してみようと思った」のだそうである。鮎川といえば反射的に鬼貫警部となるが、カルーソーにはカルーソーの歌があり、シャリアピンにはシャリアピンの歌があるように、二人は作品に応じて使いわけられている。

「りら荘事件」は星影ものの長編の代表作である。限定された場所のなかで次々と殺人がおこるという、オーソドックスな本格の形式をとっている。そしてそこには、いかにも鮎川らしいトリックが用意されているのだ。

「先生は、いつもと違うこの長編を、うなりながら書いたんだろうな」と一人決めしていた読者が、「本編は別に苦労をせずに書き上げました」という鮎川の言葉を読んで驚き、会ったときわざわざ、「意外でした」と報告したそうである。

54 バイバイ、エンジェル　笠井潔

死んだはずの人間から、私の友人の叔母オデット・ラルースに脅迫状が送られて来た。私は、それが復讐の予告であろう、と推理した。共にパリ大学で学ぶ奇妙な日本人、矢吹駆《カケル》にこのことを話すと、彼はいった。

「探偵の推論は何も唯一の論理的筋道をたどっているわけではない。それなのに、なぜ彼は正しく独断できるのか。それは彼が現象学にいう『本質直感』によって、最初から犯人を知っているからだ。コペルニクスも推論するより先に地球の公転を直感していたのだ」

年が明けて、オデットはヴィクトル・ユーゴー街のアパルトマンで首なし死体となって発見された。私は連続しておこった爆死事件とあわせて、事件の謎を完全に解いたと思い、夕食会を開き関係者を集めた。

〔うんちく〕

笠井潔の矢吹駆ものの第一作である。

作者がパリ滞在中に自己の内面を描く手段として、評論のみでなく、探偵小説の形態をも選んだことは読者にとって幸福であった。我々はそれにより、作者の疑いもなく豊かな一連の作品を味わうことができるのだ。

ところで本編のなかに、カケルが「小説中の探偵の推論は本質直感によるものだ」という部分がある。気になる人もあろう。蛇足ながら、それはクイーンの「Xの悲劇」のなかにある一節なのである。

55　半七捕物帳　岡本綺堂

わたしは叔父さんからこんな話を聞いた。元治元年のこと、旗本松村彦太郎の家に、妹お道が嫁ぎ先から戻ったが、七日前の晩から、枕元にびしょ濡れの女が現れるようになった。そして、寝ている三歳になる娘のお春が、ふみが来た、と叫んで火のつくように泣くのだという。夫小幡と松村が、嫌がる母子をいつもの部屋に寝かし、次の間で様子を見ていると、すやすやと寝入った幼い娘がけたたましい悲鳴をあげ始めた。「ふみが来た、ふみが来た」。

この不可解な出来事の謎は、叔父さんと懇意の岡っ引き半七によって鮮やかに解かれる。わたしが、その半七老人とよく会うようになったのは、日清戦争が終わりを告げた頃であった。赤坂の隠居所で、わたしは彼の昔語りを色々聞くようになった。

〔うんちく〕

彼は江戸時代に於《お》ける隠れたシャアロック・ホームズであった――という有名な一節を含むこの「お文の魂」こそ捕物帳という形式の最初の作品である。

「むらさき鯉」や「かむろ蛇」「川越次郎兵衛」などの魅力的な謎の提示、発端から結末まで隙のない展開を見せる「冬の金魚」など、どれをとっても粒よりの名作ぞろいである。

岡本綺堂の作品はどれも味わい深い。「半七捕物帳」への賛辞も数多く、その語り口の絶妙さで我々を江戸の世界へと誘ってくれる。抑制の効《き》いた筆は、シリーズ中で最もいまわしい話である「蟹のお角」の真相についても半七には語らせず、推理の材料のみを示す。並の作家には書けないか、書いてもとんだ代物になる素材である。老練の芸といえよう。

61　人生の阿呆　木々高太郎

比良良吉は、父良三によく「阿呆」と怒鳴られた。大学を一年でやめ、思想の仲間とともに警察に連行されたり、父の会社のストライキで労働者の味方をしたからだ。だが、今度は覚えのない女中の妊娠についてで、ヨーロッパに行って修業をして来い、というのだ。

彼の旅立ちと時を同じくして、比良製菓の菓子「比良カシウ」を食べて死ぬ人が続く。さらに比良邸の物置から、無産党の弁護士高岡の死体が発見される。捜査が進むにつれ、状況は良吉に不利となる。彼には殺害当時のアリバイがないのだ。

一方、荒涼たる雪のシベリヤを経由してモスコウに近づいた良吉を迎えたのは、忘れえぬ人、高岡の姪、達子であった。今は日本大使館書記官の妻である達子は、良吉送還の命令が本国から来ていることを伝える。達子は良吉との許されぬ一夜を過ごし、自殺する。彼女の遺した手紙にはこうあった。――日本に帰って下さい。人生の阿呆にならぬよう気をつけて下さい……。

〔うんちく〕

戦前の探偵小説のなかにあっては、その人物描写は群を抜いている。しかし、作品そのものは本格としては見るべきところはない。木々の「探偵小説芸術論」の実現が、いかに旧来の形式を踏まえた上では困難かを示している。

これを代表作とされては秀作の多い木々が可哀そうだが、この作の歴史的意義は見逃せないものがある。その意味では、溢《あふ》れる情熱の発露である自序と、今も当時の読者が懐かしがるシベリヤの写真ページがついた戦前版を手にした者のみが、この作を真に読んだといえるだろう。

70　**殺人鬼**　浜尾四郎

私立探偵藤枝真太郎の事務所に現れた依頼人は、「グリーン家殺人事件」を読む美貌の令嬢、秋川ひろ子であった。秋川家に奇怪な脅迫状が届いたので、その相談にきたのである。

その夜、母徳子が毒殺された。

そして、徳子の葬儀の当夜、長男駿太郎、女中やす子までが惨殺される。

「ねえ君、いつか云った言葉をいよいよ取り消さなくてはならない」

現実の世界では、殺人狂はいても、名探偵と一騎打ちのできる知恵のある犯人はいないというのが藤枝の持論だったのである。しかし、この事件こそ、稀代の犯罪者の手になる殺人交響曲だった。第一楽章は荘重なアダジオ、第二楽章は電撃的なプレストですでに奏された。そして、そのライトモチーフは秋川家への「呪い」。殺人鬼の魔手は次に三女初江の上に伸びた。浴槽に沈んだ裸女——犯人は、第三楽章で英国の著名な「風呂場の花嫁事件」をなぞったのだ。

〔うんちく〕

浜尾四郎は、彼の作り出した探偵藤枝同様、元検事であり、法律をテーマとした好短編を多く残した。作品としての評価では、そちらに軍配があがるが、かといって「殺人鬼」を読まずに浜尾を語ることはできない。

犯人が簡単にわかる点や、動機があまりにも大時代的である点などをあげつらうことには、あまり意味がない。ここで味わうべきは、計算されつくしたその構成であり、遊び心であり、そして何よりも全編から感じられる作者浜尾四郎の探偵小説へのあくなき執着なのである。

74 顎十郎捕物帳　久生十蘭

田町から芝浦まで追いつめた盗賊、伏鐘の重三郎、その姿が忽然と消えたから大騒ぎ。さて、両国に黒鯨の見世物が来た。頭から尾までの長さが六間半、胴の周囲が太いところは大人の五ツかかえ。ところが、この鯨が一夜のうちに紛失してしまった。鯨を出すには小屋の一方を壊さねばならないはずなのに……。

この話を持ちこまれたのが、江戸一番の捕物名人、仙波阿古十郎、ぽってりと長い顎のせいで「顎」とか「顎十」とか呼ばれる男である。難無く謎を解き、やった相手も伏鐘の一味と掌《たなごころ》を指すよう。

〔うんちく〕

これは「両国の大鯨」だが、手品の冴えもさることながら、結末がまた何ともいえず嬉しい。顎十郎たちが乗りこんで行くと、伏鐘は長火鉢に鯨鍋をかけ、妾のお沢と一杯飲《や》っていた。お大名の若殿のような品のいい顔を振り上げて、苦笑いしながら重三郎、「仙波さんにかかっちゃかなわねえ」と、いう。

他に、船から二十三人の人間を消す「遠島船」などなど、多彩な作品がそろっている。

久生十蘭は、小説の名手として名高い。ピランデルロの「ヘンリー四世」を「ハムレット」にしてしまう手腕は、単なる機知などといったものではない。

「顎十郎捕物帳」での「どこもここも削《そ》いだような鋭い顔」のライバル藤波友衛とのやり取りの妙は一読忘れ難い。まさに「久生さんにかかっちゃかなわねえ」のである。

81　完全犯罪　小栗虫太郎

ワシリー・ザロフの率いる苗族《びょうぞく》共産軍は、桂湖山塊と湘江の支流に挟まれた八仙寨《せんさい》に入った。ザロフはかねがね、この地に青春を埋めて不思議な孤独生活を送っている洋医エリザベス・ローレルのことを耳にしていた。司令部には、そのローレル家が当てられた。

ザロフが不可解な隠遁生活のわけを聞くと、ローレル夫人は、夫は敬愛する父親の遺言を守っているのであり、自分にもその真意はわからない、と答えた。夫人は軍とともに移動する女の一人、ヘッダ・ミュヘレッツエに関心を示し、彼女に自室の提供を申し出る。

新月の夜、彷徨《さまよ》うが如く、忍びやかな風琴の音が聞こえ始めた。夫人が地下室で弾く、マーラーの「子供の死の歌」であった。――こんな嵐には、戸外で遊ぶ子はないのだけれど……。

「オイッ、ヘッダの部屋に男がいるぞ」

隣室で麻雀をしていた士官たちが立ち上がった。他に誰もいないはずの彼女の部屋から、ヘッダの狂笑に交って、太い低音《バス》の忍び笑いが聞こえて来たのだ。不思議な侵入者のあった翌朝、ヘッダは死体となって発見された。事件は「完全な密室に於ける殺人」かと思えたのだが……。

〈うんちく〉

小栗虫太郎の事実上の登場は「完全犯罪」によるといってもよかろう。横溝正史が突然倒れたため、新人ながら百枚の作品が急遽《きゅうきょ》発表された、という劇的なデビューであった。「完全犯罪」は、すっきりとまとまった、またそれだけあくの強くない作品ともいえる。だが、読者はその随所から十分虫太郎らしさをうかがうことができるのである。

94　石の下の記録　大下宇陀児

笠原昇は眉目秀麗な秀才であった。そして「それを生かす力がないなら、才能なんてない方が気がきいている」と広言する学生高利貸であった。多くの女を手玉に取って来た笠原だが、代議士藤井有太のうら若い後妻、貴美子だけは意のままにならない。

貴美子は、藤井が福島に出掛けた留守に、届けられた二十万円を預かる。それは藤井を籠絡《ろうらく》しようとする政敵からの金であった。手をつけてはならないそのなかから、藤井家の一人息子有吉は五万円を抜き取る。金の工面に困っていた不良仲間の園江たちに渡すためであった。

一方、東京に戻った藤井は何者かに惨殺される。そして、有吉が隠しておいた残りの十五万円の金もいつの間にか消えていた。園江の姿がその頃から見られなくなり、不良たちは不安にかられる。笠原はそんな彼等に、金融会社を興すつもりだから手伝え、と持ち掛ける。

〔うんちく〕

大下宇陀児は、社会派が登場したとき、その先覚者といわれて、こう答えた。「『人間派』とでもいってもらいたいね。『魂のある人間を描くこと』これが僕の小説の主眼なんだから」

笠原のモデルは誰か。高木の「白昼の死角」、三島の「青の時代」などでおなじみの「光クラブ」事件、その学生社長山崎晃嗣と考えたくなる。だが大下はいう。「この作品が出たあと、実際に学生高利貸が出て来たよ」。事実こそが大下の構想を模倣したのである。

『東西ミステリーベスト１００』は昭和六十年、「週刊文春」が、五百八人からの回答を得たアンケートを集計し発表したもの。文春文庫化されるにあたり、ワセダ・ミステリ・クラブの先輩、瀬戸川猛資氏から「あらすじ」と「うんちく」を書かないか――という声があった。何人かが集まり、役割分担をした。内外の一位をまかせていただけたのは光栄だった。

『裸で転がる』解説

ここに収められた作品は、昭和三十八年の全短編七つと、翌三十九年の短編一つです。三十八年というのは、ちょうど私が鮎川哲也という作家の名を知った年です。まだ中学生だった私は、友達から借りた『薔薇荘殺人事件』のページをめくりながら、言葉遊びを面白がっていました。この作家が好きで好きでたまらなくなるだろうなどとは、まだ思ってもいませんでした。

それがしだいに、古本屋をのぞき、新本屋を探し、ついには神田の古書店街まで〝鮎川哲也〟を見つけに行くようになったのです。大学でミステリ・クラブに入り、好きな作家は？と問われた時、ためらうことなくあげたのが、このひとの名であることは言うまでもありません。

なぜ、とは聞かれませんでした。鮎川がいい、というのはもう定評だったからです。聞かれたら答えはこうなります。

本格推理作家としての力量、清潔で潔癖なタッチ、そしてそこにある安定した世界——鮎川哲也を読んでいると何となく安心するという人がいます。分る気がします。

その鮎川の短編集が、こうして続々と出る。嬉しいと同時に、今の読者は幸福だなあ、と思います。私などリスト片手に古本屋で「探偵実話」や「探偵倶楽部」までチェックしなければならなかったのですから。

さて、以下、本短編集中の諸作について解題めいたことをしていきたいと思いますが、当然、結末やトリックに触れることにもなります。おなじみの注意書きをしておきます。

——先に、作品をお読み下さい。

「死に急ぐもの」（別冊文藝春秋38・1）の謎はそれほどのものではありません。人間関係も作りものめいています。では、鮎川哲也はここで何を書きたかったのでしょう。それは〝鳥取の冬の空気〟です。

「砂の城」の上梓が、この年の四月。そのための取材が生かされているようです。作者自身は、こう言っています。

〝——わたしが鳥取を訪ねたのは秋も半ばの頃であり、「死に急ぐもの」は冬の鳥取を想像して書いたのである。わたしは寒がりで真冬の日本海を旅する度胸なんぞは持ち合わせていないせいか、この季節の風物にちょっとした憧がれみたいなものを抱いている。それがこのストーリイを書かせたのかも知れない〟（「わらべは見たり」あとがき）

まさにその通りでしょう。初出も含めると四度活字になっていたと思います。私はその二度目、旧「宝石」の本格推理傑作集で読みました。十年ほどたちますが、最後の場面をはっきりと覚えていました。確か、雪の舞い散る山道に寒々と停まっている車の挿絵があったはず——と古い雑誌を引っ張り出してみました。ほこりをはたいてページをめくると、その箇所にあったのは文字だけでした。作者の勝ちと言えるでしょう。

「笹島局九九〇九番」（エロチック・ミステリー38・1）。十八番のアリバイ崩しですが、残念ながら出来は悪いと言えるでしょう。致命的なのは犯人には別にアリバイを作る必要などないことです。アリバイものの犯人は自分が容疑の圏内に入ると想定するからこそ、己れを守るために策を弄するわけです。この場合には、たまたまその日に知りあった人物を殺すのですから、何もしないのが一番です。アリバイ作りをして、自分からわざわざ捜査の輪の中に入って来るというのは、おかしな話です。電話の同一局番同一番号というアイデアを使いたいために無理をした、としか言いようがありません（しかしながら、作者はこの着想をあたためて、後年のある長編で見事に生かしていることを付言しておきます）。

続く「女優の鼻」（週刊新潮38・1・7）は〝顔のない死体テーマ〟です。このテーマの眼目は〝なぜ首を切ったのか〟です。ここではよくある一人二役ではなく、それでいてなるほど〝切らざるを得ない〟ような状況が用意されています。

「裸で転がる」（小説中央公論38・2）は、トリック面から見れば、被害者の行動が犯人のアリバイを作る、という作品です。この型そのものは鮎川自身に優れた先例があります――と、一応書いてみましたが、実は、ここでトリックを喋々する必要はあまりないのです。肝心なのは〝裸で転がる〟人間であり、人生の姿です。

被害者の「唇のねじれた男」（勿論、C・ドイルの）的な奇妙な味のする、それでいてもっと苦い生き方。この題名は、文字通りにも使われていますが、文字以上にも使われています。〝裸〟が人生の荒涼と孤独を示すなら、犯人すらもここでは〝裸で転が〟っています。彼らは共に生きそこなった人間なのです。

最後の犯人の告白など、枚数が足りなくなったせいか、やや書き急ぎの感がありますが、力のこもった作品であることは一読して分ります。これが『新日本文学全集・第二巻』（集英社）に再録されて以来の活字化になるはずです。

次の「わるい風」（オール讀物38・5）は倒叙です。鮎川の短編には、この頃から倒叙が殖《ふ》え始めます。意外に思われるか知れませんが、これ以前の倒叙短編は五指を出ていません。ところで鮎川は倒叙の理想について、こう述べています。〃作中の犯人が極めて些細なミスを見逃したために完全犯罪が結局は不完全犯罪に終わる。小説の上では作中の犯人が失敗することになるが、同時にそれは読者が作者に敗けたことでもあった……というふうにゆけば――〃（『自選傑作短篇集』私の推理小説作法）と。そして、それがどうも難しいとも言っています。

惜しいかな、この短編の発覚も皮肉な偶然によるものです。

「南の旅、北の旅」（小説現代38・7）は、鮎川哲也の技巧家ぶりを示す好例です。たいていの読者は冒頭で川内《せんだい》という地名を見た瞬間に、おや？　と思うでしょう。題名と照らしあわせて、すぐに〃これは東北の仙台とひっかけてアリバイを作る気だな〃と考えるはずです。そして、〃より一般的である仙台を先に出した方が見ぬかれないだろうに〃とアドバイスをしたくなるでしょう。

ところが鮎川哲也は、そんなことは百も承知なのです。今までに彼が短編長編で使って来た同一地名のアイデアは、ここではひねって使用されています。川内――仙台はトリックではなかったのです。なんと、犯人が間違えたのです。となれば（九州の読者にはすみませんが）川内が先の方が自然です。せんだいと聞いて、仙台かと思ってしまう方が、無理がありません。

こうして読者の思惑をうっちゃった上に、間違えたということ自体から、犯人を導き出すのですから、まことに行き届いていると言えるでしょう。

「虚ろな情事」（推理ストーリー38・9）については、次の数行を見てみましょう。

〃「――ただあの男がバスの行列に割り込みをやって、小暴力事件を起したことがあります。望月課長はそれを新聞でよんで、金次に白羽の矢をたてたのだそうです。こんなゴキブリみたいなやつは殺したほうが社会のためだというわけで……」「その論理にはわたしも賛成だな」〃

「裸で転がる」の犯人の告白の中でも鮎川は麻薬の売人と同列に、酔って車を乗りまわす娘や、身勝手な無謀登山者を置き、激しい嫌悪の情を示しています。鮎川哲也は、こういった連中――人間にとって大事な何かを持たない連中が大嫌いなのです。

イメージ的には、最初期の短編「地虫」に出て来る、やさしくはあるがもろい世界を遠慮会釈もなく食い尽くしてしまう醜悪な虫こそ、この許すべからざるゴキブリたちの先祖であるような気がします。ちょうど、ごろつき吉村金次が、「死に急ぐもの」の阿部辰造や、「南の旅、北の旅」の田中半助と共に、「緋文谷事件」で袋叩きにされる中田六助の末裔でもあるように。(ところで、この辺りを書きながら、私が頭に浮かべ続けたのが、年刊ベスト集にも入ったジャック・リッチーの傑作「年はいくつだ」――「ヒッチコック・マガジン」では別題で訳されたと思います――だったことを付け加えておきます)

さて、最後の「暗い穽」(オール讀物38・2)については「わるい風」と同様のことが言えます。くらげは胃に残らない、というあたり、いかにも鮎川らしい細かさで面白いのですが、問題はやはり、発覚のきっかけです。作者には酷な注文かも知れませんが偶然の事故というのは、どうもいただけません。

まったく同じ発覚の形を取りながら、電気の停まったのが犯人のせいである初期の倒叙短編があります。いずれ、この文庫に入ると思いますが、すぐにそれと分るはずですので、読者には、ぜひ読み比べていただきたいと思います。

以上八編、傾向も一つに偏らず、楽しくお読みいただけたことと思います。そこで最後に一言(これを言わずになるものか)鮎川哲也には、まだまだいい短編が山ほどあります。もっともっと読んで下さい。

あなたでまた一人、鮎川ファンが殖えたことを確信しつつ、ペンを置きます。

昭和五十三年九月

幻の『娘達』――『七人のおば』解説

いろいろと出ている探偵小説の入門書の中で、中島河太郎氏の『推理小説ノート』(現代教養文庫)を片手に、この魅惑的な森に踏みこんだ人も多いのではなかろうか。わたしもその愛読者であった。中学生の時、バス旅行にまでポケットに入れて持っていったのを覚えている。「佯狂《ようきょう》」という言葉を知ったのも、この本からであった。

その最後の章に次のベスト・テン表が載っている。

〈鬼〉誌のベスト・テン(一九五一年)

1　フィルポッツ　赤毛のレッドメーンズ
2　アイリッシュ　幻の女
3　ヴァン・ダイン　グリーン家殺人事件
4　ヴァン・ダイン　僧正殺人事件
5　ドイル　バスカヴィル家の犬
6　クイーン　Yの悲劇
7　マガー　怖るべき娘達
8　クリスティー　アクロイド殺害事件
9　クロフツ　樽

9　ルルー　黄色い部屋の謎
9　フィルポッツ　闇からの声
10　ルブラン　813
10　シムノン　男の首

〈鬼〉誌については山村正夫氏の『推理文壇戦後史』（双葉社）に詳しい。「当時の若手新鋭推理作家のほとんどを網羅した、画期的な専門雑誌だった」

ところで、この表を特徴づけているのは七位の『怖るべき娘達』（The Seven Deadly Sisters 即ち本書『七人のおば』）である。前後のそれぞれ六作をご覧いただければ、これがいかにまばゆいばかりの評価か、お分かりいただけるだろう。一九四二年の『幻の女』よりもさらに新しい一九四七年の作、新樹社ぶらっく選書版の延原謙訳が一九四九年十二月の発行だから、まさに同時代の作品が、古典的名作に伍《ご》して選ばれたのである。

——その『怖るべき娘達』が、長いこと幻の『娘達』となっていたのである。


パット・マガーの処女作は『被害者を捜せ！』である。そこで彼女は、アリューシャン列島に駐屯する海兵隊員が殺人事件を報ずる新聞の切れ端から被害者あてをする、という、まことに機知に富んだ設定を案出している。犯人あて、は探偵小説のひとつの常識であり、それをひねって見せ、しかもしゃれた秀作に仕上げたマガーの手腕は小気味よい。

第二作が本書である。

第三作『探偵を捜せ！』は着想の点では、被害者捜しを書いてきたマガーが、当然筆を執るはずのものだが、やや、平凡な出来となっていることは否めない。前二作で彼女のとった「額縁つきの絵」ともいうべき形式がここでは捨てられている。要するに、探偵が犯人と名を替えただけの、誤った手掛かり――失敗――新しい手掛かり……と続くごく普通の物語であり、それ以上のものではないのである。

第四作の Save the Witness は、目撃者捜しであり、面白いという話を聞いてはいるが、残念ながら未読である（後に創元推理文庫から『目撃者を捜せ！』として刊行された）。

第五作が昨年訳出された『四人の女』であり、冒頭で墜落した人物が誰か分からないしかけになっている（以下の部分でこの作品の結末を暗示することになるので、お読みになっていない方はとばしていただきたい）。わたしが持っているのはMACFADDEN BOOKS版、つまり創元推理文庫版巻末の『地獄庵蔵書目録《ほんだいすきにんげんのかあど》』にある二冊の左の方なのだが、どういうわけか、これには扉裏のシェークスピアの台詞がない。…Follow, As the Night…というのはいかにも引用めいた題だな、とは思いつつ正体がつかめなかったのである。創元版を見て疑問氷解の快感を感じ、同時に、作者がこの言葉をラリー・ロックに与えたことを、隠し絵を見るように面白く思った。『ハムレット』とだけしてあるが、これはポローニアスが旅立つレアーチーズにいう処世訓の台詞だからである。いうまでもなく、レアーチーズは、ハムレットを殺そうと意図しつつ決闘に敗れてしまう男ではないか！

さて、登場人物が話すという形こそとらないが、『四人の女』もまた「額縁と絵」方式によって書かれており、彼女の持ち味のよく出た作品である。そこで『探偵を捜せ！』と合わせ考えた時、われわれが読者として実感するマガーらしさは、決して「ひねった着想」にあるのではないことに気付く。では、「マガーらしさ」とは何か？　答は即ち、「過去回想の語り」である。

現在の「額縁」の中に、時の流れと人々の歩みの「絵」を入れるためには、そうならざるをえない。だが、被害者捜しという着想が表現形式を規定したというよりも、マガーの内なる作家的資質がその書き方を愛した、という方が事実に近かろう。そこには着想と方式の幸福な結婚がある。彼女は何より、そういう「絵」を描きたかったのだ。

事実、普通の犯人捜しであるFatal in My Fashionなどでも、マガーはやはり、新作ファッションの発表会での殺人から始めて、モデルであるサラ・アンの過去へと話を返していくのである。

折原一《おりはらいち》氏の行き届いた解説(『被害者を捜せ!』)によれば、第六作以降の彼女は被害者捜しはしていないようである。以後の作風の展開については氏の文章をあわせてご覧いただければと思う。

着想と方式の幸福な結婚、その典型的な例こそが、この『七人のおば』である。(皮肉なことに内容の方は不幸な結婚の続出する物語だが)読者はここでマガーの魅力を十二分に味わうことができる。

十返肇氏の的確な言葉を借りよう。「〝人間〟が描かれており、人間が描かれていなくては、この小説はすぐれた推理小説ともならなかったのである。登場人物各人の性格があざやかに描かれたからこそ、推理小説たり得ている、ということは珍しいことではあるまいか」。異論はない。物語を動かす〝力〟を与えられたのはドリスだが、トムの口を通して語られる、彼女の〝情熱〟に対する作者の愛を、われわれが鼻白むことなく、むしろ厳粛な共感を持って受け止めることができるのも、その故である。ここでは登場人物たちは、縮小されたバルザックの人物のように見える。そのもつれあいの生む悲劇の必然を、誰もが納得するであろう。

そして、「絵」がこれであるだけに、ごく健全で明るい「額縁」をそれに配した作者の用意も見事である。結末に至って明かされる、被害者を推理する決め手も、その意味でまことにふさわしい位置にあるといえる。

最後にぶらっく選書版の訳題『怖るべき娘達』であるが、これは発表された時を考えれば、『恐るべき子供たち』からきているものだろう。もとはジャン・コクトーが第一次世界大戦後に書いた小説である。「一九二〇年代のフランスの文学作品は、当然のことながら、ほとんどすべてが戦後の時代《アプレ・ゲール》の混乱と不安の影響をただよわせている。（中略）『恐るべき子供たち』も大戦後の混乱した風俗と不安な心理を土壌として、そこから育まれた作品のひとつに数えられよう」（鈴木力衛）その題名が戦後の一時期、流行語となったのである。アプレ・ゲールという言葉が、もはや一般に通じなくなった今、改題されるのは自然のことであろう。

そして、ここに忘れ難い幻の『娘達』が再び姿を現した。その再登場を、読者と共に喜びたい。

（一九八六・四・十九）

『時間の檻』解説

（各編の核心に触れた箇所があります。ご注意ください）

鮎川哲也の、初期の代表的短編を、二冊の傑作集という形で編むことになった。まことに心躍る仕事であった。

この『時間の檻』では昭和三十二年から三十五年にかけて探偵小説専門誌「宝石」（雑誌の性格は変わったが現在の同誌の前身、宝石社から出ていた）に掲載された作品の中から七編を選び、あわせて、それぞれに付された江戸川乱歩のルーブリックをも収めた。

前例のない形態であろうが、これによって作家鮎川哲也の一時期を確実に切り取ることができたと思う。ここには、温かい眼差しをそそぐ大乱歩と、ひたむきにそれに応えようとする若き鮎川の姿がある。

旧「宝石」と鮎川との間には、その頃感情的なもつれがあり、なんと昭和二十六年十月号に「雪姫」が載ったのを最後に、絶えて原稿依頼がなかった。——例外は「達也が笑う」であるが、これは探偵作家の集まる場での犯人当てテキストとして書かれたものである。「宝石」がそれを載せるのは、以前からの慣例であったが、それでもなお、否定的な雰囲気があったのを、鮎川に好意的な編集長永瀬三吾が独断で踏み切ったのだそうである。

このような時、江戸川乱歩が経営不振にあえぐ「宝石」の立て直しに乗りだしたのだ。そして、乱歩編集の記念すべき最初の号に、鮎川は執筆の依頼を受けたのである。

五年後、乱歩の紫綬褒章受章を記念して編まれた「別冊宝石・日本推理小説自選代表作集」に、鮎川哲也は「五つの時計」を選び、こういっている。

かなり長い間、私と「宝石」とは縁が切れていた。現在でもそうだが、当時も「宝石」は推理小説の檜舞台だったから、門扉を閉ざされていることは、やはり淋しいものであった。

三十二年の初夏のころ、思いがけなく江戸川先生から一通の書簡を頂いた。新たに「宝石」を編集するようになったゆえ、短篇を書いてほしいという注文で、それにつづけて編集方針や抱負がのべられてあった。

簡潔ではあったが、先生の情熱がじかにこちらに伝わってくるような文章だった。私は、第一号に執筆依頼をうけたことに感激し、興奮し、そして幾分かたくなって、「五つの時計」を書き上げた。

今日の推理小説の隆盛には、そうなるべききっかけが幾つか数えられる。しかし、その遠因が先生の「宝石」編集にあることを思うと、拙《つたな》い出来の小篇ではあるけれども、当時を回顧して些かの感なきを得ないのである。

鮎川は別なところで「いい作品ができず、江戸川編集長の期待にはこたえられなかった」と謙遜しているが、そのようなことはなかろう。これはやはり鮎川哲也の書いた屈指の好短編のひとつなのだから。

私はこの「五つの時計」を中学生の夏休みに買った短編集で読んだ。その時「世の中にこんな面白い話があるだろうか」と思ったことを鮮やかに覚えている。

探偵小説を読み始めた頃の印象深い作品、——国内に例をとるなら、乱歩の『鏡地獄』や『目羅博士の不思議な犯罪』、虫太郎の『黒死館殺人事件』、晶夫の（やはり中井英夫の、というより塔晶夫の、となってしまう）『虚無への供物』などなどが与えてくれた興奮の種類は、明らかに違っている。それが探偵小説の多様さであろう。

「五つの時計」の興奮はすなわち、美しく整ったものを見る《快感》だった。

ほんの一例を挙げれば、まず犯人が出前で取るのが実にさりげなく、そばであるという用意。すしではない。まさしくそばでなければならないのである。

また、鬼貫と朱鷺子の時計をめぐるやり取りが、結局のところ、針は動かされていないと落ち着くこと。いかに鬼貫が「決して難しくはない」といっても、朱鷺子はともかく読者のほうは「時計を動かすのだろう」と身構えている。ここでは針をいじるべきではない。それでこそ、この場のリアリティは保証され、続けて読者は、なるほど何も考えていない人間が相手なら可能かもしれない、と思えるのだ。

「五つの時計」という題の単純明快にして、かつ挑戦的な響きと合わせて、こういった周到さ、隅々にまで行き届いた配慮が読む者をぞくぞくさせるのである。

続く三編は、乱歩の説明にあるとおりの連続短編である。「新青年」のこの制度は乱歩が職業作家になろうとしたとき、編集長森下雨村が初めて課したもので、乱歩自身の言葉を借りれば、「後年、水谷編集長の時代に至るまで、有力な新作家が現れると、先ず六回の連続短編をやらせるということが恒例のようになっていた。新人がこの連続短編を頼まれると、先ず有望の折紙がついたようなもので、広くジャーナリズムの世界にのり出して行く機縁ともなったのである」。

乱歩自身にとって思い出深い制度である。鮎川にかけられた期待の大きさがよく分かる。

さて、「白い密室」は「赤い密室」には一歩を譲るであろうが、よく考えられた作品である。西大久保と戸塚の距離が頭にないと真相には到達できないが、女子大生が夜やって来て、スキーに行く前に質問を片付けたかったのだ、と無理なく説明できるところなのだ。近いと読まねばいけないのだろう。

「早春に死す」にはその昔、私の先輩が非常に感心していた。返り討ち、というのは確かに有り得ることで、完全無欠のアリバイ工作をした人間がそうなったら、なるほど摩訶不思議な状況ができあがるわけである。被害者のアリバイ（！）のほうを調べなければ事件は解決しないのである。

「愛に朽ちなん」が単行本に入るのは初めてのはずである。理由は一読してお分かりと思う。尺貫法そのものが今では特殊なものになっているし、大工仕事には曲尺、布には鯨尺という違いももはや一部の人の知識だろう。だがこの機会に、鮎川がこういうことにも着目し作品として生かしているのを知ってもらいたかったのである。

「現実の事件にこういう間違いは先ず起らないだろうと思うけれども、論理遊戯としては、――」という乱歩の指摘はまさにそのとおり。作者の書き方も、読者の、こんなことにはまず最初に気付くはずだという考えを意識したものとなっている。

なお、題名は「愛に朽ちなん」で作中の麻子の辞世は「恋にくちなむ」だが誤植ではない。「恋に――」と来れば、われわれがすぐ思い浮かべるのは百人一首にある相模の嘆きの歌「恨みわび乾《ほ》さぬ袖だにあるものを恋にくちなむ名こそ惜しけれ」だが、麻子の場合にはおそらくは上に、虚しく生き続けるよりはたとえ朽ち果てたといわれようと潔く、などという文句があってそれに続いての、恋に殉じよう、という主張であろう。

「道化師の檻」は「白い密室」同様カー好みの設定である。トンネルに入って行った人間が

（カーのはつるのからみあったぶどう棚のトンネルだった）出てこないで消えるというのを、「白い――」と同じく時間の次元で解決しているのが、いかにも鮎川らしくて嬉しい。

そんなわけで、この集の作品のほとんどは、（アリバイものはいうまでもなく）時間の檻の中から真実を取り出す――といったものになっているのである。

「悪魔はここに」ではローマ字の逆転の妙を生かした手際が見事である。ただゲラ刷りで読んだところ、二回目にひっくり返されるのが電子レンジになっていたので首をかしげた。初出と一回目の単行本では小型の「電気冷蔵庫」である。昭和四十九年の本で電子レンジになっている。女には動かすのが難しいということで手を入れられたのかと思うが、絵馬子が二十四、五歳なのだから、これはどうしても昭和三十年代の話だろう。小型冷蔵庫のままが妥当なのではないか。出版の際には、もう一度お考えいただけないだろうか。

ところでこの後、一年以上間があくように見えるのは、実は三十四年の七月号から、「本格派の驍将鮎川さんのこの長篇は、『黒いトランク』以来の名作になるのではないかと思う」という乱歩のルーブリックを受けて、「黒い白鳥」の連載が始まったからなのである。

翌三十五年に書かれた「不完全犯罪」は、軽いタッチの皮肉な作品となっている。最後をすらりと読み流すと、別に切符が犯行以後に買われたものと分かっても、それだけで特定の人物、つまり丸毛が犯人だという証拠にはならないような気もするが、どっこい、助役の問いに自信を持って「そう、当りましたよ」と答えているのが命取りなのである。

千里の馬が伯楽を得たその年、昭和三十二年も、今は三十年前のこととなった。

鮎川哲也は、露骨に自らの感情を語る人ではない。それが真実のものであればあるほど、筆は抑えられる。だが、彼が乱歩を語るとき、その寡黙な言葉から伝わる無量の思いは、われわれの胸をうつのだ。

（一九八七・一・三）

『硝子の塔』解説

（各編の核心に触れた箇所があります。ご注意ください）


鮎川哲也初期短編傑作集の二冊目である。この『硝子の塔』には、昭和二十九年から三十六年までに書かれた作品七つを選んだ。第一集『時間の檻』同様、密室ものあり、犯人当てあり、アリバイくずしあり、そしてそのいずれも本格派の雄鮎川らしい好短編なのである。

収録作について書く前に、本格でないためにあえて採らなかった鮎川初期の印象深い作品について一言したい。そこから書き始めることによって、鮎川哲也の像が、より鮮明になるような気がする。

その作品は「地虫」という。

――現実の恋にやぶれた主人公の青年羅馬夫。彼の前に、愛する人の代わり身のように美しい独逸白百合の精が姿を現わす。「極端に内気ではにかみ勝ちの性格は、往々にして嫌人癖におちいり、そのため傲岸不遜な人間と見誤られるものだけれど、羅馬夫のそうした性質」は白百合の精と過ごす至福の時の間に変化しつつあった。しかし、やがて冬が来て白百合は地に還り、羅馬夫は再会の時である春を待つ。だが、他の花は咲いてもあの白百合は芽を出さない。我慢できずに花壇を掘り返した羅馬夫の見たものは、痛々しい姿の鱗根と「彼女をむしばんで丸々と肥えふとった一匹の地虫」であった。羅馬夫はその夜、拳銃で頭を撃ち「若きえるてる」のごとく苦悶の末に死ぬ。

ここに書かれているのは孤独な愛と、繊細かつ純粋なるものを喰い尽くす俗悪なる存在への怒りである。

後者は形を変えて何度も鮎川作品に現われる。例えば「憎悪の化石」の次のような一節。「二杯目の盃をもてあましたように膳にのせて、鬼貫はいった。はやくも頰があかくなっていた。『ここだけの話だが、(犯人は) 殺されても当然だという気がする。害虫がＤＤＴをふりまかれて死んでも、だれもあわれを感じない、それとおなじことだ』」

そして自己の内部に向かうしかないような愛についても同様である。しかし、「地虫」などの作品にこの頃使われた、それを幻想の形で語るという方法そのものは、作者によってすぐに捨てられる。これもまた彼の魂の真実であるのに。いやそれどころか昭和三十年代以降、謎解きの添え物としてでなく書かれた愛の物語はふたつしかない。私は、そこにこそ鮎川哲也という本格推理作家の凄さを感じるのだ。

鮎川の歌った、運命のいたずらのため、あるいは卑俗な人間のために成就されなかった愛の歌ふたつとは即ち「ああ世は夢か」と「人買い伊平治」である。これらもまた鮎川哲也そのものであり、決して彼の作品の支流ではない。だからこそ私は、ある座談会で大井廣介が「日影とか多岐川という人は探偵小説でなくてもある程度出ていける才能のある人だという気がしていたけれども、『ああ世は夢か』という短編を読んで、鮎川という人はタンゲイすべからざるものがあると思ったんですね」といっているのを二十年ほど前に読み、未だに嬉しく覚えているのである。

人によっては、その愛の歌が「実」なら本格の結構は「虚」だというかもしれない。だが、鮎川が「実」を持ちつつ「虚」に徹したとするなら、それはとりもなおさず「虚」が「実」と同等の価値を持つという確信の表明に他ならないではないか。

私は、鮎川哲也のその清潔かつ堂々たる姿勢に拍手するものなのである。
こう書き起こしたせいもあろうが、「赤い密室」には隠された恋があるように思えてならない。それは犯人の伊藤ルイへの想いである。出し抜けにいう「君の気持ち、よく判るよ」の一言は、この人物にとってよほどのことに思えるのだ。そして、彼はその恋を死に至るまであかさない。ラシーヌの『アンドロマック』では、オレストがエルミオーヌを愛し、エルミオーヌはピリュスを慕い、ピリュスはアンドロマックに魅かれている。星影の推測にもかかわらず、私は、孤独なオレストがエルミオーヌのためにアンドロマックを殺したのではないかと、ふと妄想するのである。

勿論、そういったことはさておいて、鮎川の密室ものを代表するこの作品でまず味わっていただきたいのは巧緻なトリックである。単に技巧的であるのみならず、犯罪の方法そのものがここでは鬼気迫るものなのだ。

トリックといえば「碑文谷事件」のそれは、現実的ではなかろう。しかし、そのことを非難するのは御門《おかど》違いである（実用書として読んでいらっしゃる方は別だが）。鮎川が着想をどう処理するかを見ていただきたい。二つの地名に二つの二〇二二列車を配したところ、そしてフェアプレイの範囲で読者を誤った方向に誘導しようとする書き方などをである。

なお、冒頭の「職業別野球」は「職業野球」のもじり、以下に続くプロ野球団名のパロディも時代が出ていて楽しい。

「達也が嗤う」は私が最初に読んだ鮎川の作品。中学生の時、友達が「何しろ題名が――」と犯人をいいながら盛んに面白がっていた。それまでは、もっぱら海外ミステリを読んでいた私だったが、その遊戯性が痛快ですぐに貸してもらった。犯人が誰かだけなら、論理とは別にいのである。

当然読者には、三番目に出るのだから「う」のつく浦和を名乗るのだと考えてもらいたいのだ。順に「あいうえおかき」としている分の登場人物に対するネーミングの好みを利用している。鮎川はそれが不自然にならぬよう自分の登場人物に対するネーミングの好みを利用している。

また、ここでは浦和という名がどうしても必要になる。鮎川はそれが不自然にならぬよう自ど犯人は当てにくいのである。ただし作者のいう「本当の意味での正解」はなかなか難しかろう。「意外な犯人」になりうる人物が一人しかいないのだから実に当てやすい。工夫のないものほ

ともあれ私はこの作品で鮎川の姿勢がすっかり気にいってしまったのである。勿論、それはこけおどしではない。犯人にはそうしなければならぬ理由があるのだ。「誰の屍体か」の兇器が送られてくるという出だしは意表をついている。

ところで、登場人物のイニシアルがA・A、I・I、U・Uと来て、江木俊介《えぎしゅんすけ》となるのは分からない。E・Eの間違いではないのか。惜しいかな、これの初出の雑誌が手もとにない。私の持っている中で一番古いのは短編集『冷凍人間』(昭和三十三年・桃源社)だが、それも俊介なのである。続いてO・Oが出て、「あいうえお」が終わる。次は「か」だな、というところで「霧山きみ子」となるのが効果的(実は桃源社版では六章のみ春山みね子となっている。名をかたる必要もないし、地の文までそうなっているのだから単純な不統一だろう。春陽文庫版で霧山きみ子に統一されているが、それでも洩れがあって一部に春山が残っている)。「か」はどこへ行ったと読者は首をひねらざるをえない。そこで作者は「烏田完一《からすだかんいち》」というカードを出してくるのだ。いかにも問題の人物らしい登場の仕方ではないか。

付け加えれば、ここを掘れとばかりに吠える犬がポチだったりする人を喰ったところもまた鮎川のお得意である。

「金魚の寝言」は、ユーモアが空回りしているところが惜しいが、いかにもきちんと作りあげ

られているという感じのする好ましい小品である。

十二月と三月という関係が出て来るが、勿論必然である。単に同じ日が日曜日になるというだけなら他にも組み合わせはある。しかし、鮎川は、最後の月なら書かれていない白い部分が十二月に決まっている、だから被害者に月まで読まれる可能性は少なくなる、とそこまで気を配っているのだ。その細かさが嬉しいではないか。

さて十二月はそれで決まるとして、曜日が同じになるのは普通なら翌年の六月である。鮎川がわざわざ閏《うるう》の三月にしたのは、できるだけ間隔を短くしようと思ったのかもしれない。だが、私は三月も十二月も同じ大の月であることをより大きな原因と考えたいのだ。三十一日があろうとなかろうと、この事件には関係ない。しかし、そうなれば『完全に一致する』という一言がいえるではないか。

「他殺にしてくれ」のラストで、あわや——となる時、鮎川の主人公がこんなふるまいを？とはらはらするのは私だけだろうか。愛読者は妙なところまで気を遣うものである。

この作品で思い出すのは、かつて雑誌「探偵実話」の「他殺にしてくれ」を見たら、何と中身が「マガーロフ氏の日記」だったので驚いたことである。

初出が昭和三十二年の「探偵倶楽部」十一月号、この時の題が「ベッドの未亡人」である。三十三年に前記の短編集『冷凍人間』に入れられ現在のように改題された。そして三十四年に「探偵実話」に再録されたのである。

どうして中身が別のものと入れ代わったのか年来の疑問だったが、山前譲氏編の新しい「鮎川哲也書誌」を見てある程度の推測がついた。従来の島崎博氏の「著作リスト」と「書誌」では三十二年の作品として、「冷凍人間」（探偵倶楽部6）そして「マガーロフ氏の日記」と改題されることになる「罪と罰」（読切特撰集8）となっている（後者の初出については鮎川の

『自選傑作短篇集』自作解説でさえそうなっている)。だが山前氏のものでは前者が「読切特撰集6」で後者は「探偵倶楽部8」なのだ。私はどちらも所持していないが「出来るだけ実見し、追加訂正して作成したもの」とある。間違いはなかろう。

再録に際して、新しい題と共に初出の「探偵倶楽部」の十一月号を指定したら誤って八月号の作品を載せられてしまったのだろう。まことに珍しい例である。

なおこう書いても、島崎氏の誰もが感嘆せざるを得ない業績について云々するものでないことは勿論である。島崎氏の「リスト」には、どれほどお世話になったか分からないのだ。

「暗い河」の河をひっくり返すという大わざは、まことに小気味よい。自然を使ったトリックでは鷲尾三郎の「文殊の罠」が強烈な印象を残すが、この作品もまた忘れ難い(私は学生時代誘惑に負けて、この作品と「下り〝はつかり〟」のトリックを人にしゃべってしまったことがある)。

毎度のことであるが、見過ごしてしまえばそれまでのことを、堂々たる本格のトリックにしてしまう鮎川の手腕は素晴らしい。

さて、鮎川の本の題名には「解けない謎」を示す「鍵孔のない扉」など印象的なものがある。その中で「難攻不落と思えるが遂には崩れる犯罪計画」を示す題が「砂の城」の後に「積木の塔」として出た時、次は「硝子の――」ではないかな、と話したものである。鮎川作品に多い「塔」の字を(「妖塔記」「プラスチックの塔」、それに「風の証言」の元になった「城と塔」など。まだ他にもある)そのままいただけば、ここには美しい七つの「硝子の塔」がそびえているといえるのだ。また「碑文谷事件」や「金魚の寝言」で犯人と被害者になった男女の関係も、別な意味で「硝子の塔」と呼べるのではないだろうか。

『五つの棺』刊行に寄せて　わがままな密室

『五つの棺』を楽しく読んだ。

さて川端康成は、どの地図にものっていない町の名を「弓浦市」とした。現実の町、柳川をモデルにした『廃市』を、福永武彦は同名作品中で「この町、その町」と表現した。ところで『五つの棺』の舞台となるのは、東北線で上野からほぼ一時間の白岡という町である。こういう探偵小説のワンダーランドなど、この世のどこにもありそうにないが、どっこい白岡は立派に地図にのっている現実の町である。

普通、実際にある場所を舞台にする時には（鎌倉、横浜等、その土地の持つイメージを背景にしたいためをも含めて）何らかの必然性があるはずである。ところが、どうもここには客観的に見てうなずける必然性は無さそうである。

白岡であらねばならない理由は至って個人的なもの――つまり、そこが作者の生まれ育った所だからであるらしい。そして作者は、その現実にある町を、観光地にし、山を作り、暴力団の抗争の渦中に巻き込み、そして当然のことながら五つの密室殺人事件を引き起こすのである。この町は勿論、もはや「白岡」ではない。

当たり前の作者なら、白桶とか城岡とかしたことだろう。そうされなかったことによって「この白岡」は、写真でもなく、かといって絵でもない奇妙な空間となった。

抱かれている俺は俺だが、抱いている俺はいったい誰だろう、といったこのおかしさは埼玉県東部に住んでいる人間（私がそうである）にしか分からない。だが私はここで単なる地方的楽屋落ちを指摘したいわけではない。

実は私は、ここにこそ作者の姿勢が端的に表れていると思うのだ。つまりこれは、読者に、どうあっても自分の空間の中で遊んでもらおうという、まことに——わがままな短編集なのである。

作者初めての本にふさわしく、五つの物語それぞれが時間をかけ考えられている。だが何より私にとって痛快だったのは、全編を覆うその心楽しい強引さに他ならないのだ。


（『五つの棺——密室殺人が多すぎる』折原一著）

三位一体の『人生の阿呆』

（本文章中、犯人について触れている部分がありますので、小説読了後にお読み下さい）

一

初版本も単に「初版」であるというだけで有り難がるのは妙なものだし、内容がそれを要求していないのなら豪華本の「豪華さ」も風のごとく空しい。しかし、詩集などには特にいえることだが、その本の形態あるいは構成が、どうにも動かしがたいものに思えることがある。

探偵小説の中でも、私なりにそういった例をあげることができる。そして、そのうちの二冊が木々高太郎のものなのである。共に版画荘から出版された、昭和十一年の『人生の阿呆』と、翌十二年の『柳桜集』である。

『柳桜集』は本文庫『日本探偵小説全集7　木々高太郎集』にそのままの構成で収めた。「緑色の目」と「文学少女」の二編にあわせて、木々はここに、江戸川乱歩の「『文学少女』を読む」を乞うて再録している。

私が乱歩のその文章に初めて接したのは、たまたま古本屋で買った昭和十一年十一月の「探偵春秋」によってである。雑誌そのものの持つ同時代の感触も手伝いはしたのだろうが、とにかく、いかにも乱歩らしい熱情溢れる賛辞として、強く印象に残った。

——こんな風に書かれちゃあ、作者の方はタマラネェだろうな。

汚い言葉を使って申し訳ないが、それが正直な感想だった。タマラネェとは当然のことながら、困る、腹立たしいの意ではない。身内から自然と歓喜がこみあげ、文字通りに体も揺れ出すような、そんな状態である。

だから『柳桜集』を神田で手にした時、そこにこの文章が採られているのを見て、思わずうなった。さもあらん、いや、こうあるべきである。木々はいう。《この一文は、自分にとって過褒なるが故に掲げるには非ず、一に作者の秘密なる胸奥をさぐって、作意よりも更に深きに達せんとしたる、恐ろしき一文なるが故に、請い求めたのだ》

二人の交感と（決してそれだけでないところが面白い）自己主張が形となったこの本は日本探偵小説史上の記念すべき書物のひとつであろう。

ところで最近、新しい版で乱歩の『探偵小説四十年』が出た。それを、あちらこちら読み返していて、今度は乱歩の方が、自分の「『文学少女』を読む」を木々に「恐ろしき一文」と評価されたことを「過褒」としているのに気がついた。心楽しいやり取りである。

また、「『文学少女』を読む」の中心となる概念に《スリルにまで高められた「情熱」と「自尊心」》がある。これは乱歩論の範疇に入るが、私がこれを読んで反射的に思ったのは、乱歩が幼児期のことを綴った「彼」という文章の冒頭に引いている「一粒の麦若し死せずば」の一節である。中学生の時これを読み、電撃のようなものを背筋に感じたのを鮮やかに記憶している。

「僕は皆と同じでないんだ、僕は皆と同じでないんだ」十一歳のアンドレ・ジードは母の前に啜り泣きながら絶望的に繰り返した。

しょせん、あらゆる文章は自己を語るものである。その意味で木々が「探偵小説二年生」という文章の中で《乱歩は、自らの姿を、木々高太郎のうちにほの見てくれたのかも知れぬ》といっているのは、的確な言葉であり（「文学少女」はまだこの頃書かれていないと思うから）、予言であろう。

『柳桜集』とは、いうまでもなく、『古今集』の《花ざかりに京を見やりてよめる》素性法師の歌《見渡せば柳桜をこきまぜてみやこぞ春の錦なりける》によるものだろう（そういえば桂米朝によれば、春錦亭柳桜という洒落た名前の落語家が昔いたそうである）。「緑色の目」、「文学少女」。そして、江戸川乱歩、木々高太郎。いずれが柳か、いずれが桜か。ともあれ綾なす春の錦は見事に織られたのである。

二

さて『柳桜集』から話を始めたのには、三つの理由がある。

一つには、版画荘版の木々の本がいかに彼の意を受けて作られているかの好例だからであり、もう一つは、乱歩の言葉を木々が再録した、つまりは有り難く受けた形になっているのを確認するためである。

そこで、三つめだが、木々の姿勢を別の角度から切り取るのにもこの本は最適だと思うからである。

先に書いた通り、神田で『柳桜集』を手にしたのだが、その時真っ先に「面白いな」と思ったことがある。乱歩の文章の冒頭はこうである。「木々高太郎君の『文学少女』を読んで、ひどく敬服した。無論探偵小説ではない。全く探偵小説でないことが、すっきりしていて、僕には一層快よかったのかも知れない」

ところが、木々はこの文を再録した上で『柳桜集』にかく副題する。

――「二つの探偵小説」

ここにあるのは、先輩乱歩の好意溢れる評に感泣する一方で、したたかに自己主張することを忘れない木々高太郎の姿である。これもまた彼の「情熱」と「自尊心」の表れに他ならない。木々にとって、これらの作は紛れもなく探偵小説なのだ。

木々は『人生の阿呆』自序で、探偵文壇の行き詰まりというテーマを取り上げていう。それは《欧米作家の提出したものが、探偵小説の条件をそなえた、最上の形式であると、早くも誤認し》《欧米の風潮のみが、探偵小説発展の唯一の様式であると、誤認して了った点から、来ている》

ではどうするか、そこに彼の試みがあるのだ。「文学少女」など、短編にその成功の例が多く、長編では戦前で「折蘆《おれあし》」、戦後に「わが女学生時代の罪」を数えることができるだろう。しかし、皮肉なことに『人生の阿呆』そのものは、本格としての組み立てがいかに小説的意図の実現を困難なものにするか、そして小説として身構えた時いかに本格的要素が浮き上がってしまうかを示す失敗作となっているのである。

三

私は多くの探偵小説を東都書房の『日本推理小説大系』で読んだ。東京に出掛けては古本屋を巡って集めたものである。『明治大正集』から始まるそれは、それまでの各種の全集の決定版といってよく、本文校訂にも目が行き届いていた。その第五巻が『小栗虫太郎　木々高太郎集』だった。

おそらくは高校一年の夏であったろう。小栗の『黒死館殺人事件』は私を興奮させた。腹ばいになって読んでいて、体が痛くなって、それでも読み続けて、我慢できなくなって身を起こすと腕に畳の目の跡が赤くついていた。それを眺めて、ふっと我に返った時、庭で鳴く油蟬の声が耳に初めて響いた。

小栗をそのように読んだ後だけに『人生の阿呆』は、私をとまどわせた。

本格としては、（意外にも）旧式探偵小説の代名詞的作品浜尾四郎の『殺人鬼』とよく似ている。いかにもそれらしい段取り、説明図、家と家との「宿世の因縁」、そして犯人が読者にとってはあまりにも自明であり、作中人物達にとってはあまりにも予想外である（つまりは極端に不自然である）こと。

ただ『殺人鬼』には、虚構の大建築を作り上げようという強烈な意志と熱が（極論するならそれだけが）あった。『人生の阿呆』の本格仕立ては単なる形だけのものである。才気がないのはいいとしても、そこに熱が感じられないのだ。

では作者の熱意はどこに向けられているのか。いうまでもなく主人公の決別と新生を描くことである。良吉と達子に関しては見事に成功している。しかし、祖母とのそれはどうか。

「黒衣祖母」の章でマントの小柄な人物が登場して来た時のやりきれない思いは、今も覚えて居る。それは祖母が愛情をこめて描かれているだけに、馬鹿馬鹿しいというより、むしろ無残な感じであった。なぜ、こうまでして探偵小説らしくするのか。感覚的な不自然さだけではない。この日の祖母の行動が論理的にもおかしなものであることは、前後関係から明らかである。

木々の意図はよく分かる。孫のためには最大の犯罪すら犯しうるという、まさにそのことによって祖母の人間像を描ききった時、それは同時に探偵小説としても完結する、こういうことなのだ。そう考える時、『人生の阿呆』の意図は正しく、確かに新しい探偵小説の一つの方向を示した重要な作品なのだ。

ただ、それならば古典的な衣装を身にまとったのは誤りである。そのこと自体が木々の挑戦なら、失敗の原因は至難の技を成し遂げられなかった木々の力不足にある。

このいい方が酷に過ぎることは、私は十二分に承知している。しかし、裏返せばこれも賛辞に他ならないのだ。木々は自序においていう。《探偵小説芸術論は、遂に、その原理に於て、又その実績に於て、全く失敗に終るかも知れぬ》《よし、敗北に終るとしても、作者は、少しも嘆かないであろう。彼が、心をこめて斯くも愛する、探偵小説壇より逐われて、野末の墓にねむるであろうとも、日本探偵小説壇の、来る可き若い時代のために、身を持って教訓の歴史を描くことだけは、できるであろう》

「情熱」と「自尊心」は、確かに人を打つのだ。

四

東都の『大系』で、木々の最初の作品として『人生の阿呆』を読んだ私のとまどいは、一言でいえば、これが代表作なのか、という思いである。一緒に収められていた「網膜脈視症」はすこぶる面白かったが、あまりにも前者の印象が強く、何年か木々の作品を手に取る気が起きなかった。木々の真価を知ったのは、彼の優れた短編を読んでからである。

この作を代表作の一つに数えられることは木々にとって、間違いなく不幸なことだと思う。その気持ちに変わりはないが、一単行本としての『人生の阿呆』が、出されねばならず、また必見の書であるというのも私の確信である。

理由は（先程と同じ筆法になるが）三つある。

その一つは前節で記した、木々の試みを読む、という見地からの価値である。残りは二つだが、その中に探偵小説として初めて直木賞を受賞した作であるということは、無論入らない。

それは作品の価値とは何ら関係のないことである。とはいえ、この評価が気にならないといえば嘘になる。受賞経過を知りたくなるが、今私の手元にあってそのことに最も近付ける本は『菊池寛文学全集』第七巻『話の屑籠』である。しかし、その昭和十二年三月のところに、菊池は残念ながら《芥川賞、直木賞は別項発表の通である。僕は甚だ申訳ないが、怠慢のために、芥川賞の銓衡には加わらなかった》としか書いていない。「文藝春秋」にまであたる余裕はなかった。

ただ乱歩は『探偵小説四十年』でこう書いている。《聞くところによると、この作品に感動し、先ずこれを取り上げたのは久米正雄氏であり、他の選者達は同氏の熱意に追随したかの形であったということである》

この作品のどこがそこまで久米の心をとらえたのか。確かに探偵小説の特殊性に理解を示していた久米であるが、そういった意味でなら、何も『人生の阿呆』に限ることはあるまい。ましてや、乱歩にも《私自身はこの力作の探偵小説としての評価には少しく異った感想を持っている》という言葉があるくらいである。

では、といったところで後は推測になるしかないが、久米正雄という名前を見た瞬間に私には何となくうなずけるものがあった。

山敷和男氏作成の年譜によれば、久米の父は小学校に奉職、(『人生の阿呆』の言葉を借りれば)「明治様」の御真影が焼失した責任をとってその三日後に自決、一家は母の実家に移る。幼くして姉を失うが、文学的感化はその姉と祖母よのに負う所が大きい、とあるではないか。

だが、私が真っ先に思い浮かべたのは、それ以上に久米が、一世を風靡した一連の『蛍草』『破船』などの作者(というべきか体験者というべきか)であることだ。自分では確実に婚約者であると考えていた夏目漱石の令嬢をめぐる恋愛事件の敗者であり、それを執拗に小説とし続けた彼である。モスコウでの達子との再会、彼女の死、そして、人生の阿呆になるなという彼女の遺書に、快い戦慄を帯びた「感動」を覚えても無理がないように、私には思えるのだ。

つまり、久米正雄という一個人にとって『人生の阿呆』は、実に自分に近い物語だったのだ。

五

さて、残った二つの理由は何か。それは版画荘版の『人生の阿呆』を、東京の下町の古書店で手にした時、「ああ、この本だったら分かる。この本の形でどうして出さないのか」と思った気持ちの中にある。

一つは「自序」の存在である。この本にこの「自序」のあることは以前から知っていたが、実際に見ると、まさに木々のいうとおり《必要があり、又、意味もある》という気になる。これを欠いた『人生の阿呆』は、大序の無い『忠臣蔵』のごとくさみしい。

ところで『木々高太郎全集』第六巻を読まれた方は、「批評の標準」という文章の中に《この一文を書く前に、私は近著『人生の阿呆』の序文を校了にしていたが、それには》として引用されている部分が、続く『人生の阿呆』（自序）中のどこを探してもないのに奇異な思いをされたのではないか。実は全集に採られた版のものは、版画荘版の、つまり最初の『自序』のおよそ三分の一（九頁十一行目の《昭和九年の秋》から十三頁十五行まで）なのである。

なお木々が書かなかったという「蛇足ならざる一章」は、「決別」に続く「新生」を語る章だろう。社会的面での新しい出発はほぼ明示されているし、個人的面では結末近くに殊更に《何故敏やと話している所を、人に見られるのを恐れたかについては、良吉は、唯顔を赤らめて黙っていたが》と書き、また結びで良吉の涙の後に敏やが泣くことによって、達子と祖母の死の重みを、良吉と共に引き受け歩んで行くのが彼女であると察せられる。

さて続く一つの理由は、作中の白眉である良吉の紀行に、さらに写真を添えた着想と効果である。これはまったく意識していなかったので、版画荘版を見て文字通りうなった。この版で読んだ人にはこれはちょっと忘れられないだろうな、と思ったら、松本清張にこんな文章があった。《『人生の阿呆』におけるシベリヤ紀行も叙情味の横溢したもので、殊に巻中に挿入された一頁写真は新しい企画であった。この印象が強く私をとらえ、のちに私も自身の『点と線』でそのアイデアを勝手に継承した》（木々先生のこと）

新鮮であり、また、いかにも実際にソ連に留学した人らしい発想である。

そこでつまりは、「自序」とこの写真と小説と、三位一体となった版画荘版の形でこそ、『人生の阿呆』は忘れ難い作品になるのだ。

六

最後に、『日本探偵小説全集』の編集をしていて、気付いた（というか驚いたというか）ことを紹介しよう。『わが女学生時代の罪』を、旧「宝石」の「わが女学生時代の犯罪」と見比べていた時のことである。「宝石」のある号に来ると、一定の間隔ごとに書き直しがされているのである。と、いえば、非常に奇妙に聞こえよう。しかし、その箇所は必ず雑誌の綴じてある側の最後の、あるいは最初の一、二行なのだ。となれば、事情を推し量ることも比較的容易である。

コピーをとる場合を想像していただきたい。活字が余裕を持って組まれていなかったら、今いった部分は、よほど力を入れてぴったりと押し付けなければ読み取れなくなる。昔であるから、コピーではない。しかし、えいやっ、と破り取った雑誌の頁を、単行本の原稿にしたらどうなるだろう。同じである。その部分はちぎれて本に残ってしまう。

木々はそのなくなった部分を適当に書き込んでつないでいるのだ。だいぶ短くなっているところもあったかと思う。これには驚いた。

普通、自分の原稿をそう無造作に扱えるものではなかろう。剃刀などで奇麗に切るのではないか。よしんば一、二行が落ちたにしても、切れなかった残りの部分を確認するか、あるいは完全な本を見て（「宝石」の古い号を入手するのは木々なら簡単にできるはずだ）元の形を再現せずにはいられなくなるだろう。

木々の強烈な個性と強さを、眼前に見る思いがした。

（一九八八・五・八）

『鍵孔のない扉』解説

1

この解説をお引き受けしたとき、実はP・D・ジェイムズの『死の味』を読み始めたところだった。

その手を止めてちらりと『鍵孔のない扉』の冒頭を見てしまった。これがいけなかった。一刻も早く再読したくなったのだ。しかし性分として読みかけた本を途中で棚上げにすることもできかねる。まことに奇妙な落ち着かない気持ちで、英国のかの長大なる作品に立ち向かうことになってしまった。

それほど『鍵孔』の出だしは鮎川ファンにとって魅力に満ちている。

声楽家と伴奏ピアニストのやりとりで、話題が歌曲となれば、鮎川哲也らしい世界が見えてくるのだ。ここでの歌詞についての検討は物語の見事な前菜《オードブル》になっており、またそれだけにとどまってはいない。(ちなみに、鮎川の日本歌曲に対する関心は雑誌「教育音楽」に連載中の「うた——その幻の作家を探る」に見事に結実している。「浜辺の歌」はその第三回で取り上げられ、鮎川は作曲者成田《なりた》為三《ためぞう》氏の夫人文子《ふみこ》さんと作詞者林古渓《はやしこけい》氏の令息大《おおき》氏を訪ねている)。

2

『鍵孔のない扉』は昭和四十四年六月、光文社からカッパ・ノベルスの書下ろし長編として出版された作品である。その「著者のことば」で鮎川はいう。

私の長編の多くがそうであったように、この作品では犯人の正体や犯行の動機を、さほど秘匿《ひとく》したつもりはない。そのかわり、犯人と目される人物には、どこから見ても完璧だとしか思われないアリバイがある。これをどう攻略していくかというところに、興味の焦点を絞ってみた。

まさにそのとおりだが、楽しみはそれだけではない。

鮎川の本格物も、当然のことながら、短編と長編とではその味わいが違ってくる。前者の場合、物語はおおむね直線的に進む。しかし、後者で我々の前に提示されるのは一つの広がりを持った面なのだ。

いくつかの要素が一見脈絡のないもののように投げ出され、事件の全貌は霧を通して見るように茫洋《ぼうよう》としている。

その輪郭がしだいにはっきりと現われてくる過程で、我々は「整理の快感」ともいうべきものを感じる。これが鮎川長編前半の大きな魅力である。

この『鍵孔』においても、雨宮の婚約者が久美子でなかったところや、X氏の存在が浮かび上がってきたところで、物語はどのように展開していくのかと思わせられる。そして、それぞれの断片があるべき位置に嵌《は》め込まれたとき、我々はなるほどと頷《うなず》くのだ。

それに続く後半の見処《みどころ》が、愛読者から待ってましたと声のかかるアリバイくずしである。

若い読者には交換手のつなぐ電話というのが、想像しにくいかもしれない。まことに日進月歩という言葉のとおりである。しかし確かに場所によっては、交換手がつなぎ発信局名を告げたのだ。これは、この物語の犯人にとって「制約」にほかならない。それを逆手にとってトリックにしてしまうところが嬉しくなるような鮮やかさだ。

このように日常我々が目にするようなことをトリックとして作中に取り込むのは、鮎川の十八番なのである。

また、電話の同一局番同一番号への着目はすでに昭和三十八年の短編でなされている。しかし、ここでは同じ素材から、まったく違ったトリックが生み出されているのだ。

二つを比べてみると、こちらのほうがより派手であり長編向きといえよう。このようなところにも作者の配慮が窺《うかが》われる。

3

さて、歌曲についてのやり取りは単なる前菜ではないと書いた。

極論するなら「浜辺の歌」によって久美子の運命は決まったのであり、やがて現われる「荒城の月」は重之の内省を促す。歌がこの物語を動かしている。

その久美子が魅かれた朝吹は、鮎川作品の被害者の多くがそうであるように卑劣な男である。〈傲岸で己惚《うぬぼ》れがつよくて、俗物根性のかたまりみたいな〉彼と、作者が愛情をもって書いているとしか思えない久美子との取り合わせは一見奇妙でさえある。

二人を結び付けたものは何か。答えはただ一つ、〈喪失〉によって生じた〈孤独〉であろう。朝吹は最愛の我が子をなくした男である。そして、久美子もまた「浜辺の歌」を歌った日、かけがえのないものを失ったのだ。彼女の前にはもはや真実の愛はあり得ず、そこにあるのは愛の幻影でしかない。

だからこそ作者は唾棄《だき》すべき男を彼女に配したのだ。

このことを思うとき、私の頭にはまったく関係のない次の一節が浮かぶ。坂井八重に関する説明にこうある。


戦災で親兄弟を失った彼女は、また夫運もめぐまれなかった。靴屋だった最初の夫は金釘で自分の指を叩き、それがもとで破傷風にかかって死んだ。二番目の夫は大工だったが、誤って屋根から落ちて即死した。


こういう殊更《ことさら》に現実性を捨て去ったような表現は鮎川の他の作品にも現われる。咄嗟《とっさ》に思い浮かぶ好例としては、別の長編で〈飼犬に手を嚙まれて〉怪我をした男、などというのがあったと思う。

私はこんなところでいつもニヤリとし、やったやったと喜んでしまう。

なぜだろう。

簡単に考えれば、こういった表現はユーモアの範疇《はんちゅう》に入るのだろう。しかし、私はユーモアゆえに快哉《かいさい》をあげるのではない。そこに作者の強烈な自己主張、自負の心を感じて、ちょうど千両役者がみえを切るのを見たように嬉しくなるのだ。

そのリアリズムの否定こそ、〈本格〉の精神の主張であり、それへの自負にほかならない。

初期には特に登場人物名にも同様なことが多く見られたから、『憎悪の化石』で湯田真壁《ゆだまかべ》などという名前が出てくると〈これはヘンデルのオラトリオ『ユダス・マカベウス』のもじりかな〉などと考えたものである。

4

私が久美子という人間像を頭に描きながら、八重に関する説明を思い出したのは、それぞれの点に、まさに鮎川らしさそのものがあると考えるからだ。

前述したように〈本格〉に徹する我らの巨匠だが、同時にその作品には、遠い星に手を差し延べるようなロマンが、隠れた旋律として常に静かに奏でられている。そんな気がする。

それは表に出ることのほうがむしろまれで、おそらくは含羞《がんしゅう》と自制によって内に秘められている。その姿勢はまことに好もしいし、一方それが玻璃《はり》の器からわずかに溢れた水のように外に出たとき、その清冽さはいよいよ人を打つ。

〈うれしいわ。きて下さると信じていたのよ〉と涙と共に叫ぶ久美子の姿は、朝吹が卑劣な男であるだけに切なく哀しい。彼女の孤独は深く、重之は鏡を見るように自らの姿をそこに見る。

まさにこの瞬間、朝吹は鮎川作品に多く登場する抹殺されるべき人間（即ちはかなくも美しいものの破壊者）の資格を得たのである。

5

『鍵孔のない扉』の結びは、鮎川の長編の中で最も余韻嫋々《じょうじょう》たるものであろう。

「浜辺の歌」は、その二番にいう。

ゆうべ浜辺を
もとおれば
昔の人ぞ

『鍵孔のない扉』解説

しのばるる

注――この文章は一九八九年に刊行された光文社文庫版『鍵孔のない扉』の解説として書かれたものです。当時、鮎川先生が雑誌「教育音楽」に連載なさっていた歌曲に関する文章は、その後加筆され、『唱歌のふるさと　花』『同　旅愁』『同　うみ』として、音楽之友社から出版されています。「浜辺の歌」は、その『旅愁』の巻に収められています。嬉しい三冊です。
　ちなみに、有栖川有栖さんによれば、この三冊も揃えていなければ真の鮎川ファンではない――そうです。

『孤島パズル』解説

去年のことです。

夏だというのが信じられないような肌寒い日、東京創元社の戸川編集長と私は、某所の窓辺で向かい合い、何故か、折り詰めの弁当を食べていました。

編集長は『鮎川哲也と十三の謎』という企画について熱弁をふるわれ、ラインナップまで教えてくれました。その四番目にあがったのが《アリスガワアリス》という名前です。反射的に《有栖川有栖》という五つの文字が頭に浮かんだ私は、割箸の手をとめて、

「あ、知ってます」

と叫んでいました。

戸川編集長は、

「そうですか」

といい、話はそのまま続きました。しかし、帰り道よく考えてみると自分がどうしてその名前を知っているのか分からないのです。漢字の形で思い浮かぶのですから、確かに印刷されたものを見ているわけです。

有栖川有栖、有栖川有栖、はて……

＊

謎は『月光ゲーム』の解説を読んだ時に解けました。有栖川さんの作品は鮎川先生のアンソロジーに入っているのでした。そして私はその本の目次こそ見ました。しかし、(ここだけの話ですが)デビュー作であるそれを読んではいなかったのです。いかにこのペンネームが記憶に残るものか分かります。『月光ゲーム』を読み終えた私が、次にその短編『やけた線路の上の死体』で、英都大学推理小説研究会の四人に再会したことはいうまでもありません。続いて今回は全国の読者の皆さんに先がけて、『孤島パズル』をゲラで読ませていただきました。

そして感じたことは(勿論前二作にも共通していえることですが)、有栖川さんの書くミステリは《形がいい》ということです。

最初から最後まで気配りの行き届いた構成、展開は読んでいて気持ちのいいものです。清潔感のある永遠の青年、ミステリの国のアリス(作中の、です。作者にはまだお会いしたことがありませんので)は、こういった物語の語り手としては、まさに打って付けでしょう。

また何気ないようでいて、さらりと多くを語る文章。

例えば、ヒロイン有馬麻里亜を語る部分。

マリアにせっつかれて立った。彼女は雑踏を早く歩くのが特技というだけあって、巧みに人の波を泳いでぐんぐん進んでいく。僕は「待てよ」と言いながら人を掻き分けて後を追った。

どきどきしませんか。私は読みながら実際、口に出して《いいな、いいな》といってしまいました。こういう風なやり方で《人間》を説明されると嬉しくなってしまいます。

――ところで、それに続く場面に関して一言。推理研の皆さん、(自慢じゃないけど)私も『ナイン・テイラーズ』を持っていますよ! しかも極美本で、箱付きで、おまけに月報付きで、その上しおり付きで――(これが、さらりとしない、しつこさの見本であります)。

＊

さて、今私の手元に『鮎川哲也と十三の謎』の六冊目の本があります。その巻末の既刊紹介に有栖川さんのことが、こう書かれています。《90年代のクイーンを標榜する期待の新本格派》

これはありふれた表現のようでいて、実は見事に的を射た言葉だと思います。

「読者への挑戦」に象徴されるクイーンの初期作品群(悲劇ものも含みます。それも国名シリーズと同じ《志《こころざし》》から生まれたものだと私は確信します)は、多くのミステリファンにとって故郷のようなものでしょう。

私自身のクイーン体験をここで述べていたら、いくら枚数があっても足りません。またクイーンの《志》についても同様です(現に、私は実例を引きながらクイーンの精神について論証を試みたことがあるのですが、百枚やそこらでは完結しそうになく中絶しています)。

ただ一言するなら、クイーン初期作品に描かれているのは完璧な論理、理知というものが存在する世界です。それは神のいる世界に他なりません。この安定した世界では、《探偵に象徴されるような理知は、もしかしたらこの世に存在しないのではないか》という疑いも、文字通りそれがある「かのように」ふるまわれることによって消え去るのです。

有栖川さんの世界もまさにそれで、私はそこで、再び母の手に抱かれるような安らぎと懐かしさを感じることができました。

それでは有栖川さんの作品はクイーンのコピーなのか。

違うと思います。

舌足らずになることを恐れずにいうなら、初期クイーンの作品は姿勢として《意外な犯人》の設定が物語を作り上げる原点となっているのです。犯人の意外性、それはミステリにおける《驚愕》の要素の象徴ともいっていいでしょう。しかしその設定とは結局パターンの踏襲改善であり、それゆえにやがては行き詰まります。そこからクイーンを真に偉大な作家とした、栄光ある苦悶が始まるのです。

しかし有栖川さんの作品は違います。

つまり、犯人の意外性に対するこだわりがないのです。結果としてそうなるのではなく、論理の美しさに対する自信からだと思います。その論理には驚きがあります。だから無理をしてまで、意外でもない《意外な犯人》を仕立て上げる必要がないのです。しかし《犯人当て》であって、易々とそのこだわりを捨てることが出来るというのは実は大変なことではないでしょうか。

『源氏物語』を読んで行くと、「蛍」の巻で物語全体が作者の近代的な文学観に支えられていることが分かるといいます。

この『孤島パズル』第四章「モアイパズル」の最後の部分に、江神さんの密室についての論評があります。それを読んだ時、私は《なるほど》と思いました。《密室》に対するこのような考え方は、そのまま《意外な犯人》にも通じる筈です。そこに本格ミステリに対する新しい姿勢があります。

このような認識こそが、まさに《90年代》なのではないでしょうか。そこからスタートした、我らがミステリの国のアリス（これは作者です）が、これから果たしてどのような道を歩むのか。読者として、息をつめて見守り応援したいと思います。

＊

もし、有栖川さんとお会いすることがあったら、きっとクイーンについて話がはずむでしょう。しかし、『やけた線路の上の死体』『月光ゲーム』『孤島パズル』を読んだ私が何より先に聞いてみたいことが一つあります。単に、舞台設定の必要上からそうなったのかも知れません。しかし、私は近寄り、こう口を切ることでしょう。

「——有栖川さん。夏がお好きなのでしょう？」

一九八九・四・三

『招かれざる客たちのビュッフェ』解説

一

ブランドといわれて私がまず思い出すのは、しんしんとふけわたった真冬の夜の空気なのである。草木も眠る丑三つ時、家々がぐぐっと三寸ばかり背を低くし、人の見ないところで川の流れが止まるという深夜の空気である。

まだ学生であった私は布団の中から手を出し、スタンドの灯りで、クリスチアナ・ブランド作『猫とねずみ』を読んでいた。そして、途中で《こりゃあ、とんでもない本を読み始めてしまった》と思ったものだ。怪談めいた話であり、そこに出て来る《顔》の描写が、ページを閉じたくなるほど生理的に不快だったのである。その感じは指先を突き刺すような夜の空気と共に今もはっきりと記憶に残っている。

今回、この解説をお引き受けしたのをきっかけに本棚の奥からブランドの長編九冊を引っ張り出して来た。何冊か読み返してみたが『猫とねずみ』はパラパラと見ることもしなかった。しかし、ここまで書いて万一記憶違いだといけないと、責任上、問題の箇所を当たることにした。すぐに分かった。間違いない。時を越え、ところを越え、気持ちの悪いものはやっぱり気持ちが悪かった。

そういった描写をする彼女はどうか。面白いことにハヤカワ・ポケット・ミステリ版九冊中で、この四七二番『猫とねずみ』にだけは刷られていないが、それ以外には毎度おなじみのポートレートがある。すらりと通った鼻筋を強調するかのように（しているのだろう）横を向き、斜め下からカメラを向けさせている。写真に写っているのはギリシア彫刻のような美女の像である。――その彼女があんな無残な描写をする。

読み終えて残ったのは、本に対する感想より、《もしかしたら、この作者はとんでもない人ではないのか》という思いであった。

二

ところで、この解説を書かせてもらえるのは、私が以前から『ジェゼベルの死』を好きな作品の一つ、ブランドを好きな作家の一人にあげていたせいだろう。

学生時代に作った私の海外ミステリベストテンには確かに『ジェゼベルの死』が入っていた（一位はあれこれ悩んだ末に、質量合わせてクレイグ・ライス『大あたり・大はずれ殺人事件』にしたものだ）。『猫とねずみ』が私に残したのは不快な後味だった。前記の印象が強すぎたのである。その彼女の持つ《とんでもなさ》が、ミステリの要素とこれ以上ないほど見事に融合したのが『ジェゼベル』である。私はこの作品に戦慄し、以降、完全にブランドの虜《とりこ》になった。

かつて私はある紹介文で《ブランドの最も恐るべき作品『ジェゼベルの死』を切れ者の姉とするなら、（『はなれわざ』は）人あたりのいいよくできた妹といえる》と書いたことがある。『ジェゼベル』は、まさに妖刀の切れ味を感じさせる。その気持ちに変わりはない。今も長編における代表作は『ジェゼベル』だと思う。

しかし『はなれわざ』に関しては、この短編集『招かれざる客たちのビュッフェ』を読んでいささか評価に変化が生じた。

——と、いうわけで、そろそろこの本に収録されている作品とからめてブランドについて語ることになる。トリック、内容に関しても触れざるを得ないので、一言お断りしておく。また『はなれわざ』をお読みでない方は、何やらゲームブックめくが、二ページほど先の《三》の部分までお進み願いたい。

さて本書をお読みいただいた方は、ブランドの《頭のよさ》、そしてしたたかなまでの《うまさ》に舌を巻かれたことと思う。私は正月の二日から三日にかけて読んだのだが、豪華としかいいようのない時を過ごすことが出来た。《おめでとう》という言葉も、この本をこれから読める人にかけてあげたくなったくらいだ。

構成も実に洒落《しゃれ》ている。これは恐らく最初に《コックリル・カクテル》という言葉遊びが生まれ、そこから全体の形が考えられたのだろう。

そのコックリルものが冒頭を飾る。「事件のあとに」である。メイクも落とし、衣装もすでに着替えていた事件関係者一同なのに、何故再びオセローの舞台姿になって捜査陣を迎えたのか？

この謎の提示はまことにセンスがよく、魅力的である。

だがしかし、私にとって一番印象深かったのは《真相》よりも、その前に老刑事が語る《想像》の方なのだ。父と子が入れ替わり、しかもそれが一時ではなく、舞台を離れてもそのまま生活を続けていたのではないか、——こういう常識では考えられない不自然が平然と語られる。

私がそこで思い出したのが『はなれわざ』なのである。思わず《こんなのあり？》と口走りたくなる、あの人物入れ替わり。私はそこにかつて《背負い投げの快感より肩すかしの不満》

を感じた。

こういっても、勿論私が、ミステリにも世間一般でいうリアリティが必要だなどと考えているわけではない。どう考えても不可能な状況で起こった事件が、どう考えてもやっぱり不可能な解決で終わるというのも、それなりに面白いのである。極論すれば、誰がチェスタトンの黄金のような小説に鉛のようなリアリティを要求するだろうか。要は、そのトリックなり論理が作品世界に適合していればよいのである。

その意味で、今にして思えば私は『はなれわざ』をあまりに正面から読み過ぎたのかもしれない。彼女の醒《さ》めたタッチに、余りの出ない割り算を見るような明快な解決を期待したのだろう（事実それまでの彼女の作は、おおむね読了後に人を頷かせる合理性を持っている）。

もっとも感覚的には納得出来なくても、理性ではその辺を補って、題名に力わざであることを（TOUR DE FORCE）殊更、うたっていることから十二分に作者自身がこの点を意識しているのだろうと思い、もしかしたらそこに、男の眼、あるいは恋愛そのものに対する痛烈な皮肉がこめられているのかとも考えた。

その時のことが、この「事件のあとに」を読んでよみがえって来た。《真相》にこそならないものの、人がいかにも無理な入れ替わりを演じ、しかもそれが以降の日常生活にまで延長されるという発想は、まさに「はなれわざ」ではないか。

いくつかのモチーフに執拗なまでに執着するのはブランドの特徴なので、それは《狂気》であったり《孤立》であったり、ここではあえて述べないあることであったりする。それらは作家ブランドの深いところとつながっているに違いない。

それを知った上で考えれば、この繰り返しは無意味なものとは思えない。人間存在あるいは人間関係の虚構性への意識がある、とまで嫌らしいことはいわないまでも、とにかくブランドにおける《人の入れ替わり》を、安易に不自然といって片付ける気にはなれなくなった。これは確かに、この世のことではない。ブランドランドの出来事なのである。

そういう意味では、この二作の間に『ゆがんだ光輪』があるのも暗示的だ。

三

『ゆがんだ光輪』を手に入れたのは学生時代である。

それから長い空白があり、『光輪』はずっと本棚の奥に眠っていた。白状すればこの稿を書くために読んだのだ。そして驚いた。よく訳してくれたと思うほどの異色作である。何せ殺人も(その企てこそあれ)起こらない。主要な謎というのが《サン・ホアン・エル・ピラータ公国のホアン・ロレンゾ大公は、なぜ国の皆が望んでいるのに、修道院の創始者ホアニータが聖人の列に加えられるようローマに働き掛けないか》というものなのだ。

こちらは『はなれわざ』と違って読んでいる人が殆《ほとん》どいないだろうから、あまり突っ込んでいえないところがもどかしい。しかし『はなれわざ』以降の作には地上のリアリティで量《はか》れないものがあることは事実だ。これを早く読んでいれば『はなれわざ』に対する見方も違ったものになっていたかもしれない。

ちょうど、クイーンが後期に至り現世の論理から離れ《軽み》の境地に達したのと似ている。ブランドもまた時に天上の音楽を奏するのである。

四

さて次の「血兄弟」であるが、《双子のどちらかが犯罪を犯したがどちらと特定出来ないために罰せない》という根本の着想は他の作家にもある。しかしここに漂う《悪意》はどうだろう。

ブランド作品の与えるイメージを言葉にしたらどうなるか。私にとっては、何といっても《意地悪》である。

ユーモアというのは笑えるものだろうが、ブランドはおかしいことをいってもそこに皮肉の刺《とげ》がある。素直に笑えない。

何故か。彼女は、常に高みから見下ろして描く。そのせいである。いかに馬鹿なことをいっても、ブランド自身は一瞬たりとも馬鹿にならない。なれないのである。

次のような、執拗なまでに念の入った性格描写を読む時、私はそこで、彼女が自分自身をすら見下ろしているように思えてならない。

マチルダは気の弱い女ではなかった。彼女は、いっそ自分が気の弱い女だったら、とどれほど願ったか知れない。気が遠くなり、だれかにしがみついて、ヒステリーを起こす、そうすれば、みんなが大騒ぎしていたわってくれもしようし、なにもかもわからなくなってしまうこともできよう。ところが運悪くマチルダは、なにか不幸に見舞われても、その第一撃から冷静そのもので、頭の乱れるなんてことは全然なく、堅忍不抜さで或いは無神経さでだれをも感服させ、ずうっと後になってから初めて、精神的消耗と、苦悩と、どうしようもない、烈しい絶望、それに掻き乱された神経のいら立ちの中に突き落され、結局はぐずぐずしていたために同情や援助を得そこなってしまう、損な型の人間の一人だったのだ。(『疑惑の霧』野上彰訳)

ここに《マチルダ》という彼女にとって特別な意味を持つであろう名前が使われていることも興味深い。マチルダという不思議な人物（？）についての話は子供の頃から、ブランドが聞かされて育ったものなのだ。そのことはブライニーが触れているが、いとこのエドワード・アーディゾーニが挿絵を描いたこの本は日本でも訳されている。学習研究社の世界の傑作童話シリーズの一冊『ふしぎなマチルダばあや』である。――買えばクリスチアナとエドワードの幼き日の写真が見られる。

不思議で奇妙で素敵な話だが、訳者の矢川澄子氏の後書きによれば、クリスチアナは幼き日々、この原話を祖父から聞かされたそうだ（おじいさんの顔が見たい）。ところで以下のようなくだりなどは、やはりクリスチアナ、ただ者ではない。

　また、召使たちは召使たちで、（金持ちに貰われた）エバンジェリンのためによろこんだのでした。だって、いままでさんざん、みんなしていじめたりしたものですけれど、かといってやっぱり、エバンジェリンがかわいいむすめであることに、かわりはなかったからです。まもなく召使たちは、またつぎの下ばたらきをやといいれて、エバンジェリンのかわりにその子のことをいじめるようになりました。（矢川澄子訳）

冴え渡る《頭の良さ》は持って生まれたものであろうし、《意地悪》も恐らくそうだろう（あえて断るまでもないが、市井《しせい》の人として他に接する時のブランドがそうだなどというわけではない。恐らくはそつのない、にこやかな、感じのいい人であろう。そのレベルでは《ものを見る眼の鋭さ》と読み替えてもらうといい）。

それは、順風満帆のお嬢様生活から一転して『小公女』の主人公を地で行くような逆境へと歩んだ足取りの中で、――星よりも高い《自負》の心を踏みにじられる過程で、磨き抜かれたのではないか。

この「血兄弟」という作品の《血》の扱いなど、小器用な落ちを越えたものであり、そこにブランドの人間に対する醒めた視線がうかがえる。結末に至ればその結末も、そこから振り返れば書き出しも、まことにもって《意地悪》なのである。

五

「婚姻飛翔」はHMM（ハヤカワ・ミステリ・マガジン）の四〇〇号記念短編全集に選ばれたことが、記憶に新しい。同じ本にクリスティの、これも牡蠣《かき》と毒を扱った作品が載っていた。考え抜かれた見事な本格だが、一読忘れ難いのは真相が明らかになった時のエリザベスの描写である。まるで文楽のガブの人形が、つつましやかな女の顔から一転して角を振り立てた悪鬼の形相に変わるように、背筋の寒くなるような恐さがあった。

結局のところブランドは恐い作家である。「カップの中の毒」のような、倒叙はこう書きなさい、という見本のような作品においても、読みどころは最後の鮮やかな落とし方だけではない。倒叙の場合、どうして犯人が割り出されるか、というところにポイントがあるのはいうまでもない。それが偶然によるのでは、何とも物足りない。犯人の、読者にもあらかじめ分かるはずのミスによるのが好ましい。

そういうところは手堅くきっちりと作ってある。しかし、それだけではない。ここに描かれているのは人妻である犯人の、複雑に揺れ動く心である。その息苦しさ、あせり、心を追う頭の目まぐるしい回転。読者に迫るのは、決して後戻り出来ない一筋の綱を渡る時の恐怖に他ならない。

そして、かの有名な「ジェミニー・クリケット事件」である。

もはや古典といっていいだろう。謎の作り手として、そして「婚姻飛翔」などと並んで、その解きほぐし手としての、ブランドの才能を遺憾なく見せ付けられる。単に解き方が巧みなばかりではない。そこに無類のスリルがあるのだ。

ブライニーも触れているように英版と米版とでは結末の部分がかなり違う。ここに収録されているのは、従来とは違う版である。著者の選択したのはこちらだという。既読の方もぜひ読み比べていただきたい（ここだけのはなしだが私はあちらの方がいいと思う）。なおＥＱＭＭ（エラリー・クイーンズ・ミステリ・マガジン）版をお読みになりたい方は『世界ミステリ全集』（早川書房）の第18巻『37の短篇』が便利であろう。

続く「スケープゴート」は途中までは、おじさんマーク（?）が三つぐらい付きそうな絵に描いたような本格に思え、それだけでも堪能させられる。だが、ラストに至れば「ジェミニー・クリケット事件」同様、全編が悪夢の中の出来事の様相を呈して来るのだ。

「もう山査子摘みもおしまい」では冤罪《えんざい》に加えて閉所恐怖症を、これでもかとばかりに設定するところがいかにも残酷であり、クリストウがキリストめくのも効果的である。私はこれを読んでアンソールの絵を思った。キリストと、それを取り巻くグロテスクな群衆の図である。

六

さて、これでメインディッシュまで終わったようだ。すでに使った枚数はかなりのものである。続けて作品に即して寸感を述べても、同工異曲の文を重ねることになるだろう。ブラック過ぎるほどブラックなコーヒーまで楽しみは尽きない。そのストーリー展開だけを見れば、何度かお目にかかったようなありふれた話でも、冴え渡るブランドの芸の力で異様な光を放っている。

これが近来まれに見る贅沢な短編集であると再び記して、結びとしたい。

一九九〇・一・八

夢のうちにも花ぞ散りける——『いざ言問はむ都鳥』解説

一

解説を書き終わると、私はいつもぐったりしてしまう。四百メートル走の後のようなものだ（百よりも十キロよりもきつい、——らしい）。常日頃から敬愛している方の本や、これならば相性ぴったりという作品について、《書いてみないか》というお言葉をいただく。嬉しいから頑張り、疲労困憊する。それはいい。解説とは、私にとって作者への恋文に他ならないのだから当たり前である。困るのはただ一つ、思いの丈をいい尽くせたかと不安になることだ。これが辛い。それを考えると、解説こそが私の一番書きたくない文章ということにもなる。

ところがその私が、飛んで火に入る夏の虫、自分の方から《書かせて下さい》と口走ってしまったのが、この本なのである。

解説のフーダニット、即ち誰が担当したかは明記してある。そしてまたホワイダニット、何故担当したかの方にも、この場合、実に簡単な答えがある。

二

去年の、もうコートが必要になろうとしていた頃だった。このシリーズを続けてお読みの方には連続ドラマの登場人物のようにおなじみの、東京創元社編集長戸川さんとお会いした。その時に、《読んでごらんなさい》と渡されたのが本書巻頭にある『いざ言問はむ都鳥』のコピーであった。

帰りの地下鉄の中で早速読み始め、押したり引いたりの呼吸の絶妙な文章に、たちまち捕まえられてしまった。

それだけに、《ヒバの垣根の根元に都忘れが咲いている》という辺りは同様の場面から話を始めたことのある私への挨拶だろうとくすぐったくも思い、同時に、そのせいで作品が軽くなるのではないかと心配にもなった。しかし、お読みいただければ分かる通り、作者は遥かにしたたかであった。というより、私の実感をそのまま言葉にするなら、作者は何と――魔法使いであった。そうでなくて誰が、毟《むし》られた都忘れの花びらを一つの謎に仕立て上げ解決を付けることが出来ようか。これこそまさに《はなれわざ》だ。

そしてまた、植物に対する本物の愛情は、次々に登場するカラスウリやモミジイチゴなどを、それらではなく彼や彼女達とさえ思わせ、ひたすらに魅力的である。《ぼくがものすごく感動した、暖温帯の照葉樹林。世界一美しいといわれる日本のブナ林》というあたりで私は文字通り《感動》してしまった。この人以外に誰がこんなミステリを書けるだろう。

私は家に着くとすぐに戸川さんのお宅に電話をした。

――これ、本になるんですか？

――その筈です。

――だったら、解説書かせて下さいっ！

もはやホワイダニットの答えは、お分りだろう。どういうことを書こうなどという目算はなかった。解説者になりさえすれば、一足先にこの人の作品が読めるのである。本になるまで、とても待ってはいられなかったのだ。

三

澤木喬さんは、学生時代から同人誌に作品を発表していた。それが戸川さんの目にとまり、独特の持味とセンスを買われ、創元推理文庫に何度か登場することになったという。

例えば、チェスタトン編の『探偵小説の世紀・下』である。その巻末の座談会、並びに二十七項目にも及ぶ機知に富んだ〔注〕からは、澤木喬＝菊地千尋さんのミステリ観と人となりが如実にうかがえる。――もっとも役者の舞台姿と日常が同じではないように、実際にお会いしてみると、澤木さんは才気煥発が先に立つというより、むしろ楚々たる感じの方であったが。

そしてまた新しいところでC・マクラウドの『猫が死体を連れてきた』の解説を読むと、澤木喬＝沢桔梗さんの植物に対する並々ならぬ愛情が伝わって来るのである。

中井英夫から、チェスタトン、泡坂妻夫が好きな作家で、そしてル・カレやリテル、C・ピンチャーといったスパイ物もお気に入りだとおっしゃる。人には《脈絡がない》といわれるそうだ。しかし、《スパイ物は人間の絡み合いが純粋に描けるから、まさに推理小説そのものです》という御意見をうかがうと、実は見事に一本筋が通っているのだと思う。澤木さんが、ミステリという魅惑的な植物の《謎》という花をどのようにとらえているかが、そこから見えてくる。《謎》は読者の挑戦の手のとどかぬ、どこか斜め上方の高みにあるものなのである。それに光を当てるのが作者の役目なのだ。

だから『ゆく水にかずかくよりもはかなきは』のような作品を読んで、後段の論理が脆弱であるとか、驚くばかりに飛躍しているなどというのは、まったく当たらないのだ。実際、意識してか、二、四の偶数作において論理は抽象性を増し、そこで作品は奇妙な輝きを発するようになっている。殊にこの『ゆく水』の出だしの魅力は、素晴らしいものである。

また、この辺りから前面に出て来る、沢木君の職場、植物生態学研究室の様子も興味深い。細かい描写からも推察される通り、作者澤木さんは大学では植物学を専攻し、――というのは真っ赤な嘘、学部は法学部で専門は比較憲法だったというから、何がなんだかよく分からない。しかしながら作者は、その道の人には《比較憲法をやっていた》とすぐ伝わる信号を、本の中に入れてあるそうだ。身近に、名探偵樋口陽一氏のような人がいたら、聞いてみるのも一興である。

四

終曲に先立つ第三楽章ともいうべき『飛び立ちかねつ鳥にしあらねば』は、集中最も形の整った作品だろう。物語の展開の《コク》と、アイデアの冴えとセンスの《キレ》が見事に調和している。

ところで題名に一部が引かれている和歌について、蛇足ではあろうが触れておこう。

1　名にしおはばいざ言問はむ都鳥わが思ふ人はありやなしやと（在原業平）

2　ゆく水にかずかくよりもはかなきは思はぬ人を思ふなりけり（読人知らず）

ともに『古今和歌集』にも入っているが、『伊勢物語』の中の歌としての方がより広く知られている。そして、

3　世の中を憂しとやさしと思へども飛び立ちかねつ鳥にしあらねば（山上憶良）

これは『万葉集』。それぞれ、都鳥に都忘れを通わせたり、水に隠れた真実を示したり、あ

るいは、現世からの逃亡を思わせるなど、なるほどと頷ける巧みな引き方である。

そして、三楽章までにちらりちらりと見え隠れしては緊張を強いていたモチーフも、最後に至って、『古今集』の、

4　袖ひぢてむすびし水のこほれるを春立つけふの風や解くらむ（紀貫之）

の歌のように解かれ、物語を閉じる。

冒頭の猫の謎、とりわけ《相手が猫のおばけじゃあ、布団にもぐったって何の役にもたたないね》などという辺りは、ぞくりとする。その伏線が最後に生きて、まことに奇妙な色合いを見せる。《麗子さん達》の、美しく、また賢いようで、どこか間の抜けた犯行ぶりを思う時、私は地に映る二人の影を見てみたいと思う。もしかしたら彼女達の影には、とがった耳と長い尾があるかもしれない。そんな妄想を抱いては、私はまたまたぞくりとするのである。

ともあれここには、以上の世の常ならぬ四編により、夢の世界にも似て、そして決して儚《はかな》くはない一つのワンダーランドが見事に構築されているのだ。

五

残された、はてな、がないこともない。梅さんこと梅咲久美子さんの《春》がどうなるかである。ここまで語り手に付き合った身としては、やはり沢木君に、頑張れ、といいたくなる。今度《魔法使い》に会ったら、あの二人がどうなるのか聞いてみよう。しかし、澤木さんはきっと、花のように笑うばかりであろう。

一九九〇・一〇・二八

私の一冊　『Look what I can do』

この本と出会ったのは、十五年ばかり前のことである。

存在を知ったのは、絵本紹介の雑誌による。確か『こんなことできる？』という訳題がつけられていたと思う。二匹の水牛が屈託のない顔をして踊っていた。面白そうだと思った何冊かの中の一冊だった。

ただし、外国の本ということで、実際お目にかかれるかどうかは分からなかった。アメリカにまで注文するのは、慣れない者には心理的に大変なことである（要するに、面倒だった、ということ）。

そうしたところが、たまたま丸善の絵本のコーナーに行ったら、ありましたありました！　雑誌の紹介欄の小さな写真版では、その味は分からない。一読して、たちまちファンになってしまった。

扉の絵は、仰向けに寝転がった水牛が、たわわに実ったバナナの枝を、尾に巻き付け、口に運んでいるところ。象の鼻ではあるまいしそんなことは出来まい——と思うのは俗人である。

そして、物語は、何とも気持ちよさそうに昼寝しているグレー水牛のところに、呑気そうなベージュ水牛が来るところから始まる。ベー牛クンは奇妙奇天烈な格好をしていう。《るっく　ふぁっと　あい　きゃん　どぅ》

ユーモラスな線と目に快い色、独特なタッチで描かれる動物、植物。ページをめくるのが楽しくなる場面転換の妙。

短歌は短歌。俳句は俳句。その形態でなければ表わせないものを、その形で表現する。作者のホセ・アルエゴさんも、自分の世界を表現する最良の手段をつかんだ一人だろう。生まれがフィリピンはマニラと聞くと、絵本の主人公が水牛であり、南国風の世界が描かれているのも頷ける。

ファンは追っかけをやるもの。その後、二十冊近く、アルエゴさんの本を手に入れた。この十年ぐらいの間には翻訳もかなり出た。ただし絵本のロングセラーは限られたものだけなので、店頭からはすぐに消えてしまう。

その後の本の中でも、生まれたばかりのあひるの子が、ひよこに向かって《できるかい？》といっているのがある。また、マングースの女の子のシリーズの、家出の話などはほろりとさせられてしまう。つまり、実は《一冊》ではなく、どれもお気に入りなのだ。

ううむ、どこかでアルエゴさんの全集を出さないかなあ！

『我らが隣人の犯罪』解説

1

宮部さんの本は、これからも数限りなく文庫になるだろう。したがって、その解説も数限りなく書かれるであろう。

そんな中で、この本について語る権利を得られたのは、まことに嬉しい。なぜか。この短編集『我らが隣人の犯罪』こそ、わたしにとっての《宮部みゆきベスト1》であり続けて来た本だからだ。

それは勿論、『魔術はささやく』の味も捨て難い。『龍は眠る』の大きさも認める。好きといったら、『本所深川ふしぎ草紙』などは大好きだ。それでも、『火車』が出るまで、ベストはこの本だったのである。それでは、最新長編が現れて、こちらが二番になったのかというと、とんでもない。ベストが二つになったのである。（注　その後、さらに増えている）

話題作、キングの『ＩＴ』を初夏に読み、宮部さんと話をした。その時に、わたしはいった。「長編で『火車』、短編集に『我らが隣人の犯罪』があったら、宮部さんは『ＩＴ』が向かって来ても恐くないでしょう」

2

正直なところをいえば、宮部さんの最初の本『パーフェクト・ブルー』に、わたしは衝撃を受けなかった。出だしでは、どれほど素晴らしい作品になるかと思った。しかし、といおうか、あるいはそれゆえに、といおうか、とにかく読み終えた時には、いくつかの不満が残ってしまった。

それが『魔術はささやく』を読んで変わった。宮部みゆきは《器用》なのではない。それをはるかに越えたものを持っている。読みながら感じたのは、何と楽しみな作家が出て来たのだろう、というわくわくする思いである。ファンとは常に、新しい優れた個性の登場を待望しているものなのである。

最近は不精をして、読んだ本の題名さえ記録しなくなってしまったが、その当時は簡単なメモをとっていた。『魔術はささやく』については、こう書いてある。

9・25　舌を巻いた。うまいうまい。GKCがテーマと結び付いている。アンフェアの問題をこういう形で書く姿勢は《好感!》を持てる。『つるさんは』など泣いてしまうし、ラストまでその素直で人間を信ずる姿勢が生きている。首尾の整った見事な作。

本質的に長編作家であること。すべての人を語りたくなる。

また宮部さんの書く少年の色っぽさについて。中性的、神話的少年。

文字通りのメモなので、このままでは意味のとりにくいところもあるが、そのまま引いた。登場人物すべてに見事な肉付けがされているところから、宮部さんを、切り口を見せる《短編の人》であるより、《長編の人》と考えていたわけである。

ところが、明けて一九九〇年。年の初めに、この短編集を読み、宮部さんがオールマイティだと知ることになった。

当時わたしは、ある事情からクリスチアナ・ブランドの作品を読み返していた。短編集では、そのうまさに感嘆しつつ、この上なく豪華な時間を過ごした。彼女のミステリのイメージは《意地悪》であった。

同時期に宮部さんの短編集を読むのは、まさに取り合わせの妙であった。そこにあったのは、まさに《意地悪》とは正反対のミステリだった。作者の頭のよさは随所にうかがえるのに、それを決して怜悧とは見せない。一方、共通するものは、こちらもまた《豪華》としかいいようのない読みごたえである。

日本のミステリ短編集で、わたしにとって大事なものがいくつかある。春陽文庫の乱歩や講談社ロマン・ブックス鮎川哲也の『白い密室』は、わたしをミステリの道に引き込んだ。大学生の頃には、都筑道夫『くらやみ砂絵』に膝を拍ち、やがて泡坂妻夫『亜愛一郎の転倒』の登場に歓喜し、近くは連城三紀彦『運命の八分休符』に脱帽した。

これらの短編集はどれも、わたしにとって聖域にあるものである。そして、一読、『我らが隣人の犯罪』もまた、そこに入った。

3

以下、当然、内容に触れることになる。作品から先にお読みいただきたい——と、お断りしたところで、さて巻頭「我らが隣人の犯罪」。

「オール讀物」推理小説新人賞受賞作。そして、新人の、しかも御覧の通りのやや長めの短編（！）でありながら、その年の『推理小説年鑑』に掲載された作品である。

わたしは、これを読んで、ミステリという建物の中に、まったく新しい部屋が開かれたような気がした。子供が主人公だから、子供の視点で生き生きと書かれているから——などという意味ではない。それは全体から感じ取れる輝き、というしかない。おそらくは、新人賞の選考委員も、年鑑の編纂委員も、この作に触れた時に、何よりもまず嬉しかったのではないか。

嬉しい、といえば、犬の鳴き声に悩まされた母親が《この前なんか、買ってきたばっかりの卵のカートンを投げちゃってさ》などというところで、わたしは喜んでしまう。これは凄い。まさしく極限状態である。それでいておかしい。他でもない《卵のカートン》をここで持ち出せるミステリ作家というのは、少なかろう。

さて、「この子誰の子」を読むと、宮部さんは、恐ろしく解説の書きにくい作家だと思う。——うまい、といったら、その通り、となってしまう。宮部さんの読者なら、それは誰にでも分かることだ。だから、別の言葉を使えといわれるだろうが、この作に関しては、いうしかない。うまい、と。

見事な出だしから、次々と疑問を提示し続け、読者をリードする。かなりひねくれた読者でも、黙ってついて行くしかない。お釈迦様の手のひらにいるようなものだ。

技術もさることながら、ここには、さらに大事なことがある。主人公だ。人工受精で生まれたこの少年が物語を支えて、しっかりと立っている。これは、この題材から考えて、とても大事なことだと思う。《着想》に対する作者の責任感を感じる。人間にとって大事なことを玩具にはしない。その意識があるからこそ、宮部みゆきは優れた作家なのだと思う。

そして、この話をこういう三行で結べるのは宮部さんしかいない。下手な書き手にかかったら、甘い鼻持ちならない結末となったかもしれない。しかし、宮部さんが書くと、真にあるべき結びはこれ一つ、という不動のものになり、読者を動かす。

読み進んで「サボテンの花」に至って、わたしは無条件降伏してしまった。こう続けると、未読の人は、お世辞が過ぎていやらしい、と思うかもしれない。そんなことは断じてない。わたしは過去には、「解説」で、ある長編を否定してしまった前科がある（その冒頭にも「本編を読んでから解説を見て下さい」と書いたのだが、後で、あの書き方はトリックだといわれてしまった）。「サボテンの花」は掛け値無しの傑作である。読み終えてすぐ、ある人に電話をして、読後の興奮を語ったことを鮮烈に覚えている。

魔法を見せられたような気がした。宮部さんを指して、本格の書き手でもあるという人は少なかろう。しかし、これは疑いもなく現代本格推理を代表する名作の一つである。

優れた本格の条件として、魅力ある謎、納得の行く伏線、そして切れ味のいい解決があげられる。この作品は、その総てを完璧に備えている。子供達がお酒を作っている場面がもたらす、強烈な不可思議の感。これには並の密室やアリバイ作りが束になってかかっても、到底、太刀打ち出来ない。そして、結末に至ってあらゆる伏線は見事に生きて立ち上がり、謎は文字通り氷解する。

サボテンが意識を持つという説とテキーラを、どうしてこんな風に結び付け、こんな話を作れるのか。作者の頭の中をのぞいてみたくなってしまう。

そして、肝心なのは、ここでは本格の要素がそのまま小説の要素であり、謎を語ることが見事に魂のこもった物語を語ることになっている、ということだ。

ここまでの三作は、どれも素晴らしい。こういった見事な短編集を読むのは《読者》としては喜びだが、自分でも何か書いてみよう、と思っている時には災難である。いきなり棒でなぐられるようなものだ（かといって傷害罪で訴えることも出来ない）。

以下の二作も、お読みいただければ分かる通り、水準を越えた作である。

「祝・殺人」。代理で結婚披露宴に参列した人の話を聞いたことがある。作中の明子が語るように、一面識もなかった新郎新婦の像が、宴の終わるまでに頭の中に形作られていったという。一冊の本を読むような、興味深い体験だったらしい。

改めていわれればなるほどと思う、そんな披露宴の性質をとらえ、ほぼ謎解きの会話の進行のみで作品を成立させた手腕はさすがである。

ただ、佐竹は強請《ゆすり》を始めたために挙式の二ヵ月後に殺されることになっている。犯人は新郎と、新婦の父親である。新婦は妊娠四ヵ月目だったから父親も離婚をさせられなかったという。これを、佐竹がもう半年、新郎の犯罪を調査しつつ親友らしい顔で振るまい続けていたとしたら、どうだろう。新しい生命の誕生したところで、ごく自然に出掛けて行き、初孫の顔を見たばかりの《おじいちゃん》と新郎を恐喝にかかるのである。その半年を《待つ》という悪意は恐るべきものだろう。無心の赤ん坊の未来をも交渉の材料として《出産祝い》に現れる男。強請られる側の殺意は、その瞬間に確定するのではないか。

そんなことを考えるのはお前が人が悪いので、そう書いたらもう宮部みゆきの世界ではない、といわれるかもしれない。しかし、宮部さんの作品の幅は信じられないほどに広い。よくいわれる《下町の人情》にとどまらないものを、宮部さんは、今までも書いてきたし、これからも書くであろうから、つい解説の枠を越えるようなところにまで踏み込んでしまったのである。

その宮部さんは、「気分は自殺志願」では、自己抹殺の依頼という一つのパターンを、やすやすと自分の短編にしてしまう安定した力量を見せ、この短編集を閉じる。

これ一冊の中にも、これだけのバラエティーがある。宮部さんは、引き出しの多い人である。そして、どの引き出しにも優れた物語が入っている。だから、論じにくいともいえる。ただ一言、間違いなくいえることがある。箪笥にもいろいろあるが、宮部みゆきは、桐の箪笥である。

オルメスが通れば道理が引っ込む

名探偵、とくれば後に続くのは、勿論オルメスである。カミの手になるだけに（神の洒落ですよ）、この男ただ者ではあり得ない。カミの本は三冊持っているが、中でも芸術社推理選書3の『名探偵オルメス』が箱・腰巻・月報・売上補充カード・愛読者カード付きであるのはまことに嬉しい（何ていやらしいことを書くんだろうねえ）。このシリーズ、1、2も4もヴァン・ダイン。それに挟んで出すというのが実にいいセンスである。謳い文句にいわく、——驚天動地！　想像を絶する難事件・怪事件の激発に花のパリが震撼すれば、パリの至宝的名探偵オルメス颯爽と登場、（中略）まさに人智を絶したシュールレアリスム的推理の粋！　空前にして絶妙の着想、卓抜無類の機知、息もつがせぬ諧謔！

これだけ書けば「何とオーバーな」となるところだが、相手がカミでは、ただただ頭を下げるしかない。ルーフォック・オルメスには落合も曙もジーコもかなわないのである。

『キッド・ピストルズの妄想』解説

ヴァン・ホーンさん、あなたは、奇怪なことや無理なこじつけに非常な魅力を感じる人物を相手にしていたのです。あなたは、このぼくの好みを承知していたのです！

（『十日間の不思議』第十日）

1

山口氏とは、十年を一昔というなら、二昔に近いほど前にもお会いしている――そうです。「ぴあ」の映画案内が、その時大勢のミステリファンを動かしました。わが家にも仲間から電話がかかって来ました。神田御茶ノ水のアテネ・フランセで『驚愕の十日間』をやるというのです。勿論、我らがエラリー・クイーンの『十日間の不思議』。ディードリッチ・ヴァン・ホーンが何とオーソン・ウェルズ、ハワードにはアンソニー・パーキンスという夢のような配役でした。もっとも舞台がフランスという設定なので、役名は違っていましたが。

映画は面白かったのです。前述の二人の存在感はたいしたものでした。しかしながら、肝心の探偵がEQではないのが、何とも物足りませんでした。役名はポール、俳優はあのミッシェル・ピッコリおじさんだったのですが、いくら巧みに演じられたところで、こちらに思い入れのある作品だから、どうもいけません。簡単にいってしまえば『十日間の不思議』というのは単独で存在する話ではない。初めて読んだ時には作の良否以前に、まず、とまどったものです。

クイーンの作品の流れの中に置き、その後に『九尾の猫』『悪の起源』を置かなければ、本当には読めない。分からない。間に『ダブル・ダブル』をはさみますが、内容的には、これらは三作ワンセットです。そして付言するなら、この三部作こそがクイーンの《最高傑作》でしょう。

ところで、映画の後、ミステリ仲間と喫茶店に入ったのですが、その席で、わたしはキッド・ピストルズの作者と顔を合わせているらしい。その頃の山口氏の手帳には、どこに行き誰に会った、とつけてあったのだそうです。恐ろしい人です。しかし、かくいうわたしも、その日のパンフレットをいまだに持っています。これを書くので、確かあった筈だと探してみたら、雑誌の間から出て来ました。多少汚れてはいますし紙一枚ですが、今となっては貴重なもの。折角だから、クイーン・山口雅也両氏のファンで、御希望の方がいたら、お譲りしましょう。きっと山口氏はサインまでしてくださることでしょう。(本気です。ただし、この本を購入された方に限る、ぐらいは氏のかわりにいってもいいでしょう? 申し込みは葉書で東京創元社まで。締め切りは平成五年十一月末日、抽選で一名様となります。そうそう、東京創元社といえば毎度おなじみの戸川編集長も、我々が出掛けた翌日あたりに行き、同じ場所で同じ映画を観ていた筈だといいます)。

その時に、何か言葉を交わしたのかどうか、まったく覚えていません。しかし、わたしが、この本の解説を書くことになったことに縁を感じます。本格論と『十日間の不思議』から話を始めましょう。

2

わたし自身、実はミステリをかなり幅広くとらえています。しかしながら、やはり本格は

《こちら側》にあるもの、その他は《あちら側》にあるものという思いがあります。その根本の感情に正直に、問題を整理してみましょう。つまり、以下は感情的な論理です。そこに、欠点があり、また真実がある、ということになります。

《本格は行き詰まったからハードボイルドに道を譲るのが自然の流れだ》と高名な文学者の方がおっしゃっていました。なるほど、煎餅に飽きたからシュークリームを食べるということはあるでしょう。しかし、それは食べる人の趣味、個人の問題です。自分が甘いものを食べたくなったからといって、行き詰まったといわれたら煎餅も迷惑です。一、二枚食べただけで、後はキャンディばかり嘗めているなら話は簡単、その人は煎餅が嫌いなのです。《わたしは食べたくない》ということです。それだけの話。いうまでもない、煎餅もシュークリームも菓子なのでしょう。しかしまったく別個のものです。何より、そんないい方はハードボイルドに失礼ではありませんか。本格があろうがなかろうが、チャンドラーはチャンドラーでしょう。

ところで、元に返って、それなら本格は行き詰まってはいないのか。これは簡単。謎物語という枠がある以上、出来た瞬間に行き詰まっています。誰にいわれるまでもない、当たり前の話です。しかし、皆さん、それは《どうでもいいこと》なのですよ。行き詰まりというのは結果ではなく、自明の前提なのですから。たとえば、《前人未到！》などと謳われたミステリを読んで見たら、使われているのは最も古いパターンのひっかけであった、などというのはよくあることです。目くじらを立てるようなことではありません。本格とはそういうものなのですから。

だから読まれない、書かれない、なら、それでおしまいです。それなのに、なおかつ読まれ、書かれるのです。少なくとも日本においてはこれは厳然たる事実です。面白いですね。では、何がそれを支えるのか。《好き》という感情です。《愛》ですよ。（いうまでもないことの連続でしょう）本格とは、人間がある程度以上いればその内の何人かは愛を抱くところのものなのです。そして《愛》というのはその主体である《わたし》にとって常に現在形です。であるからして、愛なき人が何をいったところで、人間がある程度以上存在する限り本格は滅びないし滅ぼせないのです。

ところで、人間がある程度以上いれば、そこにはこの種の《愛》の心を持つ人が何人か存在する（しつこくてすみません）ということは、即ち本格の心が普遍である、不易であるということです。活劇やら社会性の部分は、発表当時には時代に合い読めたとしても、やがて古くなり腐った衣装となってこぼれ落ちることがあります。これはミステリの読者なら実際に経験することです。しかし、本格は不易であり古びることがないのです。

それでは、本格とは何か。端的にいえば、《こちら側の人間》の書いた謎物語です。前半分はとても大事なことで、そのハートがなかったら本格にはならないでしょう。謎物語というのも、また微妙なところです。わたしもパズルは嫌いではありませんが、それと本格ではやはり違う。本格について《パズルを何故わざわざ小説の形にする必要があるのか》という昔からの批判があります。しかし、これは当たらない。小説という影響力の強い夫と結婚してしまったら、彼女は必然的に昔のままの彼女ではいられないのです。

さて、ここで小休止しなければなりません。本格推理小説は、はたして小説なのか、という大きな問題があるからです。わたしは本格においては、それがいわゆる《小説》であることも、いわんや《人間が書けている》ことも必要条件だとは思いません。しかし、小説である本格が存在することもまた事実です（この本の読者の頭には反射的に『生ける屍の死』が浮かぶでしょう。チェスタトンを思う人もいるでしょう。わたしは咄嗟に、宮部みゆきさんの『サボテンの花』を考えました）。

ところで小説という表現形式は元来《何でもあり》の自由なものです。何でも呑み込める。そこが小説の大きさです。ここでは、非小説すら取り込むのが小説の大きさだと考えて、難所をクリアしましょう。

そんな大きな、小説という怪物に呑み込まれたら、《謎解き》はもう生のままの《謎解き》ではいられないのです。多少なりとも消化されないわけにはいきません。その結果生まれるのが、本格推理小説なのです。だから、そこには謎と解明以外の何ものかが常に付加されてしまいます。小説という形態を取ってしまった以上、否応無しにそうなるのです。パズルに徹したものでも、パズルの精神というものを小説の形で訴えた、ということになってしまうのです。それは明らかに、パズルそのもので訴えたのとは異なってしまうのです。

3

そこでクイーンの話になります。以下は学生時代に五十枚だけ書いて中絶しているクイーン論の内容の一部です。当時はリーもダネイも存命でした。ネヴィンズのクイーン論も出ていませんでした。時の移ろいを感じますが、それはさておき、クイーンの作家活動を区分するには、いろいろな方法があるでしょう。わたしは前期、後期と二つに分けます。前期は『十日間の不思議』第一部　九日間の不思議、第九日最後から二行目《かくて死の巻を閉じ》までです。後期は次の行《これより生の巻を開く》から始まり『最後の一撃』までです。では沈黙を破って書かれた『盤面の敵』は何かというと、あれは死者の作品です（当時は『盤面の敵』代作説は出ていなかったと思いますし、そういう卑しい意味ではありません）。それ以降の作も当然そうです。クイーンは死んでもタイプライターをたたいた最大の推理作家、希有の人なのです。これは皮肉でもからかいでもありません。ありえない論理を使いありえない作品すら存在させてしまった人への愛と賛嘆の言葉です。

『十日間の不思議』はブリキの神様となったクイーンの人間宣言です。そのために必要とされた神がディードリッチですが、それにしては彼が《十日目》に小さくなり過ぎる嫌いがあります。しかし、この《神々の黄昏》三部作のスタート作として、あるべき形が取られ駒の配置が完了します。そして、三作の流れは『悪の起源』の結びの《笑い》に見事に収斂していきます。クイーンはここで、他の誰にもなしえない、まさに悪魔的というしかない手際で《滅びの歌》を歌いました。それは我々に何を示唆するのでしょう。

本格は滅びたということでしょうか。

違います。クイーンが結果的に示してしまったのは、実は《本格はこんなことまで語れる》ということに他ならないのです。

山口雅也氏は「永劫の庭」で、限られた、秩序ある空間、即ち庭園を司る者の口を借りていわせます。《庭園造りに熱中していると、美を越えるものがあるということが解るようになる、とね。美しいものはうつろいやすいが、常に悠久の時間そのものを体現する崇高なものは、見る人のより高次な感情を喚起するのです》

誤解してはいけません。庭が低次、それを通して語られるのが高次のものだというわけではありません。庭は厳として庭です。ガードナーにとっても庭園伯爵にとっても、庭こそ愛の対象であり、己です。対象を持つ人間は、そこに自己を投影させることが出来ます。いや、そうなってしまうのです。庭を真剣に管理する限り、庭師はそこに自己の歌を託すことになるのです。

さらに繰り返します。誤解してはいけません。わたしは、本格も《それ以外の何か》を声高に主張す《べき》だというような、おっちょこちょいがとんぼ返りしたようなことをいっているのではありません。ただ、《そのもの》を述べたところで、述べるのが人間なら《それだけ》にはならないのです。

クイーンの国名シリーズを読む時、『読者への挑戦』で立ち止まり、真剣に犯人を推理する人はまれでしょう。わたしはといえば、出来るだけ考えないように気をつけました。これから秘密の花園に入ろうというのに、先に垣間見をしようというのは興をそぐこととしか思えなかったからです。そんな読者でも『挑戦』は嬉しい。何故でしょう。そこに作者の《心意気》を読むからです。

悲劇シリーズなら、一つの着想のためのシリーズを起こすという、これまた《心意気》。『Yの悲劇』についてなら、読み終わってみれば無駄な人間が多いという三島由紀夫の有名な言葉がありますが、ミステリに慣れた読者なら逆でしょう。いかに無駄な人間がいないか、というところに感動するわけです。たとえばトリヴェット船長などという端役にしたところで、こう気を回す読者がいるだろうから、ここにこれを置いてやれ、という作者の配慮がありありとうかがえる。読めるのです。詰め将棋の駒とすれば、これなぞ遠くに置かれた歩に過ぎません。しかしその一つ一つにきちんと意味がある。無駄がないのです。そこに、というよりその姿勢。そういうことをするクイーンという《こちら側》の人間に感動するのです。

同じクイーンでも、後期の作となれば感銘の質は違います。また、これが、チェスタトンになれば話は違います。つまり本格という器も、作者の数だけ、あるいは作品の数だけものが盛られてしまうものなのです。

4

そして山口雅也氏は、その器に何を盛ったか。それが山口雅也論になるわけですが、これは書きにくい。そうさせてしまった犯人がいます。服部まゆみ氏です。『時のかたち』（東京創元社刊）286ページ以降の『生ける屍の死』を語る文章は、《山口雅也》を語ろうとする人間に無力感を感じさせるものです。山口氏の優れた作品には、この服部の定理が当てはまる。そして、『キッド・ピストルズの妄想』は疑うべくもなく、キッドシリーズ三作中最高のものでしょう。

感じたことは、結局服部氏の手のひらにあることです。だからわたしは、クイーンを語りつつ、実は同じことを述べたのです。ミステリに関しては、クイーンが本妻、カーが恋人、という氏です。きっと許してくれるでしょう。

山口氏は本格の器に氏ならではのものを盛りました。盛れるということを、またも実証しました。そして『キッド・ピストルズの妄想』は『山口雅也の勝利』となったのです。

5

形の上からは、これで綺麗に終わりとすべきところなのですが、やはりそれぞれについて一言述べたくなりました。『生ける屍の死』には世界推理小説史上に残る名台詞が出てきます。告発された容疑者が、何をいわれていたか分からずに謝る言葉、《すまん、ちょっと死んでいたもんで》です。本作中、前述の「永劫の庭」にも、それに匹敵する場面があります。《なんだ、じゃないよ。あたいの推理どうだったって、言ってるんだ。あんたを伯爵殺しの犯人として告発したんだよ！　聞いてなかったの？》《そうか。途中まで聞いていたんだが、（中略）済まないな》。この辺り、まさに山口雅也の味です。

「ノアの最後の航海」の《箱舟》は語るべきことと不即不離ですが、これはパラレル英国の中でこそ生きるもの。設定を見事に生かしたといえるでしょう。先日、山口氏とクリスチアナ・

ブランドの話をする機会がありました。そこで氏はブランドがこんな書き方をしていると指摘しました。何人か集まったところで、たとえば、ジョンがこういった、メリーがこういった、とあり、中に混じって《犯人はこういった》。これは恐い。ブランドの一節だったら、わたしも読んでいる筈ですが、忘れていました。肌合いは違いますし、誰を指しているかは自明なのですが、同じような部分が、この「ノアの最後の航海」にも出て来ます。ブランドへの挨拶でしょうか。

「反重力の塔」は、この魅力ある中編集（中編という長さが、それぞれの必然なのですが）の最高作でしょう。それは人の出入りをどう始末したか、というような処理の巧みによるものではありません。あえていうなら、それは氏でなくても出来ることです。この作品を山口氏のものにしているのは別のもの。《犯人は誰か、などということより重要》な《狂気の論理》の指摘です。この世のことより難しい、悪夢の中での推理が鮮やかになされます。あやうい夢の論理は現実に戻った時、形を失うのが常です。しかし、ここではそうはならない、作者がそうはさせなかったのです。山口氏は見事な仕事をしたのです。

さらに、地球を引き寄せて死ぬ男の物語に、氏は氏でなければつけられない注釈を加えます。《塀の上で独りぼっちで威張っているハンプティ・ダンプティに、アリスはこう言ってやった──『地面の方が安心でないこと？』》。この時、夢魔の論理は、普遍の、存在の哀しみの色調を帯びます。こういうことを、人は完璧と呼ぶのです。

『慟哭』解説

一、この作品との関わり。したがって、まずは実録・鮎川哲也賞予選。

四月は、心躍る月であった。

鮎川賞は設けられた時から、いや、その前から、ごく近くで見守る立場にいた。司祭ともいうべき戸川さんから、《今年はこんな作品がありました》と聞く。どれも面白そうである。それは勿論、面白そうなところばかりを、ちらりちらりと垣間見させられるせいでもあろう。夜目遠目笠の内、いずれも美人。

しかし、ミステリが好きな身としては、身近にこんな催しがあってはたまらない。

「予選委員をさせてください」

と、頼んだ。しかし、戸川さんは、

「その時間に原稿を書きなさい」

と、そっけない。

攻防数年。今年は何とか読ませてもらう約束が出来た。

四月一日、予選委員一同が東京創元社に集まる。わたしは初めてのこととて、一人だけ一時間以上も早く着いてしまう。まことに迷惑な人物である。そこで主催者側の案内により、取り敢えず、創元社五階のコンピュータールーム（どんな部屋を想像します？　いわぬが花の吉野山。また、五階より上の階もありません）に案内され、届いた原稿の山を見る。すでに、担当者別に段ボールの箱に仕分けされている。わくわくする。

「これは、どうやって分けたんですか」

司祭、曰く、

「無作為です。ただし、長い短いがありますから、全員の分担枚数がほぼ同じになるよう配慮してあります」

そして、コピーされた分担表を渡される。題名、作者名、枚数などが書いてある。自分の分担の中から一作を取り出し、《吉野山》から下山し、応接室でさっそくテーブルに置く。

厳粛な気持ちになる。どれだけの時間と熱意がこめられたかを、考えるからである。読み始める。なかなかに達者である。

その内に皆さんが集まる。会議室に集合。カツ重にインスタントみそ汁の夕食を取りながら、先輩委員の方々のお話を聞く。出来のいい作品が一人のところに偏ることがあるそうだ。逆もある。人情として、心中、前者を望む。

このメンバーの次の会合、つまり予選会が何日かを聞き、解散。応募原稿は、大きな段ボール箱に入り切らないほどあるので、当然、宅配便で後から送られて来る。

「消印有効で今日に間に合わなかったものは、また、振り分けてお送りします」

という司祭の声を背中に聞きながら、わたしは、紙袋に五編ほどを入れ、持ち帰った。帰路、ホームでも、地下鉄でも、私鉄の中でも、読み続けた（余談ながら、ワープロを使われる方は20字×20行にする必要はまったくありません。四百字詰めに換算した枚数さえ書き添えてくだされば、一枚に沢山書かれて結構です。むしろ、その方が《本》になった時の感じがつかめます）。その日のうちに二作読了。書かれた方の《思い入れ》が伝わって来る。本選に向け幾つか通過させるというのは、ほとんどを落とすということである。そう思うと気が重い。読むのは辛くない。正直をいうと、もっと大変だと思っていた。実は、わたし自身、高校生の頃、乱歩賞に応募を夢見て、『☆☆☆☆☆☆』（恥ずかしくていえないような題である）などという、覚醒剤を飲んだエラリー・クイーンが語ったのを、できの悪い小学生がおぼろな記憶を頼りに記し、それを折り紙付きの悪訳で読むような、とんでもない代物を書きかけたことがある。メイントリックは読者即犯人、という今から思えばありふれたものである。脇役に巫《かんなぎ》弓彦という名前の人物がいたのを記憶している。自分の構想したものが、到底読むにたえないものだったから、今回、それなりの覚悟はしていたのである。ところが、それは鮎川賞応募者に対して、大変失礼なことであった。

本選以外の選評は発表しないことになっている。したがって、具体的にはいえないが、多くの作品に、光る部分やこれはという着想、あるいは思わずうんうんと頷きたくなる熱情があった。

そして数日。

乱歩賞予選委員の方の書かれた文章を読んだことがある。醍醐味を味わえるのは、《これは！》という作品に行き当たった時だという。わたしにとって、その最初が『凍える島』だった。読み始めて、すぐに独自の世界に引き込まれた。ちょうど車のタイヤ交換の日だった。原稿を助手席に置いて出掛け、交換を待つ間も、ベンチに座りながら読み耽った。わたし好みの作品だが、これについて語るのは今の仕事ではない。読み終わって、すぐに戸川さんに電話をした。

その次の次、夕食後に読み始めたのが、『慟哭』である。こちらも興奮した。しかし、読み終えて、司祭に電話するわけにはいかなかった。真夜中をとうに過ぎていたからである。

題《タイトル》は『慟哭』、書き振りは《練達》、読み終えてみれば《仰天》――であった。

二、お願いですから、これが驚くべき作品だと、人にいわないで下さい。

予選委員をやってよかった、と思った。これを予備知識なしに読めたからである。昨年、ある作品について、こういった類いの本ですよ、と書いてあるのをうっかり目にしてしまい、読む楽しみが激減してしまったことがある。

この作品について、あれこれいう必要はない。(といいつつ、以下にあれこれ書くのだが)読んでいただければ、慟哭、練達、仰天、の線で納得していただけると思う。そして、人に話す時には《こういう類いの本》であると、絶対に明かさないようにしてほしい。意地悪をしてはいけない。殺人の動機になる。

さて、いよいよ四月二十八日。予選会の日である。もっとも、ここでは本選への候補作をあげるだけ。わたしは『凍える島』、『慟哭』を◎にし、三作を○印、他に出来たら目を通してもらいたいもの数編をあげた。二時間ほど話し合ったが、今回はわたしの分担のところが、特にレベルが高かったようである。司祭はここであげられたものを読み、予選委員と連絡を取りつつ、本選への作品を絞って行く。

上記二作は、すんなり通過した。嬉しい。○印の中からもあがってほしいと思ったが、それは無理だった。後は本選待ちである。単なる傍観者となる。作者のそれとは比べものにならないだろうが、結果はいかに、と緊張した。人情として、また作品の出来から考えて、自分の読んだ二作が受賞しないかと期待した。それは他の予選委員の方も同じ気持ちだったろう。『さびしがりやに捧げる首ナシ殺人』は凝ったものらしいし、作者の風田二兎さんは実力派である。

『青き沈黙』を担当された委員の方は予選会の席上、感に堪えぬように《本当に、いい小説を読ませてもらいました》と語っていた。どうなるにしろ文句はない。《鮎川賞は面白いですよ！》と会う人ごとに話していたのは、この頃である。

そして最終選考の日、東京創元社に電話を入れた。結果は御承知の通りである。『凍える島』は、ありきたりの《孤島もの》の形を取りながら、そこを突き抜けた希有の作である。しかし、他の作品が活字にならないのは惜しいと思ったら、戸川さんは『慟哭』も出します、とおっしゃる。これまた嬉しい。

さて、応募原稿には作者の年齢が明記してある（なぜ、必要なのだろう。今度戸川さんに会ったら聞いてみよう。フレデリック・キンサンとマンフレッド・ギンサンという百歳の方の合作だろうと、小学生の書いた『天才えらりいちゃん、金魚の謎解いた』であろうと、要は出来次第の筈である。はて？）。『慟哭』の作者は二十五歳、書き振りからは想像出来ないほどに若い。

お住まいは、何と東京創元社まで走って来られる距離である。早速、お会いしたが、学生としか思えない方である。第二作を書いたら、すぐにも抱えて全力疾走して来られそうな元気さである。

新興宗教を題材としたものは数多いが、独自に思いつかれたとのこと。また、意外だったことが一つあった。それは《三》に記す。

その後、本作りが進み、解説を誰に、という話になったそうだ。貫井さんから、わたし、というお話があったという。戸川さんと、《予選委員が書くというのも、あまり例がないなあ》《僕が書いたら、鮎川賞の内側を書いちゃいますよ》などと話した。——そして書いてしまった。

その後、予選委員のベテラン某氏と会い、《いやー、あの仕事って心が躍りますねえ》といったら、《そうですか》。《二十数作、メモを取りながら、じっくり読みましたけど、全然あきませんでしたよ》。某氏、ゆっくりと、《それを二十数年、やってごらんなさい》。

妙に納得してしまった。しかし、来年はまだまだ二年目、当分予選委員やらせてください熱の下がりそうもないわたしである。

三、そこで、ミステリには毎度おなじみ、この先は作品を読んでから、の章。

この作品では、二つの筋が同時展開して行く。パターンとしては珍しくない。いうまでもなく、その二つの《飛行》が最後にどう《着地》するか、が眼目である。しかし、あきれるほど老練なタッチに、しばしばそんな《読み》を忘れさせられる。この作の成功は、まさにそこから来るものだろう。

終わってみれば《あの手》の作品なのだが、それをこうも見事に成功させるのは至難の技である。わたしは、あの部分——三百四十八ページ、67章の最後の二行で、文字通り、あっといってしまった。

さらに、結末の一行に至ると、何と、メインの事件は解決していないのである。こんなミステリは珍しかろう。(なくはない) それでミステリが終わるのか、立派に終わるのだ。書いてしまうが、それはメインの事件が実は《メインだと思わされていた事件》だからである。そして、まさに《解決していない》ことによって、そこにはぽっかりと暗い穴が開くのである。その黒を背景として、佐伯の慟哭が——絶望が、そして狂気が浮かび上がる。この効果は絶妙である。

年間ベストテンに入り得る作品だと思うし、多くの読者の支持を得ることは疑いない。
さて、前述の《意外だったこと》というのは、白岡のことである。わたしは予選選考のメモにこう書いた。

埼玉にも地名は、いろいろあるのに、なぜ白岡なのか。先入観のある地名を使うのはうまくないのでは、と思っていると、これがメッセージ。作者は、これから《折原一》をやりますよ、とぬけぬけと示していたのだ。何と人を食ったことをするのだろう。

わたしは、ここにもミステリならではの、たまらない妙味を感じた。白岡とくれば、折原一である。ところが、貫井さんに聞いてみると《あ、そうなんですか》。では、なぜ白岡を、と聞くと、たまたま知っていた町がそこだったという。
作者に生きていられると、論評は難しい。

その妙味と恐さ

桑原武夫に、このような文章がある。

——《二年ばかり前、私はある退屈な會に連ならねばならなかつた。席をはづす譯にはゆかず、さうかといつて雑談もできぬ。私は所在なさに、配布された紙片の上に『三國志』中の固有名詞を樂書きしてゐた。曹植、黄忠、臨沮等々。》(『三國志』のために)

と、隣席の人物がそれを見て書いた。呂布。桑原先生、頷き、受けて立ち、

——《一問一答、私の壓倒的優勢裡に、會は了つた。》

読者諸氏は、思うであろう。これは、バルザックの巻の月報である、と。ご心配なく、話はつながる。文章は、それからこう続く。

——《かつてアランの『ヴァレリ會見記』で、この兩文豪が微醺を帯びて、『人間喜劇』作中人物の當て合ひを試みるところを讀み、内心感服したのだが、このことあつて以降は、ヴァレリ、アラン何するものぞ、別に高級なわけではなかつたのだと思つてゐる。》

なるほど、このゲームは、いかにもバルザックの世界を闊歩する登場人物にも応用できそうだ。孔明、曹操クラスの大立者だけでも、ラスティニャック、ヴォートラン、リュシアン等々、と次々に浮かんで来る。またその名前を連ねることに、いいしれぬ妙味、興趣のある点も同様である。

ただ現在、三国志にはコミックやテレビのおかげで、小学生にすらマニアがいる。『人間喜

劇』はそうはいかない。つまらぬ会合の途中、紙片にアンリエット・ド・モルソーフと書いたところで、隣の人物がフェリックス・ド・ヴァンドネスと応ずる可能性は、皆無といってよかろう。

一言でいうなら、まことに勿体ない話である。

さて、この稿を書こうとした頃、まったく別の理由から、昔のノートを開いた。すると、バルザックの作品名が記されているページに行き当たった。下手なペン字で1番『砂漠の情熱』から84番『Z・マルカス』までが列記され、そのうち六十六の数字に赤丸がつけられている。古本屋をまわって、これだけは手に入れたという表である。

実はわたしは、大学に入るまでバルザックに触れたことがなかった。フランス文学といえば、メリメでありスタンダールであった。ところが、大学の先生が、雑談中にこんなことをいったのだ。「友人に、こと文学に関しては新刊本を読まない者がいる。トルストイ、ドストエフスキー、そしてバルザック。この三大家のものを繰り返し読む。他にはいらないという。これもひとつの見識である」

おやおや、と思って読み始める。そこでまず、全作品で一つの巨大な世界――『人間喜劇』を形作る、いわゆる人物再出法に驚かされた。その効果とは、いかなるものか。たとえば、『ゴリオ爺さん』の、あのボーセアン子爵夫人が『捨てられた女』に出て来て、《彼女はわるびれずに額をあげていた。それは自分の過失を誇って、人の宥恕などを求めない堕天使の額であった》などと、描写されると、もうたまらない。

これでは二冊や三冊読んでも仕方がない。少なくとも十冊二十冊の単位で読まなければ、と嬉しい覚悟をさせられてしまう。

当時、最も完備された全集は東京創元社の二十巻本だった。銀色の装丁のそれを、神田の古書店で何度か見かけることはあったが、わたしには高嶺の花だった。幸い、こまめに見てまわれば、それより古い単行本や全集本で、そのほとんどが揃えられた。いや、現在の最新版全集にもない『ユルシュール・ミルエ』まで、手に入った。

たとえば、今引いた『捨てられた女』の一節は、現在の東京創元社二十六巻本全集中の、市原豊太訳だが、私が最初に読んだのは白馬書房の新城和一訳。昭和二十四年一月刊行の本だから、私が生まれる前に出ている。訳題は『悲戀』。古書店の売価は鉛筆で百円と記してある。

そこで思い出したが同じ本に収められている『ゴプセック』の結びは、今の全集、水野亮訳ではこうなっている。《「ボーセアン夫人はいつもレストー夫人が訪ねてくると会っていたよ」と、カミーユの年老いた伯父がいった。「そう、でもあれは夜会の場合ですもの」と、子爵夫人も負けずにいい返した》

これが、新城訳では《「ド・ボオゼアン夫人だつて、ド・レストオ夫人をお客に呼びましたよ」と年をとつた伯父は言つた。「あら、さうねえ、あの方の大夜會のときだつたわねえ」と、子爵夫人は答へて言つた》

おそらくは前者が正しいのであろう。しかし、幾層にも物語の重なるバルザック作品の読者としては、後者のように書かれた方が感慨は深い。そこに忽然と、クレール・ド・ボーセアン最後の、まさに——あの大夜会が浮かぶからだ。少なくとも訳筆をとった時、新城氏の胸中に、それが浮かんだことは確かである。正誤は措く。それこそ、まさに『人間喜劇』ならではの妙味なのである。

ボーセアン夫人については、実はまだ書きたいこともあるが、《ある》とだけ記しておこう。

バルザックの世界は、——多くの人がいっていることだが、貪欲も狂気も、ついには卑小すら偉大に見せる巨大人物の宝庫である。彼女はまだ小粒な方だ。

『日本におけるバルザック書誌』は原政夫氏の労作である。それによれば、『従妹ベット』の戦前の訳題に『放蕩親爺』というのがある。淫蕩の権化、ユロ男爵を指すことは明らかだ。つけもつけたりと苦笑しつつ、そのうちに背筋が寒くなったものである。

演劇のシェークスピアの位置に、小説のバルザックがいる、ともいわれる。まことに頷ける。一方、バルザックはすでに滅びた恐竜だという人もいる。

いや、この竜は《時》風情が滅ぼせるほどのやわな代物ではない。矛盾したいい方をするなら、小説がある限り、いつ、いかなる時でも、《今だからこそバルザック》といい得るのである。

最後に、付言しよう。

訳題についていうなら、本巻に収められた『ウジェニー・グランデ』には大正二年に『愛と慾』という訳本がある。

『谷間の百合』は——わたしが読んだのは夏だった。その時の熱気とともに、最後の部分の恐ろしさを思い出す——アランのお気に入りの本である。彼のバルザック論は家のどこかにあるのだが、とっさに出て来ない。確か、毎年これを読んでは泣く男の話も書かれていたと思う。

生き残ったことの重さを見つめる
──重松清『舞姫通信』を読む

1

話題作『見張り塔から　ずっと』（重松清著、角川書店刊）を読むと、この巧みな作家が《見張り塔》から降り、問題と正面から取り組んだらどうなるかと思ってしまいます。それが、ここでなされているのです。

重松清氏の文章は、悲惨をも、透き通ったものの内に閉じ込めるような魅力を持っています。さらに氏は、小説ならではの《仕掛け》を見事に使います。これが、本作においてもそのままいえます。──仮に本文を読まずとも、『舞姫通信』の四字を見ただけで、読者はそのことに気づく筈です。

そしてページを開けばすぐに、その予感の正しかったことを知るでしょう。《舞姫は、静かに教室にやってきた》と、物語は始まります。この幕開きの魅惑的なことはどうでしょう。

主人公の《僕》は新任教師、《入学式の数日後の朝》、一年生のクラスの、朝のホームルームに出ます。風邪をひいた担任の代わりでした。ところが、その朝、生徒《全員の机の中に》こういう《初対面のメッセージ》が入っていたのです。

《舞姫通信　199×年　第1号》

新入生の皆さん、歴史と伝統ある武蔵ケ丘女子学院高校——ムサジョへのご入学、おめでとうございます。

今年初めての、そしてあなたにとってはもちろん初めての、舞姫通信です。

舞姫。私たちの憧れの人。あなたもきっと虜になってしまうはずの、舞姫。私たちは皆、舞姫の妹です。舞姫は、毎日、私たちを見守ってくれています。それを忘れないでください。

(中略)

北校舎の裏に狭い庭があります。そこに舞姫がいます。舞姫は、その庭で舞いました。

(中略)

空に踊る舞姫を、私たちは愛します。

地に横たわる舞姫を、私たちは愛します。

舞姫倶楽部へ、ようこそ——。


これは読み進むしかないではありませんか。

2

このような出だしを持つ物語の、以下の展開を多少なりとも具体的に書くことは罪であるような気がします。読者一人一人が、新しい雪を踏むようにして、ページをめくるべきでしょう。そう思いつつ、邪魔にならない程度の言葉を書いておきます。

『見張り塔から ずっと』を読んだ者の耳に、その通奏低音は何と響くのでしょうか。わたしは《欠落》と聴きました。《満開の花》ではあり得ないのが人間です。重松氏はそこで、《欠落》と人との問題を見つめていました。

そのように考えれば、まさに『舞姫通信』は同じ作者の手になる作品なのです。主人公の岸田宏海《ひろみ》は、併せて世界となる《陸》、即ち、双子の兄の陸男を失っているのです。

これは生き残ってしまった者、現に生きている者が、そのことの重さを見つめる物語なのです。ヒロイン佐智子が、城真吾という素材を使って行うある実験は、実社会ではお嬢様の気まぐれ、とんでもない愚行でしょう。小説世界では、それが自己の存在証明です。必然であり命がけなのです。そして、作者は佐智子が城真吾を踊らせたように、登場人物を操るのです。

実験の結果、城真吾は《とりあえず生きている》者たちへのアンチテーゼとして育つ筈でした。しかし、作者が、その城真吾のために用意したものは、皮肉なことにとりあえずの死なのです。

冷笑は何物をも生み出しません。作者の操りの意図はそこにあるわけではないのです。実験の物語と、そして一方に配置された舞姫通信の物語が、シャッフルされたトランプのように重なりあい、やがて安らかな時が生まれます。ここが読み所でしょう。

最後に、付け加えます。主人公の手によって書かれ、すぐに消される舞姫通信第13号中に忘れ難い一節がありました。《僕は、思い出せない君のことを、決して忘れはしないから》がそれです。意識せずに探していた言葉に、ふと巡り会った思いでした。

山口雅也『生ける屍の死』　創元推理文庫トビラ紹介文

あなたがミステリという蜜を求める蜂ならば、世界に類例のない、この大輪の花を見逃してはならない。舞台は眠気を催させるような墓の町、葬儀屋が支配するトゥームズヴィル。だが、ここでは最も深いはずの眠り——死が、何故か永遠のものではなくなっていた。殺しても蘇る厄介な被害者たち。そうなった時、殺人という行為に何の意味があるのか。自らも途中で死んでしまいながら、真相に迫るパンク探偵グリン。山口雅也は、《死》を考察しつつ、本格推理を新しい器に盛り、高らかにその《不死》を宣言したのである。

東野圭吾論——愛があるから鞭打つのか　【本格ミステリの現在】

文中、『眠りの森』の内容について触れています。未読の方はご注意下さい。

1

本年（一九九六年）年頭、遅ればせながら、伊吹和子さんの『われよりほかに』（講談社）を読んだ。谷崎潤一郎の口述筆記をなさった方が、晩年の文豪の姿を書いている。実に面白い。

読みながら、いろいろと考えた。その一つが、事実というのも厄介なものだ、ということだ。今までの論考の幾つかが、この書の中では、伊吹さんの知る事実によって、あっさりと粉砕されている。

さて、それを読み終えたところで、東野さんからお電話があった。

「新しい短編集のコピーを書きませんか」

わたしが、かつてすれ違い同然にお目にかかった時、《天下一探偵シリーズのファンです》といったのを覚えていてくださったのである。

ゲラで、通して読んで、また喜んでしまった。

「密室の謎を解かなければ、真相がわからないのです」
「ああら、そうかしら」君子は意外そうな顔をした。「そんなもの、後回しでもいいんじゃないかしら。犯人を捕まえてから、どうやって密室にしたのか聞き出せばいいんだわ。あたしは特に聞きたくもないけど」（中略）「だいたいトリックで読者の気をひこうという考えが時代遅れよ。密室の謎ですって？　ふふん、陳腐すぎて笑う気にもなれないわ」
天下一の顔はひきつったままだった。

何ともおかしい。そして、本格大好き人間でありながら、これを喜ぶ自分がまた面白くなった。

谷崎に関する本を読み終えたばかりだったから、すらりとこんな文句が浮かんだ。

小林秀雄はいった、谷崎においてはマゾヒズムが《ついにもののあはれにまで到達した》と。本格推理の自虐趣味が、この『天下一シリーズ』では《をかし》の領域に行き着いた。

この小林秀雄の言葉は、伊吹さんの本には載っていない。まず、それが正しいかを確認した。さて、そこで言葉はできた。作品の本質をある方向から端的に捉えていると思う。――と、自分でいっていれば世話はない。しかし、気になったことが二つ。

一つは「自虐趣味」である。ある方向、つまり読者がこれを読んでニヤニヤするところには、それがある。だが、作者から見たらどうなのか。そういう意味で作られた作品ではない――と、わたしは思った。とすれば、このコピーは東野さんにとって不本意なのではないか。お電話をして、《見ていただけないでしょうか》といったところ、

「おまかせした以上、チェックは一切必要ありません」

という、何とも潔い御返事だった。《凄いな》と思った。わたしだったら、とてもこう、すらりとはいえない。やはり、目を通したくなってしまう。

さて、もう一つの気になったところを、この電話の時に聞いてしまう手が、勿論あった。だが、実はこの時には『東野圭吾と本格』論を書くことが決まっていた。

話は突然飛ぶが、昔、中島みゆきのコンサートに行った。椅子に座って歌うところで、みゆきさんは、膝を、和服で自決する女性のように縛った。熱中して裾が乱れるといけないからである。「足が開かなけりゃコンサート」それから、ぽつんと付け足して「開いたらショーだよ」。間と調子がよくて、大受けしていた。そこで、――東野さんに疑問点を、聞かなければ《論》、聞いてしまったら《インタビュー》だ。

事実というのは強いもので、ことに作者自身の一言というのは、百の論理を粉砕しかねないから恐い。論理的には、作品が一度生まれてしまえば、作者の意見も一つの解釈に過ぎない。その筈なのだが、なかなか理屈通りにはいかないものである。京極夏彦さんと、この一月に座談会でお話をすることになった。その前に、と思って、『鉄鼠の檻』の感想を某所に書いたりした。そういうことを考えてである。

そしてまた、作品というのは、作者にとっても、総て説明のつけられる、解答を握っている問題集のようなものではない。そうだとしたら、つまらなかろう。だから、インタビューの同じ質問に対して、その時々で違う答をしている作家を、いい加減な奴となじってはいけないのだ。

そこで聞かずに、考えてみた。

2

この最新短編集『名探偵の掟』は本格推理のパロディである。

そこでは、旧来の本格が鞭打たれている。わたしは、このシリーズを雑誌で読み、東野さんが本格推理の骨法を知り抜いていることから、こう思ってきた。《とはいうものの、やっぱり本格が好きなんでしょう》と。

読者が被虐趣味で喜ぶとしたら（と書いてきたが、実は、そう簡単にいえるようなものではない。その点については後で述べる）、一方、作者の側にあるのは（ちょっと危ないいい方になるが）愛ある嗜虐趣味ではないか。

ところが、ゲラで、初めて連作中の「『花のOL湯けむり温泉殺人事件』論」を読み、そうもいえなくなったのである。これは《二時間ドラマ》のパロディである。ここに引っ掛かった。つまらないか？　とんでもない。天下一大五郎が、シュールにもアイドル系の女の子として登場する設定など、憎いほど巧い。《彼女》はいう、ぬけぬけと。

「あれ、知らないの？　二時間ドラマだと、大抵の場合、主人公は女に変えられちゃうんだよ。（中略）名前は天下一亜理沙。東京の女子大の三年で、ミステリ研究会に所属ってことになってるの。よろしくね」

しかし、だ。わたしは、笑いながらも思わずにはいられなかった。――では東野さんにとって、《本格》とは《二時間ドラマ》と同列のものなのか、と。

二時間ドラマのパロディとして、すぐに浮かぶのは、(毎度のことながら東京創元社の戸川編集長に教えていただいたのだが)しりあがり寿&西家ヒバリの「湯の町連続殺人事件 サスペンス劇場 暴かれた美人OLの過去! ヨロイ武者は呪いか? 謎の男は見ていた!」(『底抜けカフェテラス』〔新書館〕所収)だ。理不尽のおかしさに溢れていた。このタイトルを見ても一目瞭然だが、《いわゆる二時間ドラマ》というイメージが存在する。製作者、何より作品にとって失礼なことだから、断らなければならないが、個々のドラマがどうかは別問題である。

その《いわゆる二時間ドラマ》というイメージには、《愛はない》と思う。

となると、東野圭吾は愛なくして、鞭をふるっているのか。文字通り、本格を鞭打っているのだろうか。

そのようなことを考えつつ、書棚に谷崎の本と『底抜けカフェテラス』を返しに行った。ついでに視線を背表紙の上に散歩させていたら、光文社版の江戸川乱歩、少年探偵シリーズに目がとまった。《この巻末の作品紹介は傑作だよなあ》と思いつつ、どれでもよかったのだが『妖人ゴング』を手にとった。そして、ぱらぱらとめくってみた。

> ああ、妖人ゴングが、あの怪人二十面相だったとは、その場にいあわせた中村警部も、アッとおどろいたほどですから、だれひとり、そこまで気づいているものはありません。それをすっかり見ぬいていた明智は、さすがに名探偵といわなければなりません。

二十面相以外の誰がやりますかって、そんなこと！　と、そのお約束の世界に懐かしさと微笑ましさを覚えた。勿論、子供であろうと、二十面相の仕業と思って読んでいる。これは、書く側読む側の共犯関係によって成り立っている台詞であり、ごひいき筋の観る芝居なのだ。

そこで、そうかと思った。「『花のOL湯けむり温泉殺人事件』論」によって、『名探偵の掟』で著者は《くだらないと思うもの》を笑った、と読むのは正しくないのだ。そこで笑われているのは十年一日の不自然な《紋切り型》なのだ。そう考えれば、全体の結構は整う。「『花のOL～』論」は、あの中にあって異形のものではない。むしろ、全体を補強し、作者の姿勢を示すものなのだ。

単に、《くだらない》ではない。《紋切り型》。そう考えれば作家東野圭吾の憎悪が、ここにあることも、よく分かる。

3

『名探偵の掟』は、本格推理のファンにとって自虐的な喜びがある、と書いたが、それも実は誤解されやすいいい方かもしれない。古来、平安古典や忠臣蔵の、本歌取りやら揚げ足を取った作品は数多い。そこにあるのは《通》の笑いである。これも、そういう流れにあるものと考えてもらった方がいい。

そしてまた、ここに収められた作品は、正面から本格に向かい合う作品と同じく、考え抜かれ趣向がこらされている。

実は、遊びほど真面目なものはない。逆にいえば――不真面目な遊びほど興ざめなものはない。東野圭吾は、ここできちんと遊んでいる。これが押さえなければならない点だ。

さらに、あのカミの『名探偵オルメス』シリーズに通じるような不思議な味を持つ作品がある。集中随一の傑作、「切断の理由」だ。――と書いて、《ああそうか》と納得した。なぜ被虐という言葉が出たかだ。《谷崎について読んでいた》から、だけではない。この作品があったのだ。

これも雑誌で読んでいた作品だ。奇妙な味と、本格推理の思考を鞭打つというテーマが見事に一体化し、建物の釘一本動かせない建築となっている。

このような形で、東野圭吾が書いたのは何か。結果としては《紛れも無い本格》だと思う。現代においては、型通りの、ここでアンチテーゼとしてイメージされ、鞭打たれているような《本格》作品は、書くこと自体が難しいと思う。それだけ読み物としてのミステリの進化が著しいのだ。

だからこそ、わたしの内には《本格》という要素が軽んじられ、貶められることへの憤懣がある。究極の《本格》を考えるなら、登場人物も舞台も、小説の総ての要素が、そのために存在するもの――ということになろう。そういう別世界を建築するのが理想の本格推理作家である。だが、小説としての総ての要素が虚でありながら、同時に真の輝きを持ち得るような作を書くのは至難の業であろう。

かつて木々高太郎は『探偵小説芸術論』を説いた。そのようなことを言挙げすること自体が、いかにも非芸術的と思える。だがボルヘス等々の作品を知る、現代の我々は――木々とは、おそらくまったく違った意味で――ミステリと文学の垣根などというものが、時として無意味となることを知っている。

皮肉なことに、現代においては、それよりも本格をよきミステリとして書くことの方が困難とさえいえるのである。

可能な一つの方法がパロディであり、『名探偵の掟』はその実例といえる。——そういえば乱歩の少年探偵シリーズも後半の作品は、自作のパロディともいえるし、実際、多くの作品は代作となっている。

4

現代本格の作家は、このような状況の殻を破ろうと努力している。では、その現在、東野圭吾は、なぜ、このような作品を書いたのか。それは、東野圭吾自身が、そのことを強く意識して、戦っている作家だからだ——と思う。

おそらく、東野圭吾は、こういいたいのだ。《私は、お約束の世界の発展性のなさにいらだっている。私は形式には寄りかからない。そしてまた、私がそういう世界に安住していると見られることには耐えられない》。これは、そういう《自己を正当に評価してほしい》という自負が、書かせた作品ではないか。

それは、わたしの電話に決然として、《チェックの必要はない》と即答した東野像と、綺麗に重なる。筋を通す、ということは、同時に《嫌なものは嫌》ということなのだ。

「あの建物を見た途端、あなた、逃げだしそうになったよね。こんなラブホテルみたいなところは嫌だって」
「そういえばそうだった」片方の頬だけで笑ってみせた。
「結局諦めて泊まっちゃったわけだけれど、次の日、清里の町中を歩いてびっくりしたじゃない。だって、もっとけばけばしい土産物屋さんが、ずらーっと並んでるんだもの」

「あれは参ったよなあ」
「それであなた、早く帰ろう帰ろうってうるさくって、ろくにお土産も買えなかったわ」
「歩いているだけで、恥ずかしかったんだよ」
(『むかし僕が死んだ家』)

結局のところ東野圭吾は、『名探偵の掟』では、愛なく鞭を振るっているとしか思えなくなった。だが、それでもわたしはこの作者に不快感を覚えない。なぜか。

5

わたしが、この作家論シリーズの仲間に入らないかといわれた時に、真っ先に浮かんだ作家名が東野圭吾である。強い感銘を受けた作品があるからだ。――『眠りの森』。

新本格という言葉の意味合いが、今一つはっきりしない時に、この作品を読んだ。そしてわたしは、これこそが新本格だと思ったのである。

殺人事件が起こる。だが、作者は犯人を殆ど隠そうとしない。そこに眼目がないからだ。しかし、その人物が犯人だとするなら、なぜ周りの人間がかばうのか。殺人そのものより、それを引き起こす人間の動きに、何とも不思議な謎があった。

もし仮に○○○が誰かを庇っているのだとしたら、それは○○である可能性が一番強いのではないか、と考えていた。しかし逆に、それならば庇う必要がないという考え方もあった。なぜなら、○○○が正当防衛を主張するのであれば、その役を○○本人がやっても同じだからだ。どちらも若い女性であることに変わりはない。それならば嘘をつかずに済ませた方が確実ではないか。それに何より、親友に自分の罪を肩代わりさせるということが納得できなかった。もしそれが本当の親友であるならば、そんなことをできるはずがない。

○○○、○○は原文では当然、人名である。さて、これはまことに堅固な《状況の密室》だ。その密室が、ある一点に着目することによって綺麗に開かれる。その瞬間、――ここが肝心なのだが――謎が物語に付随するものでなく、物語そのものだと分かる。

これには感嘆した。

『眠りの森』で読むべき点はここにあると思う。この作品は、現代の本格の向かう道筋の一つを示している。こういう著者が、自負を持つのは当然ではないか。

そしてまた、これと対置される東野本格の双璧が『むかし僕が死んだ家』である。

近作に至るまで、東野圭吾は、記憶、思考と人間にからむ謎を取り上げている。『むかし僕が死んだ家』が、それらの中にあって傑出している点は、抽象的な枠組みの中で、謎そのもの、執拗に繰り返される推理そのものが、緊密かつ必然的にテーマに繋がっていくところにある。

時が経つにつれ、わたしにはこの物語が、舞台劇であったように思えて来る。暗く冷え冷えとした客席で息をつめ、わたしは、その粛々たる進行を見つめていた――と。

舞台は《本来の色は、白で》あったのに《灰色に見える》家。物語全体がそうであるように、その家もまた象徴的なものである。派手な展開はなく、一般的な意味での面白さでは上を行く作品もある。だが、作者の手から人間存在の孤独に向かった錘が、ここで最も深く降ろされていたように思える。

『眠りの森』の結びについて《甘い》という意見があるかもしれない。そういう人は、『むかし僕が死んだ家』をあわせ読んでほしい。甘くないからこそ、東野圭吾は『眠りの森』の結びを書かねばならなかったのである。要するに、ことを表から書いたか、裏から書いたか、だともいえる。作家は、書かねばならぬ作品を書いているのだ。

そしてまた『むかし僕が死んだ家』も、それ一作のみを読む作品ではない。ここにあるのは、認識の提示である。それはまことに鮮やかになされており、読者を揺さぶる。だが、作家はそれを踏まえ、《彼》や《彼女》がどのように生きるのかを書かねばなるまい（勿論、前述の通り、『眠りの森』が前以て書かれた一つの回答ともいえるわけだが）。

わたしは『名探偵の掟』で鞭打たれた旧来の本格像をも愛する。そこに《ミステリのふるさと》があると思うからだ。それでも、不快とは思わない。なぜなら、東野圭吾は別の形の本格を書いている。魅力的な謎と解明をそのまま己の語るべき物語となす、困難な仕事を現にしているからだ。

福永武彦の『廃市』を読んだ時には考えなかったのだが、映画で観た時には、キャスティングというトリックをも含めて、《これは犯人探しの本格推理だな》と思ったものである。また、記憶の問題から、冒頭に不可解極まる謎が提示され、解決される作品としては丸谷才一の『初旅』が忘れ難い。

本格推理に、残された沃野は存外に広いのである。『名探偵の掟』を書いた作者は、返す刀で、おそらくまた、新たな東野本格を書くものと期待する。

それが、どのような魅力ある謎の物語となるか、わたしはわくわくしながら待っているのだ。

『日本探偵小説全集11　名作集1』解説

1

某古書店の目録に《『日本探偵小説全集』（東京創元社）全十二巻揃》とあるのを見つけたのは、我らが編集長戸川さん。《どうやって揃えたんでしょうね、買ってみましょうか》と笑っていらっしゃった。全集の最終回配本が遅れるのはありがちなことだ。そういえば河出書房新社『メリメ全集』の第七巻は出たのだろうか、はるか昔、電話をかけた時は《出します》という答だった。その内、根負けして忘れるともなく忘れていた。この原稿を書き終えたら電話してみよう。いやいや、他人事ではない、この十一巻にしても、忘れるともなく忘れている読者が多いのではないか。申し訳ありません、ようやく本になりました。

2

十五年近く前のこと、戸川さんから電話がかかって来た。《折り入ってご相談したいことがあります。電話では何ですから》という呼び出し。首をかしげながら東京まで出掛け、この全集の企画を聞いた。東京創元社といえば海外ものしか扱わないというイメージがあったので驚いた。さらに、びっくりしたことには、その作品選出の相談に乗らないかというのだ。あまりの大役に、最初は言葉を失ったが、もとよりこれはミステリファンにとって至福の仕事である。

横溝なら『百日紅の下にて』の結び、《蒼茫と暮れていく廃墟のなかの急坂を、金田一耕助は雑嚢をゆすぶり、ゆすぶり、いそぎあしに下っていった。瀬戸内海の一孤島、獄門島へ急ぐために》の次に『獄門島』のあるような本、虫太郎なら『聖アレキセイ寺院の惨劇』を受けて『黒死館殺人事件』の第一行に繋がるような本があったら、というのは、読み手としての夢であった。

家に帰って、原型をまとめた。戸川さんは、《では、中島先生のお宅にうかがいましょう》。緊張した。中学生の時から、現代教養文庫の『推理小説ノート』を片手にミステリを読んで来た身である。その中島河太郎先生に、実際に会えようなどとは思ってもいなかった。先生は、かたくなっているわたしに親切に言葉をかけてくださった。また、ファンとして見ていたのでは分からないようなアドバイスをいただき、巻の組み方も一部かわった。

そして、戸川さんは自分にとって決定的と思える本作りをし、わたしは自分にとって決定的と思える作品選出に努めた。これだけは、ぜひいっておきたいことだ。《絶対》ということはあり得ない。一方の意見があれば別の見方もある。たとえば『黒死館』についてなら、現代教養文庫版は虫太郎のペダントリイ等の誤りをも直している。戸川さんは、明らかなケアレスミスは訂正するが、虫太郎がそう思い込んで書いたのなら直さない。創作の一部と考える。わたしは、読者としては戸川さんの版で読みたい。しかし、同時に教養文庫の松山俊太郎氏の仕事にも感嘆し、感動する。こちらも持っていたい。そういうことなのだ。

『黒死館』に限らず、当然のことながら、戸川さんは必ず初出の雑誌や複数の版をつきあわせ本を作っていった。『殺人鬼』や『小笛事件』など、単行本から起こせば形がつくようなものでも、東大新聞研究所資料センターまで出掛け、名古屋新聞、神戸新聞などまで閲覧し、一字一句を当たり、また当時の興味ある事実を掘り起こした。『二銭銅貨』にある点字の誤りも桃源社版全集の正しいものに戻し、盲学校まで行って校閲してもらった。――戸川さんは凄い。

いくつかの作品では、初めて雑誌掲載時の作者の言葉を復刻した。なかでも坂口安吾『不連続殺人事件』は、国会図書館にも揃いのない『日本小説』により、安吾の言葉（これが実に面白い）を載せた。例のないことであり、何より愛情がなければ出来ないことだ。しかし、国会図書館にもない『日本小説』が、どうして手に入ったか。中島先生がちゃんと持っているのである。――中島先生は凄い。

通常の校正と並行して、出来得る限り別の版の本を使い、わたしも全文校正した。『不連続』は、高熱を発して寝ている寝床の中でやったので、とりわけ印象深い。いくら慎重に見たつもりでも完璧とはいかないのがこの作業で、本が出てから疑問点に気が付くこともある。今、この稿を書くために『坂口安吾集』を出して来たら、メモが挟んであった。三十九ページ終わりから五行目《不可決》は《不可解》の誤りだというのだ。なるほど、意味上はそうなる。安吾が《不可快》と誤記し、それが《不可決》の形で残ったのだろう。戸川さんに電話すると現在の版でもそのままなので、早速検討するとおっしゃる。多分、わたしがメモしただけで連絡を忘れたのだろう。

ともあれ、本全集の『不連続』は、こういう特別な『日本小説』版。資料的、趣味的ともいえる。中島先生と戸川さんの連携があった一期一会の機会にこそ出来た空前の本であり、絶後だろう。

3

作品選択のことをいおう。『江戸川乱歩集』を例にあげるなら『孤島の鬼』は『探偵小説全集』ということで他を優先させた、『赤い部屋』は『名作集』に谷崎の『途上』を採るので、

かったから入っていない。

彩りの重複を避けたなどなど、著名作を採らなかった理由は様々ある。しかし、作品の出来が一番の要素であることはいうまでもない。『D坂の殺人事件』は、それほどのものとは思えなかったから入っていない。

角田喜久雄は『高木家の惨劇』か『奇蹟のボレロ』か、大下宇陀児は『虚像』か『石の下の記録』か、これらの場合は、どちらがより優れているかだが、その判断に、わたしは一瞬も迷わなかった。これが、《わたしにとっての決定版》という意味である。

結局のところ、全集もアンソロジイであり、評価は人によって違う。わたしには、発表当時ならともかく、今、『人生の阿呆』を採ることは、木々高太郎にとっても、読者にとっても、不幸なこととしか思えない。しかし、一方で《そんな馬鹿な》という人が、いるかもしれない。アンソロジイとは結局のところ、読者一人一人が自分の内に編むものだ。この全集が、そのための材料——よき材料となることをこそ願う。

採ることの出来た作品で印象に残るのは、坂口安吾『アンゴウ』。冬樹社版の『定本坂口安吾全集』などでは《探偵小説》の巻に入っていない。《小説》なのだ。それが今までミステリのアンソロジイに採られなかった原因のひとつだろう。しかし、わたしが、安吾ミステリで、ただ一作を選ぶとなればこれである。

また、こういう機会に埋もれた名作を発掘したいと思うのは人情だが、端的にいって、いいものなら知られている。これは無理なことだ。そういう中で、大阪圭吉の『三の字旅行会』や、甲賀三郎『青服の男』を入れることが出来たのは嬉しかった。

また木々の巻で『柳桜集』を収められたのには、運命的な偶然がある。実は、わたしの持っているただ一冊の『探偵春秋』が昭和十一年の十一月号、乱歩の『「文学少女」を読む』が載っている号だ。それだけに、この一文は深く心に残っていた。そして、全集の資料探しで神田の古書店に行った時、めったに見かけることのない（わたしはこの時が最初で最後）『柳桜集』を見つけたのだ。『文学少女』を《無論探偵小説ではない》と語る乱歩の文を、《恐ろしき一文》として《請い求め》、再録する木々。そして彼は《二つの探偵小説》と副題をつける。このやり取りには、興奮した。《ぜひ、このままの形で入れて下さい》と、戸川さんに懇望し、異例の収録が可能となった。

その他、思い出すことは多い。総ての巻、総ての作品に愛着がある。第一回配本の『江戸川乱歩集』を、文字通り撫でさするようにし、持ち歩いたのが昨日のことのようだ。

わたしにとって、古本屋さんを廻っては集めた東都書房の『日本推理小説大系』が、日本ミステリのバイブルだった。これで育ったといっていい。《東京創元社の全集が新しい時代のファンにとって、そのようなものになってくれたら》というのが、密かな願いだった。若いミステリ好きの人に、《中学生の頃から、あれを読んでいます》といわれ、《もうそんなに時間が経ったのか》と、驚いたりもする今日この頃である。

4

次いで、本巻収録の作品について述べる。

岡本綺堂

前記の東都書房『日本推理小説大系』には、捕物帳が収められていない。乱歩はそのことに関して、解説でこう《釈明》している。《五人の編集委員合議の席で、この大系に捕物帳を入れるかどうかについて議論をしたが、結局、プロットやトリックに創意の要求せられる普通探偵小説とは、おのずから性格のちがうものとして、捕物帳は入れないということに落ちついたのである》。まったく、説得力がない。これはすぐ後の言葉、《非常に多くの時代小説作家が捕物小説を書いている。そういうわけで、この大系に捕物小説を入れるとなると、一巻以上の増巻をしなければならないという事情もあったわけである》の方が本音だろう。

半七捕物帳の、特にそこで使われている言葉の魅力については、今更、わたしなどが何をいう必要もない。探偵小説的面についてのみ述べる。

『お文の魂』の超自然の出来事に対して、半七が二十七ページでどのような反応を示すかを見てほしい。不可解な謎への、この対し方こそ、名探偵のものである。

実はそれもまた、わたしがいうまでもないことなのだ。現代において、推理小説全集を編む場合、捕物帳をはずすことなど考えられない。『なめくじ長屋捕物さわぎ』の存在があるからだが、都筑道夫は、こう語っている。《このシリーズを最初に一冊にまとめたとき、捕物帳として新しいところがない、と批判した推理作家がいて、私は唖然とした。捕物帳というジャンルを、「半七捕物帳」まで逆もどりして、江戸時代を舞台にした推理小説にしよう、というのが、私の意図であることぐらい、一冊読めばわかるだろう。もっとも古めかしいかたちの捕物帳を、私は書こうとしたのである》(「私の推理小説作法」『都筑道夫自選傑作短編集』〔読売新聞社〕所収)

しかし一方で、当時の読者には、それが実に《新しい》実験と思えたことも事実である。涼風一陣、という感じであった。さて、ここから逆に、『半七捕物帳』が探偵小説そのものであることも伝わって来る。

《彼は江戸時代に於る隠れたるシャアロック・ホルムスであった》という、有名な一句と共に、『お文の魂』が閉じられ、そこから、半七の世界が広がる。ここでは探偵小説的という観点から、もう一作『かむろ蛇』を採った。かむろ蛇の伝説、疫病の流行といったところはまさにカーだが、切禿《きりかむろ》の少女が登場する辺りの恐さは、綺堂以外の誰にも書けまい。

以下、どの作品も素晴らしい。謎の大きさからいうと『川越次郎兵衛』だろう。どうやって入ったのか、江戸城本丸表玄関前に正体不明の男が現れ、《天下を渡せ》と大声で怒鳴るのだ。こんな凄いことをよく考えるものである。

山田風太郎は『半七捕物帳を捕る』（『半身棺桶』〔徳間書店〕所収）で、このシリーズの《百花繚乱》ぶりを語っているが、《探偵小説的にみて、水もたまらぬきれあじ》なのは『三つの声』だという。新保博久も、『別冊文芸読本・日本の名探偵』（河出書房新社）で『三つの声』を選び《半七物の中でも最も端正な推理短編の一つで、あたかもホームズ譚を読むよう》といっている。都筑道夫は、ハヤカワ・ミステリ・マガジンの連載エッセイ『推理作家の出来るまで』で《『春の雪解』を、もっともすぐれている、と私は思っているけれど、読み返すたびに、ストーリイのかげに隠れた人物が、具体性を帯びてくる》と語る。《わたしの一作》を数え上げれば、きりがなかろう。結局のところ、半七捕物帳に関しては、全作、読んでもらうのがベスト。あえて二編のみに止めるゆえんである。

思いがけず長くなってしまった。すでに中島先生の行き届いた作者紹介があるのに、これほど駄文をつらねる必要もない。出来るだけ簡略に述べよう。

5

羽志主水《はしもんど》

『監獄部屋』は、大胆不敵な傑作。初読時の驚きを今も忘れることができない。落雷のごとき結末だが、それがあざとくない。内容、表現、技巧の完全な一致がここにある。

谷崎潤一郎

『途上』は、いわゆる《可能性の犯罪》ものの代表作とされる作品。その着想と共に、探偵の造形に優れ、白日夢を見る趣がある。最後の笑いは世界を揺るがし、読者をも《ぐらぐらとよろめ》かせる。

続く『私』は、題名に明らかなように、谷崎がすでにこれをやっている、ということから選択した。その技法が、描きたいことと不即不離なのだ。トリックの後先について云々するのは不毛なことだが、ちなみに、大正十年は一九二一年。モーリス・ルブランがこの仕掛けを中心に置いて、リュパン物第一作『アルセーヌ・リュパンの逮捕』を発表したのこそ、一九〇五年だが、クリスティの『アクロイド殺害事件』が現れる五年も前である。

菊池寛

菊池の無作法なまでの合理主義は、時代に大きな影響を与えたろう。それは探偵小説の精神にも通ずる。

彼は、通念に対して、本音の側から疑問を呈し、時には抗議の声をあげる。『ある抗議書』は、その好例である。永井龍男は『わが切抜帖より』(『三百六十五日』〔潮文庫〕所収)の中で、これを《一読思わず息のつまるような名短編》といっている。まさに、その通り。菊池的精神の、よく現れた作品である。

なお、本全集の『浜尾四郎集』百五十九ページに《私は曾て或る小説家が、刑事事件の被害者の肉親の立場から、犯人が易々として死についたことをきいて憤慨し、抗議書を出すという小説を読んだことがあります》と書かれているのは、いうまでもなく、この作品である。——

と、書ける日が来るのを、実はずっと楽しみにしていたのだ。

菊池的（あるいは、それを大正的といってもいいが）思考、心理分析の例を探偵小説に探せば、木々高太郎の『新月』などがそれに当たるだろう。あれには、菊池の戯曲『玄宗の心持』に通ずるものがある。

山本禾太郎《のぎたろう》

ミステリ史上に不滅の足跡を残す雑誌の一つに『幻影城』がある。編集長島崎博氏の、類い希な情熱によって運営されていた。ここに幻の作品の再録がなされていた。実に有り難い企画で、それがあったからこそ、蒼井雄『霧しぶく山』、そしてこの『小笛事件』（一九七七年九月号に再録）に目をとめることが出来た。

『幻影城』版には、単行本の《はしがき、序文、序》等はないが、かわりに昭和十年、雑誌『ぷろふいる11月号』に寄せた、山本禾太郎の文章『探偵小説と犯罪事実小説』が掲載されている。作者はそこで、小笛事件に関する犯罪実話は数多いが、どれも《事件中もっとも面白い点が捨てられている。例えば小笛の遺書が、三分の一を黒い鉛筆で書き、三分の一が赤鉛筆、終りの三分の一がまた黒い鉛筆で書かれている点である。なにがために二色の鉛筆が用いられたか、用いねばならなかったか》等々と、事件の謎を列記する。そしていう。《本当の面白さは、事件を織る一節一節の裏にひそむ疑問の探求にある。ただ事件が表面的に扱われているだけでは、徒《いたずら》に下品なものとな》るだけだ、と。

作者の姿勢は、まことにはっきりしている。現実の事件に対して《面白い》という言葉は不謹慎であろう。しかし、真相を探求したいという人間の意志は不滅。だからこそ歴史の謎についての諸説も出る。山本は、このような《疑問の探求》物語を自ら《犯罪事実小説》と呼ぶ。

これもまた、戦前ミステリ界の生んだ、大きな収穫の一つだろう。

芥川龍之介

その諸作の中で、探偵小説として最も優れているのは、これ(『藪の中』)だと思う。万華鏡に人の心を入れて、ころころ転がし、覗くような作品である。

佐藤春夫

本全集の校正をして、《初出による》というのは多くの場合、作家にとって避けたいことだと痛感した。初版本とは即ち、まだ誤りを訂正していない本、なおしたいところの多々ある本なのだ。

佐藤春夫の場合には、それが著しかった。『「オカアサン」』の他に、検討段階でもう一編の『陳述』も校正まで行った。幾つかの版を突き合わせると、後のものほど不自然な部分に手を入れたり、説明を加えたりしている。初出の形を出されるのは、作者にとって不本意だと思う。ところで『陳述』の方が、疑いもなく作品としては上だったが、長さ、またカタカナ書きという問題(谷崎の『瘋癲老人日記』などとは、また違った意味で、これでないと駄目なのだ)、等々から『「オカアサン」』を採った。小味だが、感じのいい作品。

海野《うんの》十三《じゅうざ》

確か、旧『宝石』で見たのだと思うが、探偵川柳でこうやられていた。

また帆村　少々無理な　謎を解き

大喜びしてしまった。海野の、現実とはかけはなれた世界の探偵譚には、何ともいえぬ妙味がある。せんじ詰めれば、海野ミステリの魅力とは、この一句の醸し出す雰囲気にあるのではないか。その最右翼が『点眼器殺人事件』だろう。大好きだ。ただし、作品選択の際には《あんまりだよな》と常識が働いてしまった。

牧逸馬《いつま》

『上海された男』は、この作者の経歴に合った作。『舞馬』は、いかにも多作の人らしい速度を感じさせる文章であり、その、どこか熱にうかされたような調子が、読者の不安をかきたてる。

渡辺啓助

マイナスの情熱といおうか、執念、執着を描いて妖しい力を発揮した。その系列の作品の印象が強い。『偽眼のマドンナ』にしても、異国趣味や最後の落ちこそ『新青年』調だが、最も強烈な印象を残すのは、偽眼が本物かも知れないと思う辺りのスリルである。

渡辺温

『新青年』的というなら、渡辺温と水谷準が双璧と思える。洒落ていて、高みへと舞うよい意味での軽さがある。

『父を失う話』『可哀相な姉』、合わせ鏡のようなそのつるつるの面には、共に髭が映っている。この成長に関する、残酷な物語は、若くして逝った作家にふさわしい。年を重ねた渡辺温は想像しにくい。『兵隊の死』の作者はシャアロック・ホルムスにも捕らえられぬところへ、軽々と国境線を踏み越えた。

水谷準

結局のところ、この作家の最良のものは戦前に書かれた、感傷的な短編だと思う。水谷準の哀愁は、孤独の唄を歌い、人の心をとらえる。一言でいえば、グッドセンス。ユーモア物は、彼に似合わない。

戦後、その哀愁が生み出した名探偵が『カナカナ姫』のヒロイン。車椅子の少女が話を聞いて推理するという着想に加えて、その車椅子のきしみを蜩《ひぐらし》に譬え、《カナカナ姫》と名付ける感覚こそが、水谷準。もう一作となったら、これである。

城昌幸

城昌幸のショートショートの中には、時代を越えて残るものがあると思う。こういう作品の常として、人によって好きなもの、そうでないものが分かれるであろう。城といえば反射的に出て来るのが『ヂャマイカ氏の実験』。だが、初めて触れた高校生の頃から今に至るまで、わたしには少しもいいと思えない。彼の作品としては長い方だからアンソロジイに採りやすいのだろうか、と邪推もした。

『ママゴト』は掛け値なしの傑作である。この作と『スタイリスト』は、出来ることなら続けずに、数か月置いて読んでほしい。似て非なる、しかし深い底では通ずる響きが、相殺しあうことを、本気で恐れる。宝石は大事に扱うべきだ。

この作者が、そのまま探偵小説に近づくと『憂愁の人』が生まれる。

他に『絶壁』『幻想唐艸』『模型』、また最近文春文庫のアンソロジイにも採られた『古い長持』などが印象深い。

繰り返すが、こういう作家ほど、読者によって愛するものが違う。ぜひ多くの作品に触れてほしい。

地味井《じみい》平造

牧逸馬、即ち林不《ふ》忘《ぼう》、即ち谷譲次の弟。鮎川先生が『幻の探偵作家を求めて』（『幻影城』昭和五十年五月号）で、そのペンネームについて、ジョージの弟だから《ジミイだ、と私は直感した》という。実際、兄、譲次からそう呼ばれていたという。（校正段階で知ったが、地味井氏によると《ジョージに対するジミイ》ではなく、《ウイリアムに対するジミイ》のようだ。詳しくは、付録『（魔）について』をご覧いただきたい）。地味井氏の答、《「アメリカにいた頃の兄は、長谷川という姓をちぢめて長谷にした上、それをアメリカ風にヘイズと読ませたのです。つまり弟のぼくはジミイ・ヘイズ」》。

『魔』では、無声映画のおっかけのような場面を生き生きと描き、今ではない、ここではないところになら、確かにこういうことがあったろうと思わせる。つまり、不思議な郷愁をかきたてる。

　この物語、終幕の言葉を引いて、結びとしたい。

《世界は無量の謎であり、お伽話の中にある幾ら経っても減らない打出の小槌なのです》。

『赤い密室』解説

1

これら二冊の本、即ち『赤い密室』『青い密室』(出版芸術社)は鮎川哲也の、名探偵星影龍三ものの集成です。解説は、少しばかり、もってまわったものになります。そこで、最初に断言しておきます。

この本を書店で手に取ったあなたは、《鮎川哲也》の名に魅かれたファンか、《密室》という文字に魅かれた本格好きか、どちらかでしょう? いずれにしても、これを買って、絶対に損はしません。

2

先頃(平成八年六月二十四日)、『人それを情死と呼ぶ』が、栗原小巻主演で放映されました。何度目のテレビ化だとお思いですか。東京創元社の戸川編集長に、お聞きしたところ、じつに五度目だそうです。東京オリンピックの前から作られ、三回目が昭和五十二、三年頃、四回目が数年前、大地康雄が鬼貫をやったシリーズの中で、そして今度です。わたしは、三回目から観ています。この時は、その頃まだ珍しかったビデオで録画したものです。ベータでした。現在、謎解きの部分だけ残っています。《かあさん、僕がボーナスで貰った聖徳太子、どこに行ったんでしょうね》というワリシンのコマーシャルが入っています。《ああ、あの頃か》と思い当たる方もいらっしゃるでしょう。鬼貫が観世栄夫。主演が佐久間良子です。

本書に収録されていない『人それを――』のことから、話を始めたのには二つの理由があります。

実は、佐久間良子のやった役と、栗原小巻のやった役は違うのです。《共に主演なのに、どういうことか》と首をひねりたくなるでしょう。佐久間は犯人米倉斉加年の妻となり、夫婦の道行きを演じます。後者の栗原は、被害者の妻を演じ、『ゼロの焦点』の禎子風に、真相に迫って行きます。こちらのヴァージョンでは、犯人の妻が被害者となるよう改作されており、鬼貫も出て来ません。これは、勿論、脚色者が、どこに視点を置いたかということです。しかし、肝心なのは原作にその種がきちんとあり、描かれている、ということです。本格の雄という印象の強い鮎川ですが――そして、事実そうなのですが――時に、意外なほど豊かな物語を、謎解きと同時にさりげなく語るのです。

これが、いいたいことの一つです。さて、この文章は、実は書きにくい。わたしが以前、光文社文庫で鮎川哲也の初期短編名作集を作らせていただいた時、触れた作品が入っています。同じことを語るのは愚かですが、その『硝子の塔』解説の中で、『赤い密室』について、こう述べています。そこには《隠された恋があるように思えてならない。それは犯人の伊藤ルイへの想いである。出し抜けにいう「君の気持ち、よく判るよ」の一言は、この人物にとってはよほどのことに思えるのだ。そして、彼はその恋を死に至るまであかさない》。実は、わたしは自分で書いたこの文章のことをすっかり忘れていました。それを読み、次いで何度目かの『赤い密室』読み返しをして、《なるほど》と自分で思ってしまったのです。こじつけめきますが、そう読めることは事実なのです。

作者は、名探偵星影も耳にすることのなかった、この一言を書きました。『人それを――』の内に、物語が幾重にも織り込まれて存在する。それと似たものを、今回、そこに感じたのです。トリック・メーカー鮎川のこういう面もまた、その作品を魅力あるものにしている要素の一つであることは疑いないでしょう。

3

さて、もう一つの理由は、『人それを――』が、最初中編として発表され、後に長編化された、ということです。鮎川には、こういう例が多く、またそのことに関する作者自身のコメントもあります。紙数の関係で、その辺のことは『青い密室』の解説に書きます。

ここで問題となるのは、原型となった中編が以後単行本に収められることなく、長く眠ることになった、ということです。鮎川の読者なら、二つを読み比べ、作者が長編化にあたり、どのような工夫をしたか知りたいところです。しかし、そうするためには、国会図書館に行って掲載誌を探すしかありませんでした。読むのは困難でした。いや、《困難》ならまだいい。困難以上に《不可能》なものがありました。それこそが、鮎川ファン垂涎の『呪縛再現』なのです。

ミステリ・ファンの集まりに『SRの会』があります。この中編は、その機関誌『密室』に載ったもの、当然のことながら、ガリ版刷り（懐かしい！）。秘蔵された原本のコピーが一部マニアの間だけを行き来していたという、これは、まさに幻の作なのです。

鮎川自身の言葉を借りましょう。

《昨今でも『SRの会』では、会員が書いた犯人探しの小説を読んで、仲間同士が推理ゲームにうち興じるという習慣があるのだけれど、そうした企画はすでに初期の頃からみられた。この同人誌に『呪縛再現』といった如何にも素人くさい題名の小説を載せていた私は、その最終編を例会の席上で朗読して、犯人当てゲームのテキストとした。『りら荘事件』はこの中編を基にしてリライトしたものであった（『鮎川哲也長編推理小説全集2・創作ノート』立風書房）》。

そして、ただ単に幻であるだけではありません。これは、『りら荘事件』のみならず『憎悪の化石』のトリック、そして実に『朱の絶筆』のある要素までを二百二十枚の内に持つ、重量感溢れる作品です。さらに、あの星影龍三が初めて顔を見せる事件であり、彼と鬼貫が共演するという夢のような作品でもあります。

《ああ星影龍三！　野球の川上選手が地元出身であることは知らずとも、名私立探偵星影氏が人吉の生まれであることを知らぬ市民はない。あれが音に聞く星影氏なのか》と書かれると、これはもう喜ぶしかありません。彼については、鮎川自身の有名な《一番嫌味のある探偵を創造してみようと思ったのですが》という言葉があります。『呪縛再現』における星影の役回りは、『りら荘』の、まさしく《嫌味》な二条良房のそれです。従って、周知の《名探偵星影龍三》に親しんだ者からは、まるで不出来な弟のように見えます。こちらがその原型。となれば、星影に対する作者の先程の言葉も、よく理解出来ます。

最初は鬼貫の引き立て役として登場した彼は、『呪縛再現』という一般観客には見えない舞台で修行をつみ、やがて、鮎川世界の第一線のスターとして表舞台に再登場した——というところでしょうか。

後年、『憎悪』で使われたトリックに関しては、一言触れておきたいことがあります（以下、『呪縛再現』＝『憎悪の化石』のトリックについて書きますので未読の方は、ご注意下さい）。

鉄道ダイヤの改編期の、長距離列車の扱いについてです。『呪縛』では《旧ダイヤ時代に動きだした列車は、十一月一日になっても、旧ダイヤで走っているのは当然なことさ》とあります。しかし、『憎悪』では《大幅改正の場合はだね、長距離列車にかぎって三、四日以前から新ダイヤで運行されるんだ》と逆になります。《大幅改正》だからなのでしょうか。それとも、後者が正しく、後の作品で直したのでしょうか。そのようなことを考えるのも読み比べの楽しさの一つです。勿論、作者が作中で《こうだ》といえば、その世界ではそれが真実。実際がどうかということは、問題ではありませんが。ところで、わたしには、このトリックは、当時の人吉を舞台にした、この単純な時刻表で行われた方が生きるように思えました。好みの問題でしょう。

なお、『呪縛再現』は、私的な団体の機関誌に、四十年も以前に載せられた作品です。今日の目から見て補足しておきたい部分もあります。色覚特性についてです。本年五月に刊行された高柳泰世氏の『つくられた障害「色盲」』(朝日新聞社)にこうあります。《赤緑異常といっても、普通には赤と緑の色がわからないわけではないのです》。日本は、世界的にも色覚特性に対する理解の遅れた国で、誤った固定観念のもとに、進学就職の道が閉ざされて来たことが書かれています。ようやく《一九九二(平成四)年度から》(私立より制限の厳しい)《国立大学の教育学部、農学部、理学部のすべてで色覚制限が撤廃されました。九三年度から七十九大学の医学部で制限が撤廃され》、欧米並みになりつつあるということです。

4

垂涎の『呪縛再現』、定評ある『赤い密室』と並ぶ、本集中の三役の一つは『道化師の檻』でしょう。かつて、『人形はなぜ殺される』を読んだ時には《ああ、高木的なアリバイ物だな》と思いました。同じ意味で、この作を読んだ時には《鮎川的密室だ》と嬉しくなったことを、よく覚えています。以下の作も、それぞれに趣向が凝らされ、続く『青い密室』の諸作をも読むと、《このトリックがこう変形されて使われている》などと楽しむことが出来ます。

終わりになりましたが、この本は編集の溝畑さんの熱意で完成しました。『妖塔記』は改訂版が現在手に入るので、わざわざ旧版によるなどなど、実に目が行き届いています。

『青い密室』解説

『薔薇荘殺人事件』『悪魔はここに』の内容に触れている部分がありますので、未読の方は、ご注意下さい。

1

この本を手に取る方なら、山口雅也さんをご存じでしょう。京極夏彦さんの『鉄鼠の檻』に古書肆倫敦堂主人、山内銃児（無論、キッド・ピストルズの意）として登場するなど、各方面で大活躍中の氏が、こう語ったことがあります。

「昔、解説なんかで《本格派の驍将》って書いてあると、ぞくぞくしたもんですよ。《ギョーショー》って、いいじゃないですか、何かこう、凄そうで——」

確か、中島河太郎先生の解説にも出て来ました。クイーンやカーに対して使われていたと思います。わたしも、ぞくぞくしました（ついでながら、《本格派の行商》というのも、味があって面白いですね。ふろしき包みから、トリックを出して売ったりする）。

《驍》とは勇ましく強い様、《将》を付ければ勇将の意。しかし、《ユーショー》ではつまらない。音でも、また字面からも、《本格派の驍将》という言葉からは、鎧兜に身を固めた作家の姿勢が見えて来ます。

この言葉が、日本の作家に対して使われた実例なら、わたしは即座にあげられます。

使ったのは江戸川乱歩。いわれたのが誰かは、自明でしょう。旧『宝石』に『黒い白鳥』の連載が始まった時、乱歩はいいました。――《本格派の驍将鮎川さんのこの長編は、「黒いトランク」以来の名作になるのではないかと思う》

本書『青い密室』でも、その鮎川哲也の武者振りを堪能することが出来ます。

2

本書に対し上巻ともいうべき『赤い密室』の解説で触れ、詳細をこちらに譲ったことがあります。『人それを情死と呼ぶ』、東都書房版『あとがき』の件です。鮎川は、こういっています。《本篇は週刊文春に連載された中篇を、その濃度をうすめることなしに長篇に書きなおしたものである。一七〇枚の中篇を四五〇枚の長篇にあらためる場合に、本格作家はそれをいかに再構成するか》、そこを読んでほしいと。

これは我らが驍将の、よくとる戦法の一つです。鮎川の長編のいくつかが、このような経過を経て完成しています。

どちらも別個の完成された作品だ、と鮎川はいいます。ならば、逆もまた真なり。元になった中編に読者の関心が向かうのは当然のことでしょう。まして鮎川は寡作です。学生時代『風の証言』の「あとがき」の中にも次のような一節を見いだし、わたしは、本当に欲求不満になりました。

《本編は、先頃「小説サンデー毎日」に掲載された《城と塔》を書きのばしたものである。しかし、単にイースト菌をまぜてふくらませただけではなく、旧作を読まれた方の再読に耐えるよう工夫をこらした》。

読みたくても、なかなか新作が読めず、いらいらしていたところでした。《それだったら、もとの中編も出版してほしい》と思い、仲間内の雑誌にそう書いたりもしました。工夫の跡は比較することによって、初めて分かるのではありませんか。

同じトリックが使われているということは、まったく差し支えありません。よく出来た本格というのは、たいていの場合、一度目より再読の時の方が面白いものです。初読の時に、犯人やトリックを知らされていたら、これはつらい。しかし、それとこれとは話が違うのです。『赤い密室』に収録された『呪縛再現』四十九ページで、星影がこういいます。《東京にも明智小五郎とか金田一耕助とか藤枝真太郎などと云う同業者がいるが——》。三番目の人物がお分かりですか。浜尾四郎の創作した名探偵です。

鮎川は、実は浜尾の『殺人鬼』で、《苦い経験》をしています。『グリーン家殺人事件』の犯人が、そこに書かれていたのです。『鮎川哲也短編推理小説選集2』（立風書房）の『悪魔の灰』に関する「作品ノート」の中で、鮎川はこういっています。《今後『殺人鬼』を出版する場合は》遺族の了解を得て《修正するのが編集者の読者に対する責任であると思う》。わたしにも同様の経験はいくつかありますから、よく分かります。未読の作品の犯人やトリックを教えられるのはたまりません。しかし、再読は、これとは違います。早い話が『殺人鬼』です。これは実際、二度目の方がはるかに面白かった。《犯人はこうなるに決まっている。しかし、そうなったら嫌だな》と思いながら読み進んだ最初の時とは違いました。作者の、本格ものを彫り上げる鑿の跡に目をやりつつ、そのミステリへの愛を味わうことが出来ました。

再読なら、読者が自由に出来ます。しかし、鮎川哲也が中編を長編化し、独自の作品を作り出す手並みを見ることは、今まで不可能だった。それが、ここで可能になったのです。

長編『朱の絶筆』は、ここに収められた中編が元になっています。そして、『呪縛再現』のある要素も出て来ます。『呪縛再現』は未発表の作なので、鮎川は篳篙を開けて、秘蔵の品を取り出すように、そこから『りら荘事件』『憎悪の化石』のトリックを引き出しました。そして二十年後に、ある要素を使ったのです。

白状すると、わたしは『朱の絶筆』を単行本で初めて読んだ時、その要素が気に入らず、点がからくなっていました。今回、読み返して、思い込んでいた以上に丁寧に作られた作だったと、すっかり見直しました。

3

前述の山口雅也氏が出演した、NHKテレビの特集番組に『雪の密室』というのがありました。足跡トリックを扱った本格作品を中心にまとめたものです。これに関しては、最近でも山口氏自身の作を含め、様々なものが書かれています。そして日本でその古典的作例をあげるとなると、必ず入って来るのが、『白い密室』です。雪中の靴跡という、おなじみの問題に鮎川はどのような解決を用意したかを読んで下さい。

『薔薇荘殺人事件』は、思い出深い作品です。わたしが、鮎川哲也の作品を読むようになったきっかけは、中学生の時に友達から講談社ロマン・ブックス版『犯人当て探偵小説集・薔薇荘殺人事件』を借りたこと。それにたまらない妙味を感じたのです。

この本は、遊戯性を重視し、問題篇、解答篇の二部に分かれ、それぞれの冒頭には容疑者としての《登場人物一覧》がついています。『薔薇荘』解決の最後で説明される仕掛けなど、実に楽しかったものです。しかし、『呪縛再現』の時同様、一言触れておかなければならないことがあります。

《あの音が聞こえなかったのは——》、あるいは《あの匂いが嗅げなかったのは——》という形で犯人を特定していくのは本格の一つのパターンで、それぞれに古典的な作例があります。

『薔薇荘』では、それが色覚特性に関する形で出て来るのです。これについては前巻解説を参照していただきたいと思います。

『悪魔はここに』も同じロマン・ブックス版に入っていました。自分なりに単語をローマ字にして、引っ繰り返して、遊んだものです。『青い密室』百二十九ページ下段のやり取りは、『宝石社現代推理作家シリーズ』版ではこうなっています。

「樫村勝彦の本名はなんでしたか」
「川田陸村です」
「陸村？　変な名前だな」
「父親とか祖父とかが、姓名判断にこってつけたんだそうです」
「なるほど」

川田陸村はカーター・ディクスンのもじり。現在も『このミステリーがすごい！』でおなじみの河田陸村さんのことでしょう。お遊びが楽しいところです。

『砂とくらげと』は形式が魅力的。

『茜荘事件』『悪魔の灰』は、本来、ＮＨＫテレビ『私だけが知っている』の台本。前述の『鮎川哲也短編推理小説選集2』の「作品ノート」によれば、《書き直して、早川書房から一冊の本にまとめて刊行したことがある。今回、二編のおわりの部分に加筆して、完全な小説体とした》ということです。なお、『茜荘事件』は山前譲氏の書誌によると、改稿され『棄てられた男』として三番館物になっているそうです。

偏愛読書館　水族館の硝子窓を次々に覗くような愉しみ

神田の書店の文庫本コーナーで待ち合わせをした。文庫も今は、棚の入れ替わりが激しい。一度、逃すと、特に地方では見かけること自体が難しくなる。そんなわけで、『新潮現代童話館1・2』（今江祥智・灰谷健次郎編）を手に取り、「こんな本が出ていたんだ」と思ってしまった。刊行は平成四年。三十三編を収めた短編集である。

これが、嬉しくなるような、実に「元気」な本だった。全作、書き下ろしということだが、それで、これだけのレベルのものが集まるというのは、一つの驚異とさえ思えた。

何より嬉しかったのは、「次にはどういうものがあるのだろう」というときめきを久しぶりに味わえたことだ。物語の特権である奇想の、躁的なまでの爆発があったり、イタロ・カルヴィーノめいた出だしがあったり、透き通ったホラーがあったりする。

一言でいってしまえば、「童話」が決して枠ではなく、むしろ「童話でない」ということこそ枠なのだと思わせられた。「何を今更」というほど当たり前のことなのかも知れない。しかし、わたしには、その自由さが新鮮だった。

知り合いと読み比べて、「お気に入り」を、宝物でも見せ合うように、一、二の三で出してみると面白いだろう。十人いれば、十人が違う作品をあげるような気がする。

わたしなら1の「親指魚」（山下明生）である。

小学六年、幸せの子という名を持つ「幸子」が、塾帰りの夜の電車で友達にいわれる。あれ

《「幸子のうちのお父さんじゃない？」》と。《見ると、わたしたちがチカンコーナーと呼んでいるドアのすみっこに、パイプの柱にもたれて父が立っていた》。父は、少し酔っぱらい、天津甘栗を、皮をぼろぼろ落としながら食べている。幸子は、友達の追及に首を横に振り続ける。そこで、さりげなく使われるのが、《わたしは三度、父を否定した》という言葉だったりする。幸子は思う。《どんなことがあっても、わたしは、父のような男とは結婚すまい――》。

多趣味だった父だが、その中で最後まで残ったのが、魚の飼育だった。幸子は夜中に目を覚まし、死にそうな魚を見守っている父を見る。《水槽の水銀灯に照らされた父の横顔から、まるでたれながしのように涙がながれていた》。やがて、父は蒸発する。

そこで終わってしまえば普通のお話だ。物語が輝きを見せるのはそれからなのだ。夜の水族館で、幸子が父を捕まえる場面が後に続き、小説というものの魔力を、見せつけてくれる。《わたしは、父の左手の親指をつかんで、子供のころお人形をそうしたように、父をぶらさげて帰った。オットセイのような声で、「おえっ、おえっ」としゃくりあげるたびに、父のからだが小さく軽くなっていく。まるで空気がぬけるみたいに。／わたしが家についたときには、父はもうわたしの手ににぎられている親指だけしか残っていなかった。どことなくナポレオンフィッシュの顔をおもわせる父の親指だった。親指魚と名づけてやった》。

こうなればもう、必然の、見事というしかない結びまで、息をつめて、作者の筆の後についていくしかないではないか。

本で読んでもらいたいから、引用は避けるが、終わりから五行目の《わたしは――》と始まる、肝心要の部分も、幸子が高校生であったら、成立しないだろう。文章の感触は、まったく違ったものになる。中学生でも、だ。いい意味で、きわどい芸だと思う。小学六年という設定が、ここでは動かせないものに思える（勿論、現実のそれではなく、概念としての小学六年だが）。――と、同時に、彼女はその行為をしている内に、年齢を越える。別の角度からうかがえば、妖婦と見えたりもする。

しかし、父と娘のとろけるようなエロスの形をとりながら、ここで描かれているのは、実は救いようのない、人間の孤独である。その実感に嘘がないから、この幻想は、あくまでもリアルなのだ。

他にも、あれこれと話したくなる作品が多い。掉尾を飾る「鮎」（池澤夏樹）からも、いろいろな会話が生まれるだろう。「プロット」と「それを語る」ということ、「パターン」について、などなど、である。わたしはまた、「これを三遊亭圓生に演ってもらったら、よかったろう」とも思った。

巻を閉じてから、空想するのはこんなことである。――もし、この二冊を、子供の頃に、誰かから借りて読んだとしたら、そして、その相手が、本を返した後で、どこかに引っ越してしまったとしたら、どうか。間違いなく、本の探偵に頼みたくなる。そういう作品集である。

法月綸太郎の複雑な才能　自ら説明してしまう〈業〉

著者の二番目の短編集（『パズル崩壊』集英社）である。懇切丁寧な「あとがき」という創作を含めて、九つの作品からなっている。赤・橙……と続き、……紫・赤紫から、また赤に戻り、輪を形作る十二色環のように、彩りは様々である。そして、この輪は〈崩壊〉せずに一つの調和を見せ、その中心にいる作家を感じさせる――つまり、いろいろやってくれていて、それが面白く、法月綸太郎らしい。

と、このように自分の文章を自分で説明すると、ことは明確になるが、なり過ぎもする。この本は、「あとがき」で自らを語っている。そこでは、各作品について、そして短編集全体の構成意図について、他に何かをいう余地のないほど細かく説明がなされている。〈そちらを読んでくれ〉といって、ワープロのふたを閉じたくなってしまう。しかし、待て。これもまた法月綸太郎らしい創作なのだ。そう考えた時、初めて気を取り直し、何かを述べてみようという気になる。

法月はいう。〈本書ではそれぞれの作品の起承転結とは別に、本格ミステリー＝「謎と解決の物語」の形式にさまざまな角度から亀裂を走らせることを念頭に置き、総体として、一連の崩壊過程が徐々に進行していくような構成を採用しました〉。なるほど、と思う。しかし、これは評論家がこの書を語る時、彼の〈評論という創作〉の中核に置くような言葉ではないか――作者の意図はどうであれ。

評論家はそこから法月論を作り上げていく。そう思った時、法月の複雑な才能（妙な言葉だが）が見える。この説明は、実にまことしやかだし、面白い。後者は前者より、重要なことだと思う。

だが、冷静に考えれば本当に〈徐々に〉なのだろうか。ジグソーパズルの一片一片が抜け落ちて行くイメージは実に美しいが、そう見せるのは法月の魔術である。最初の三作を崩壊順に並べよといわれたら、人によって答えは違って来るであろう。

わたし自身はといえば、初めの三作を本格として読み、『懐中電灯』にわくわくした。中間の二作には、（まったく意外な言葉だろうが）昔懐かしいものを感じた。実際、香りとしての〈新青年〉や、方法としての〈私小説〉という言葉が浮かんだのである。続く二作はどうか。法月はいう、〈見やすい例を挙げれば、この本には密室テーマの短編が三つ含まれていますが、その処理の仕方は後に行くほど、歪曲されたものになっています〉。しかし、〈処理〉が〈歪曲〉されること自体は〈謎と解決の物語〉の崩壊には繋がらない。謎が〈手段〉となり別のことを語っている——これが重要なのである。後ろに置かれたのは、そういう作品である。〈謎と解決の物語〉にはさまざまなパターンがある。法月は、そのどれでも好短編を書けるし、書いた。これはそういう作品集だろう。

その上で、全体をさらに面白くしてしまう「あとがき」を書けるのは法月の才能であり、〈業〉である。彼は〈説明〉により、読者を謎の解決に導きたい人間なのだ（「トランスミッション」は『説明崩壊』ともいえる。外ならぬ法月が、疲労の果てに、これを書くところに奇妙な味もある）。筆記者を作者と重ね合わせるのは、本格推理作家が普通にとる方法である。だが、彼はまことに珍しくも、探偵と作者を重ね合わせる道を選んだ。これが、そのことと無関係とも思えない。

本書の帯裏に「法月綸太郎はどこへ行くのか?」とある。京極夏彦装幀のカバーには、空が覗いている。そこに見えるのが、夕焼けか朝焼けかを、わたしは知らない。だがしかし、法月綸太郎の〈業〉がそういうものである限り、本格推理は彼を捉えて、はなさないだろう。

「野性」が時代を作った

雑誌は必要な箇所だけ残して処分することになる。だが「野性時代」の中で、今も残り、これからも絶対に捨てない号がある。一九七九年四月号だ。

もう、二十年近く前のことになってしまった。東京創元社の戸川さんから、お電話をいただいた。「鮎川先生の新作が『野性』に発表されます。それから単行本になるわけです。疑問点がないか確認する役を、一緒にやりませんか」。要するにモニターだ。ファン代表である。感激した。高田馬場の喫茶店で角川書店の、鮎川先生担当の方とお会いした。その方が、念には念を入れた本造りを目指していたのである。青木誠一郎氏である。作品は『王』(単行本化された時、『王を探せ』と改題された)。掲載されたのが大判の「野性時代」。

今、この目次を見返してみると、まことに豪華絢爛。予告を見てまたびっくりしてしまった。あの作品の一挙掲載が次号なのである。当ててもらおう。《登場人物からのご挨拶》にこうある。《ソルボンヌ大学の学生で二〇歳です。パパの事件に首を突っ込んだのは、私にとって大切なことだったのと、以前から探偵稼業に憧れていたから、だって、パパのこと見ていられなくて——》。その父、《まったく今度の事件には参りましたよ》。彼女、彼ともに、こういう喋り方はしないだろう。しかし、なるほど、ここから生まれたミステリは数多く、「野性」が時代を作っていたのだなあ、という気になる。

鮎川先生のことに戻る。巻末の《書き出しが印象に残った小説は?》というアンケートで、先生はこう答えている。勿論、誤植だが、今となっては、ちょっと面白い話で通るだろう。

——江戸川乱歩『一銭銅貨』。

わたし自身の書いたものが、その「野性時代」に載るようになろうとは、思いもかけぬ頃の話である。

森博嗣『笑わない数学者』

森博嗣は、姿よく魅惑的な刃文を持つ名刀である。その切っ先がどこに向いているかを見誤ってはならない。

ここで剣は、本格推理そのものを切っている。何と、オリオン像消失の謎はこの物語の中心に置かれながら、そこにない。目的ではなく、手段に過ぎない。自明と思える答に神のごとき名探偵が気づかぬことが、実は物語の要のひとつなのだ（以下数行は、この下、帯に隠れた部分に逆さに印刷してもらいます。本書を読み終えてから見て下さい）。そのこと自体が謎であり、物語の要素である妙。

そして、真の読み所は、トリックの解明も終え、日常的な十進法を越えた十一番目の章にある。作者の刃先はここに魔術的なリフレインを刻む。本格の文法とは違った言葉が語られる。

逆説でも何でもなく、その剣の動きこそが、現代本格推理の豊饒を示すものとなっている。

神のごとき名探偵もまた、〈人類〉の一員であるから、〈何千年〉に対置される暗黒の時を経なければ、〈神の最大のトリック〉には気づき得ない。

ミステリが、愛と孤独を語る時。

ミステリ・ファンというのは、ベスト10選出が好きである。《やれ》といわれると何だか嬉しくなってしまうのは何故だろう。子供が玩具箱の中を引っかき回し、床に、《これと、これと……》と宝物を並べるようなものだ。

さて、実はごく最近、別の雑誌で、日本本格わたし好みベスト100というのをやったばかりなので、今回は趣向をかえた。海外中心。本来ならクイーンを十作、あるいはカーを十作あげてもいいのだが、それもあんまりかと思った。そこで、まずわたしの、ここ数年の《海外ものベスト1》を、まず数えあげてみた。

95 なし
94『目は嘘をつく』
93『ストリート・キッズ』
92『エリー・クラインの収穫』

眺めていると、《愛と孤独》という言葉が浮かんで来た。その線に従って、すらりと出て来た作品を順不同で並べたわけである。ほのぼのとするものも、読むのが苦しいほどに切ないものもある。

ところで、ミステリの古典的禁則の中に、《恋愛を扱ってはいけない》というのがある。ミステリがうっかりして、小説になったりするといけないからだろう。しかし、昨今では、小説でもあるミステリが多い。いや、《本来のミステリ》は、現在《ミステリ》と呼ばれる分野の、ごくごく一部分になってしまった——という方が正しい。それは自然なことなのだろう。

　この三作に限っても《本格でもある》のは一作しかないように思う。お読みになった方は、《え！　どれが？》と奇異に思われるかもしれない。本格などなさそうだが、どっこい『エリー』だ。

　この作品は、出版当時、スーパーリアリズムという観点から興味本位の取り上げられ方をされることが多かった。わたしも、そのせいで読むのが遅れた。読んで、引っ繰り返ってしまった。

　ジャンルとすれば警察小説。そして何と、犯人を絞り込む鍵がきちんと読者に与えられる。その提示のされ方は、まさに本格のものである。現代ミステリを評価する上で、それは格別重要な点ではない。わたしも、それで評価したわけではない。しかし、伏線が無駄なく生きているわけだから、《穴のない本だな》という気にはさせられる。

　ではポイントはどこにあるかというと、これが実に見事な成長小説であり、鎮魂の書であるという点にある。

　さて、『エリー』では、離婚し、一人暮らしをしているヒロインと、男と女の関係ではない同僚との信頼、繋がりが描かれている。ここにリストアップした作品を、それぞれに絵解きしていくつもりはないが、《愛と孤独》といっても、そのあり方は、当然さまざまである。

　愛を求めて孤独なのか、愛を失って孤独なのか、愛は遠くにあって孤独なのか、愛が内に向かうから孤独なのか、孤独な者が愛を得るのか、孤独だから愛を求めるのか、真に他を愛することができないから永遠に孤独でしかありえないのか。孤独な者が心を寄せ合うから愛なのか。

　過去のミステリにおいては、多くの場合、これらの心理の動きが犯罪を生む原動力、つまり、動機となった。描かれるべきことが、これらではなかったわけである。
しかしここにあげた作品では、ストーリーは、これらの心の動きを盛るための器である。例えば、『黒死館殺人事件』という日本の古典が、なぜ古典であるかといえば、それはあの大伽藍《がらん》（謎も含めて）が、愛の喪失、渇き、神への抗議を語るための建築であるからだろう。そのためには、あの道具立てが必要不可欠だったのだと読者が悟る、その一瞬に黒死館は輝くのである。

このテーマでも、あげるべき作品はまだある。『さむけ』など、実は真っ先に浮かんだが、《これはまた読み返してから》と思った。

テーマをかえれば、最初にあげたクイーン、カーは別格としても、あげるべき作品は数多い。古典的なところでも『ジェゼベルの死』や『毒入りチョコレート事件』『大あたり・大はずれ殺人事件』。謎の大きさでいえば『星を継ぐもの』。そう『寒い国から帰ってきたスパイ』はこのベスト10に入れてもよかった。また同時に、これは《寒い国とは実はどこか、そこから帰るとはどういうことか、壁を越えるとはどういうことか》という謎の物語でもあった。スパイものといえば『シャドウボクサー』もあがる。競馬シリーズで一番好きなのは『度胸』。『死の接吻』や『すばらしき罠』の面白かったこと……等々と数えていけばきりがない。要するに、ミステリの部屋のどちらを向いても、それぞれの方角に傑作があるのであり、その多様性が（本格ファンのわたしにも）嬉しくもまた、頼もしい。

○読むほどに心に残る「愛と孤独を語るミステリ」Ｂｅｓｔ10

●『鳩笛草』宮部みゆき／光文社／中編三編を収録。人の心を読むことができる女性刑事を主人公にした表題作はじめ、それぞれ異なった超能力を持つ女性三人が、その能力ゆえに直面するさまざまな試練を描く。「読んでください。あれこれ言えません」
●「波の塔」松本清張／文藝春秋／青年検事が、ふとしたことから愛し合うようになった女性は、人妻だった。運命の皮肉は、ふたりの関係を無残にも引き裂こうとする。悲しい恋の成り行きを、現代社会の悪の構造の中に描いた。「まさにプロの作品」
●「黒死館殺人事件」小栗虫太郎／社会思想社／黒死館と呼ばれるただならぬ雰囲気を持つ館で巻き起こる殺人事件。ヒーロー法水麟太郎の饒舌さにより豪華絢爛な装飾を施された探偵小説。「どこかで映像化してくれないかと思います。無理だろうなあ」
●「ホロー荘の殺人」アガサ・クリスティ／早川書房／アンカテル卿の午餐に招かれホロー荘に行くと、プールの端に男が血を流して死んでおり、傍らに、ピストルを手にした女が立っていた。「忘れられない〝目〟が出てきます。クリスティのベスト1」
●「暗闇へのワルツ」ウイリアム・アイリッシュ／早川書房／男は天にも昇る心地でいた。通信交際会で紹介された女性と結婚することになったのだ。花嫁を乗せた船が着いた。ところが……。「〝手遅れ〟とはどういうことかについての名ゼリフがあります」
●「血統」ディック・フランシス／早川書房／輸送中の名馬が米国で忽然と行方を絶った。謎を追い、単身アメリカに乗り込むイギリス諜報部員。敵の黒い魔手が迫る。捨て身の奪回作戦が始まった。「この作品に描かれた〝水〟が印象に残っています」
●「リプレイ」ケン・グリムウッド／新潮社／四十三歳の秋に死亡した、と思ったら十八歳に逆戻り。記憶と知識はもとのまま。株も競馬も思いのままで大金持ちに。人生をやり直せたら、という夢を実現した男の意外な意外な人生。「やられた！　という作品」
●「目は嘘をつく」ジェイン・スタントン・ヒッチコック／早川書房／騙し絵画家の私のもとに、美術品収集家の老婦人がやってきた。彼女の屋敷には、十五年前に起きた殺人事件の暗い影が。「孤独とひとりであることは違う、という名ゼリフがあったはず」

●「ストリート・キッズ」ドン・ウィンズロウ／東京創元社／民主党全国大会で副大統領候補に推されるはずの上院議員から行方不明の我が娘を捜し出してほしいと依頼された。期限は大会まで。長く切ない夏が始まった。「やっぱり一本取られました」

●「エリー・クラインの収穫」ミッチェル・スミス／新潮社／シャワーの熱湯を浴びせられて、高級娼婦は死んでいた。孤独な女性刑事エリーの執拗な捜査を、冷徹な筆致で描いた警察小説。「泣けるなどという言い方はしたくないのですが――泣けます」

ミステリーざんまい　捕物帳「どんどん」二つ。

『半七捕物帳』は野球に譬えるなら、（わたしなどが今更あれこれいう必要もないのだが）攻守走総ての揃った名選手である。①

ところで、現代本格の雄、綾辻行人氏に『どんどん橋、落ちた』という作品がある。この題は勿論、『ロンドン橋、落ちた』のパロディである。②

読者への挑戦

さて、①と②は一体どう結び付くのでしょう。

実は、『半七捕物帳』にも《どんどん》の出て来る作品があるのだ。『むらさき鯉』。小石川と牛込の間を流れる殺生禁断の川、その《堰は低く出来ていて、水はそれを越して神田川へ落ち込むようになっているが、なにしろあれだけの長い川が一旦ここで堰かれて落ちるのですから、水の音は夜も昼もはげしいので、あの辺を俗にどんどんと云っていました。水の音がどんどんと響くからどんどんどんと云うので、江戸の絵図には船河原橋と書かずにどんど橋と書いてあるのもある位です》。

水音が耳に響くようではないか。それから広がるのは文字通り、五月闇の世界。梅雨どきの漆を流したような夜の話となる。この《どんどん》の音が、物語の、まさに通奏低音。そして、殺生禁断のどんどんで密漁をしていた草履屋藤吉の家に、この世のものとは思えぬ女が訪ねて来るところから幕は開く。

女はいう。不思議な夢を見た。《むらさきの着物を被《き》》た人が現れ告げた、――自分は草履屋藤吉の家にいるから救ってくれ、と。台所では、むらさき鯉がぴしゃりと跳ねる。

女房がためらっていると、《女の様子がだんだんと物凄く変って来た。「ごめんください。ちょっと奥へ行って拝見してまいります」》《女の起ったあとを見ると、そこの畳の上は陰ったように湿《ぬ》れている》。

怪談としか思えぬ出だしなのだが、驚いたことに、これが半七の登場と共に合理的に説明される。単に、どんどんが繋がるだけではない。ここには、まさに本格の精神そのものがある。

さらに驚くべきことがある。

幽霊の正体見たり枯尾花――となることが分かっていたら、恐いだろうか。普通、遊園地のお化け屋敷は、面白いものであり、恐いものではない。仕掛けがあると分かっていたら、恐さは半減するものだろう。だが、この『むらさき鯉』の女の登場する場面など、実に恐い。怪談以上だ。

その心理を自分なりに分析してみる。

わたしなどは、たいていは《怪談だとすれば作り話、こんな女など訪ねてくる筈がない》と思ってしまう。ところが、これは『半七捕物帳』なのだ。理屈にあった説明がつく筈だ。そう思った途端、総ては現実のこととなり、この女は、お化け屋敷の登場人物ではなくなる。実際にわが家を訪れた客と思えてしまう。そして、ぞっとするのだ。……一体、この女は何者なのだ、と。

綺堂ぐらいになると、怪談でも、無論、恐い。しかし、この『むらさき鯉』や、あるいは

『かむろ蛇』の出だしのような、筋の通る筈の世の中に怪異が起こるというのには、また別種の戦慄がある。

さて、冒頭に『半七捕物帳』を名選手といったが、その攻守走とは何か。

ここで触れたのは、江戸の世界を眼前に見せてくれる文章と展開の見事さ、怪談を日常に持ち込む妙、謎解きものとしての巧みさ、だ。しかし、人の心の不思議に分け入った作などなど、その世界は奥深く、読めば、これに加えるべき美質が続々と見つけられることだろう。

『半七』は、永遠の現役プレーヤーなのだ。（引用は旺文社文庫版による）

芥川龍之介全集　月報13　嬉しい新全集

1

わたしも、『六の宮の姫君』という小説を書いた。

まことに不遜極まりない出だしだが、事実ではある。芥川は何ゆえ、あの作品を書いたのか、──それを文学部の女子大生が、本の山の中を経巡り探索する。まさに『六の宮の姫君』の物語なのだ。他の題は考えられなかった。

その中で、芥川が編纂した中学副読本用アンソロジイ、『近代日本文芸読本』に触れた。わたしの主人公は、こう述べる。「この本は、一度復刻版を神田で見たことがある。買わなかった。後になると惜しい。（中略）どういうものを選ぶかという《選択そのもの》も立派に一つの作品だと思う。芥川の全集なら、その細かいリストをあげてしかるべきだと思う」。これは、そのままわたしの体験であり、実感であった。

よくいわれるが、古書は、迷った時に買っておかないと、必ず後悔することになる。復刻版を手に取ったのは、確か十年ほど前の冬の日だった。どの書店のどの辺りにあったかも鮮明に覚えている。ページをめくりつつ、文庫化されればいいのに、などと勝手なことを考えた。

ところで、アンソロジイというのは、作品と同時に、選者を読むものである。評価するという行為は、評価した人間の内面を語る。芥川でいえば、菊池寛の『順番』を、菅忠雄宛の手紙の中で《非常に好い》と賞賛している。これなどが好例だろう。わたしは、この一節を読んだ時、背中に刃でも当てられたような気になった。

『近代日本文芸読本』では芥川という鋭利な刀が、明治大正の文章を切り取っている。——結果として、彼は、この仕事により、大きく傷ついたわけだが、それについて、ここで踏み込む必要もあるまい。

繰り返しになるが、芥川の全集なら、雑文の一つ二つ以上に興味深い作品、つまりこの《選択結果》を落とす法はないと思っていた。今回『新版・第十三巻』に、それが参考として載ると聞き、実に嬉しかった。

おかげで読者は、「芥川はこんな時、鏡花なら『国貞ゑがく』を採るのか」などと頷き、喜ぶことが出来るようになった。同時に、これが第四集の冒頭に置かれている、即ち中学四年の《読書力に準じて》採られていることを知り、今の大学生のどれくらいが『国貞ゑがく』を——楽しんで、とはいわずとも——抵抗なく読めるのだろうかと、がっかりもする。余談だが、鏡花自身は、あの絶妙の結びについて《年末の稼ぎに切《せま》りて、半《はん》ぱにして、完《まつたく》とせり。いま思へば、却つて、可ならむ》といっている。面白いものである。

2

わたしが芥川を知った最初は、やはり童話だった。小学校二年の時、女の先生が、紙芝居を読んでくれた。『白』だった。何と嫌な話だろうと思った。

中学生の時『奉教人の死』を読み、それからしばらくは芥川の文庫本を持ち歩いた。田舎だったから裏道を行けば、自動車とはぶつからない。学校からの帰りにも読んだ。田の中の小道を歩きながら、この十三巻に収められている『カルメン』に行き当たった。そして、舌を巻いた。もがく黄金虫《こがねむし》、こぼされる白葡萄酒、会話、白髪の給仕が運んでくる鮭の皿。この運びにしびれてしまった。「巧いなあ、凄いなあ」と口に出していた。いかにも中学生好みの技巧かもしれない。しかし、こういうところに芥川を読む楽しみがあったのも事実である。

また、いくつかの文庫本には、小説のみならず随筆・小品も収められていて、これがすこぶる面白かった。今、見ると、当時の自分には何のことやら分かる筈のない固有名詞や観念が列記されている。だから読めない、というものではない。分かろうが分かるまいが、面白いものは面白い。『点心』の中に「池西言水」という項がある。言水を知らなくとも、そこに引かれている《蚊柱の礎《いしずゑ》となる捨子かな》は実に恐かった。後年、龍之介が芥川家に引き取られた時、捨て子の形式を取ったと読み、底の下にまた底を見たような気になった。

『六の宮の姫君』の成立に関しては、大学生の時、菊池の全集で『頸縊り上人』を読み、「ああ、そうか」と膝を打った。そこに象徴的に浮かんで来る芥川と菊池の関係は、実に興味深かった。

それを二十年以上経ってから、冒頭に記したような形で小説化したわけだ。研究ではない。わたしの考える人間像を作るため、資料の取捨選択も恣意的に行ったところがある。

菊池は、五月八日万世橋瓢亭での座談会が芥川と会った最後だと書いている。会が閉じた後、車に乗ろうとした菊池は友の目に異様な光を見る。《あゝ、芥川は僕と話したいのだな》と思う。その時には、もう車は動き出していた。そして彼はいうことになる。《瓢亭の前で、チラリと僕を見た彼の眼附は、一生涯僕にとって、悔恨の種になるだらうと思ふ》。

広く知られた文章である。わたしの主人公は、この文を引用する。その後で永井龍男の『菊池寛』にも触れる。ということは、当然、同書中にこう書かれていることを知った筈だ。《瓢亭の座談会にひきつづいて、五月三十日に星ケ岡茶寮に柳田国男、尾佐竹猛《おさたけたけき》を招聘して第五回の座談会を開き、菊池寛は芥川龍之介と共に出席していることになっているのだが菊池寛は、この時のことは、どこにも何も書いていない》。——だが、彼女は、それを読者に語らない。

菊池は場所を、前回の万世橋と混同したのかもしれない。しかし、わたしには、そのような詮索は無意味に思えた。菊池にとっては、瓢亭前の、あるいは記憶違いかもしれない一瞬こそが、芥川との今生の別れだった。真実だった。それを前にすれば、事実など重いものとは思えなかった。

さて、座談会の話が出たが、雑誌掲載のために、この形式を創始したのが菊池寛だという。芥川も当時、多くの会に出席している。今回の全集で、わたしが楽しみにしているものの一つが、その対談・座談の巻である。前全集にはない五つの座談会が新たに収録されると聞いた。中に、芥川好みの『怪談会』もある。集まった顔ぶれも、鏡花を筆頭にまことに贅沢。伝え聞くのみの団菊、あるいは菊吉の芝居——その開幕を前にして、桟敷にいるような気分である。胸がときめく。

ニューウェイブ作家が選ぶ、今月のミステリー。

山口雅也氏に、『私が愛したリボルバー』（細美遙子訳、扶桑社ミステリー）という本が面白かった、と話した。作者はジャネット・イヴァノヴィッチ。失業したヒロインが《『あたしに必要なのはお金だけよ』》といって賞金稼ぎを始める。原題が『One for the Money』。そうしたら、山口氏は即座に「それはロックンロールの歌の文句ですよ。もとはマザー・グースです」といった。そういうことを知っていたら、題を見ただけでニヤリと出来るのだろう。

では軽妙にして洒落た本なのかというと、――ふざけた本なのである。そのふざけ具合が実にいい。保釈中の身で逃亡した容疑者を見つけだし、警察に引き渡すのが主人公の役目だ。彼女の目標となるのが、幼なじみで最初の男性でもあったジョーゼフ・モレリ。容疑は殺人。

どうやって探し出すのかと思うと、都合よく何度も何度もぶつかってしまう。この辺の調子よさは、勿論、作者も承知の上。ハリウッド映画を観るように楽しめる。そして、このヒロインが実に身勝手なのだ。昨今では《男社会で頑張る女探偵もの》といっただけで、またかと思われてしまう。名探偵ものが星の数ほどあれば、それに対してドーバー警部シリーズなどが登場するように、これも当然の流れかもしれない。山口氏も《自立する嫌ーな女のシリーズを書きたいと思っているけど、嫌われるだろうな》とおっしゃっていた。誰に、といえば女性にだろう。嫌われてもいいから、とにかく書いてもらいたいと、読者は無責任に思う。

さて、ヒロインが物陰にひそんでいると、目の前を逃亡者が走っていく。許せない、と彼女は思う。なぜか、自分が四百ドルも出して買った銃をバンドにさして持ち逃げしようとしていたからである。《ボディスラムをくらわせ、いっしょに地面に体当たりした》《あたしは銃をつかんだ。防御本能などではない、純然たる所有欲のなせるわざだった。これはあたしの銃なのだ》。こういうヒロインは珍しいのではないか。

読んでいる途中で感じたのは、これは『じゃじゃ馬馴らし』の物語でもある、ということだ。それを嫌みに感じさせないのは、ヒロイン同様、あるいはそれ以上に作者である女性ジャネット・イヴァノヴィッチが、モレリという男を頼りがいがあると思い、愛しているからだ。そのため心は決して冷えない。

本を読んでいて、実際に吹き出した箇所がいくつかある。これは大変なことだと思う。おかしい本を笑えるように訳すということは至難の業だろう。どこが笑えた、などといって、読者の楽しみを奪うつもりはないが、この訳には舌を巻いた。

笑う以外のところでいえば、《いよいよもっていよいよ奇なり、とあたしは思った》などというところがある。実際に、このヒロインがそういう言葉遣いをするという以上に、物語の肌合いが、この訳を必要としているのである。《ますます変だ、とわたしは思った》では断じてない。

また、モレリがヒロインを呼ぶのを、まず《「よく聞けよ、かわいこちゃん《カップケーキ》」》《「おまえのボディガードになってやるよ、かわいこちゃん《スィートケーキ》」》などと訳しておく。それが、心の通じる要の部分では振り仮名なしのストレートで《「そういうのはおまえの流儀じゃないだろう、カップケーキ」》となる。ぞくぞくするではないか。

題だけは、内容から考えて的外れだと思うが、かといって、どうすればという代案もない。ともあれ、この本の成功の、かなりの部分は訳者の手柄といってよかろう。

となれば、どうしてもいいたくなってしまう。扶桑社文庫には、なぜ《訳者紹介》がないのだろう。その人の他の訳業について知りたいと思うのは読む者の自然な欲求ではないだろうか。

お知らせします

おーなりさんの、ステキな本ができました。

おーなり由子さんを知ったのは、さくらももこさんの『ちびまる子ちゃん』を読んだからです。まだ、その頃は、テレビ放映もなく《まるちゃん》を知る人はほとんどいませんでした。ある週刊誌で、わたしの先輩達が一年を振り返り、《今年のベスト漫画》を選出していました。それが無名の『ちびまる子ちゃん』でした。探して読んでみると面白い。それはそれとして本編以外の付け足しに、こう書いてありました――《おーなり由子さんと仲がいい。一緒に絵を描いたりする》。そして《おーなりさん》という、ぶらんこをゆらんと揺らしたような名前の人の絵が載っていました。どこか初山滋に似た感じの象が描かれていました。

面白い絵を描く人だな、と思って、今度はその人の本を探しました。最初に読んだのが『六月歯医者』でした。びっくりしました。これは、異色作家短編集の中に入れて、少しもおかしくないと思いました。同時に、この人が少女漫画の世界でやっていけるのだろうか、と心配になったのです。《まるちゃんかるた》が付録に付いている「りぼん」を子供に買ってやって、一緒に読んでみると、ほとんどは男の子と女の子の学園ラブストーリーだったからです。実際、おーなりさんの作品が「りぼん」に載ることは、次第にまれになっていったようです。

数年経って、雑誌に短編を載せていただいた時、《挿絵に希望がありますか》と聞かれました。その少し前、本屋さんの平台に積んであった「りぼんびっくり大増刊」という本の表紙に、《おーなり由子》という名前があるのを見つけて、迷わず買いました。『三太郎少年の日』という作品が載っていました。そこに描かれている、きらめくような《空気》の素晴らしさに舌をまき、何度も読み返しました。そういう時でしたから、反射的にいいました。

「おーなりさんという人に、お願いできないでしょうか」

ちょうどその頃が、おーなりさんの仕事の転換期でした。それが、わたしには幸いしました。あちらこちらに、おーなりさんを認める編集者の方が現れて、仕事の幅を広げられた頃です。挿絵の件を受けていただくことができました。

こうして、何度かお会いし、お話しすることもできるという、実に贅沢なことになりました。『三太郎少年の日』だけではなく、おーなりさんの作品には、しばしば、独特の素晴らしい《空気》が描かれます。わたしは、それが大好きなのです。そのことを、お話しすると、

「《空気》は大事に描いているので、そういっていただけると嬉しいです」

と、おっしゃいました。こちらも嬉しくなりました。

まだまだ書きたいことはありますが、それはさておき、今度の『幸福な質問』について――です。人の心をやわらかく撫で、荒れた胃にも再生の薬をふりかけてくれるような本です。

愛について語る物語は無数にあります。

『幸福な質問』は、皆が、《それについては、こう語りたい》と思うように語ってくれ、《こう聞きたい》と思うように聞かせてくれる本だと思います。それは実に難しい作業だと思います。それを可能にしているのが、おーなりさんの絵であり、線であり、言葉です。

眼目は勿論、最後の《こわさ》についてです。人は誰も、この《こわさ》を乗り越えたいと願うものでしょう。それは恐ろしく難しいことです。でも、歩き方によっては、身構えること

なく、自然に、越えられてしまう。それを見せてもらえることが、この本の読者の喜びでしょう。

さて、《素敵》と書くと、その字の中を風が通うのに窮屈そうです。試しにカタカナにしてみました。おーなりさんの空気が、その間を流れるように——見えるでしょうか。

というわけで、『幸福な質問』を読んだわたしは、あちらこちらの伝言板に、こう書いてまわりたくなったのです。

おーなりさんの、ステキな本ができました。

見えないモノを見せてくれる——おすすめ本

見えないところを見せてくれる本を三冊。そこに働くのが作者の想像力、並びに創造力。見えるのは即ち虚像であり、それゆえのきらめきを見せている。

まずは北村想著『怪人二十面相・伝』。これを初めて読んだ時は、嬉しくて嬉しくてたまらなかった。幼き日、妖しく心を捉えたあの《怪人二十面相》は、実はいかなる生い立ちの人物であったか。そして明智との関係は？

《日影丈吉さんやら中井英夫さんやら、はては十蘭が好み》という作者の手により、それが——あらゆる意味で——きちんと描かれていく。つまり、物語の魅力に溢れている。乱歩の『少年探偵団もの』は戦争を挟み、長期にわたって書かれている。そのため、人物の年齢設定にも（まともに考えたら）矛盾がある。伝記作者としては、まことに困るはずだ。作者はそこを逆手にとって、鮮やかな物語を展開している。謎解きという意味でも超一流なのだ。続編『青銅の魔人　怪人二十面相・伝』とともに、《読まなければ損》という本。

これは、日本ミステリの父、乱歩の作中人物について語られていた。続いては、人類の父・母についての本である。マーク・トウェイン著、大久保博訳『アダムとイヴの日記』。

わたしは、今までに三種類の訳を読んだ。ただし、どの本でもいい、というわけにはいかない。これは大久保博訳・原書からの挿絵付きの旺文社文庫版でなければ駄目なのである。まったく別の本になり、輝きを失ってしまう。それが一九九五年二月、福武文庫の一冊として復刻出版された。実にめでたい。在庫がまだあるだろう。今のうちに買っておいて下さいと、強調しておきたい。マーク・トウェインはいう。《アダムが石に刻んだ象形文字を解読した》と。いやあ、たいしたものですねえ。

順に読み進んで、「イヴの日記」の結びに至り、（福武文庫版で）二〇四ページの文を読み、二〇五ページの絵を見、次いで一枚ページをめくって、その時、どんな感情が胸に寄せて来るか。そこが味わいどころだろう。

さて、こう並べて来ると、三冊目にも架空の伝記の類いをあげるべきところだ。しかし、ちょっと趣向を変えたい。絵を見て、この中に入って行けたらとか、これが立体に見えたらと思ったことはないだろうか。そういう夢をかなえてくれる本が出たのでびっくりした。杉山誠著『3D　MUSEUM』。これも、見えない世界を見せてくれる。古今東西の名画を最新技術を駆使して立体化する。付属の特殊メガネを通して覗くと、カラフルなままに画像が浮き上がる。

スーラの『グランド・ジャット島の日曜日の午後』の広がりに驚嘆し、シャガールの『私と村』の中に見える視線にあっといい、マグリットの『ピレネーの城』の魔術的世界に圧倒される。収められた画家は、ボッティチェリから北斎まで幅広く、それぞれに楽しめる。いやはや、何とも凄い時代になったものである。

『私が愛した名探偵』――エラリー・クイーン「複数の顔」が魅力

文庫本を買うのが、ちょっと大人っぽく感じられて嬉しい小学五、六年の頃、エラリー・クイーンの名を、初めて知った。本屋さんの棚に並ぶ背表紙を見て、「女王」とは変わった名だと思った。おまけに、本の題名も『Xの悲劇』『Yの悲劇』などと思わせぶりである。

読んでみて、「なるほど、大人の読む推理小説とは、こういうものか」と思った。

次いで、クイーンには「悲劇もの」の他に「国名シリーズ」がある、と知った。こちらでは、作家名と同じく「エラリー・クイーン」という名探偵が活躍するらしい。

手に取って、解決の前にある「読者への挑戦」にしびれてしまった。データは全て示してある、さあ、知恵の戦いをしようというのだ。そこには、揺るぎない形式の持つ「美」が存在した。そして、若き名探偵クイーンこそ、論理の神に仕える司祭であった。彼は、青年らしく、この世の物事は全て理屈で割り切れると信じているようであった。――少なくとも、推理小説の世界の中では。

若々しさは、自負と衒学《げんがく》趣味にも表れていた。長々と続く推理の合間に「エルゴ――かかるがゆえに」などと入る。これが嬉しかった。普通なら、この単語はデカルトの「コギト・エルゴ・スム――我思う、ゆえに我あり」で覚えるところだろう。わたしは、「エルゴ」も、また、詩人エミリ・ディキンスンのことも国名シリーズによって知った。

田舎町では、この辺りまでしか手に入らなかった。要するにわたしは、探偵クイーンの青年時代、つまり、前期作品しか知らなかったのである。中学では、兄さんがミステリを読んでいるという友達がいた。お前は、どんなのが好きなんだい、と聞かれて、答えた。「まあ、海外ならクイーンかな」。

するとと、一冊持って来てくれた。町の本屋さんでは、あまり見かけない縦長のハヤカワ・ポケット・ブック。『緋文字』だった。「ありがとう」と受け取って、読み始めたが、途中で何度首をひねったか分からない。わたしの知っていたクイーンと、あまりにも違うのである。

確かに、我らがエラリーが登場する。しかし、本と理屈だけを恋人としていたようなエラリーの側に、女性がいる。物語の展開も、論理の色合いも、国名シリーズのそれとは違う。もしや別人では、と作者名を確かめさえした。煎餅《せんべい》だと思って噛んだら、ゼリーだったような違和感を感じた。近所の路地を曲がったら、見知らぬ風景が広がっていたよう――といってもいい。とにかく、実に奇妙な体験だった。釈然としないまま、本を返したのを、昨日のことのように覚えている。

探偵エラリーの顔は一つではない。時と共に変わって行く。それを「衰え」と見る人もいるが、違う。この変貌があるからこそ、彼はミステリ史上屈指の「名探偵」なのだ。わたしが、それを知るのは、しばらく後のことになる。

カーの門──『グラン・ギニョール』解説

森鷗外を評した有名な譬えに《テエベス百門の大都》があります。J・D・カーに至る入り口もまた、一つではありません。

わたしが最初に読んだカー作品は、忘れもしない新潮文庫版『皇帝のかぎタバコ入れ』です。文庫本に手を出し始めた小学生の頃でした。『Yの悲劇』と前後して手に取りました。

子供であったためか『Y』にはがっかりしましたが、一方で『皇帝』は、たまらなく面白かったのです。小学校への通学路で、友達に推理問題として話したものです。実に分かりやすい不可能状況の設定、単純明快にして、常に眼前に提示されている手がかり。何より、こういうことを考え、本にする精神が、嬉しかったのです。わたしは、こちらの門からカーの世界へと入ったわけです。

しかし、田舎町に住む子供にとってカーは入手しやすい作家ではありませんでした。今のように図書館が整備されているわけではありません。本屋さんの棚に並ぶ文庫といえば、御三家の岩波・新潮・角川です。新潮文庫巻末の目録に《『黒死荘』宇野利泰訳・近刊》となっていました。これには、喉から手が出ました。

数年経ち、出たかどうか分からないままに、本屋のおばさんに取り寄せを頼みました。中学生の時です。綱渡りをするような気持ちで、どきどきしながら、結果を待ちました。どうなったかといえば、

「そんな本、ないってさ！」

と、怒られてしまいました。

まず刊行されたかどうか聞いてもらうのが常識です。しかし、すでに何冊かミステリを取り寄せてもらっていたわたしは、その流れに乗って頼めば、届くような気がしてしまったのです。何とも、迷惑な奴です。――しかし、よりによって田舎町の本屋さんで『黒死荘』を注文している中学生というのも、今思えば、一風変わっていて面白いような気がします。これを、早川版で『プレーグ・コートの殺人』として読むことのできたのは、高校生になってからです。ちなみに、宇野訳新潮文庫の『黒死荘』は予告のみで、とうとう出ることはありませんでした。東京創元社版は同題ですが長谷川修二訳です。

大学時代には、「ヒッチコック・マガジン」35号の《ディクスン・カー研究》に載った作品表を手帳に引き写し、東京の街を歩きました。『三つの棺』や『ユダの窓』、そして『死人を起す』といった代表作すら入手困難でした。それだけに、見つける楽しさに満ちていたのです。

「おっ、『赤い鎧戸のかげで』があったぞ」

などといいながら、リストに印をつける。こういった楽しさがありました。

さて、いくつもの入り口のあるカーですが、わたし個人の好みでいえば、怪奇趣味に本格の大トリックを融合させる行き方の方からは、何といっても『三つの棺』の印象が圧倒的です。歴史ものの門から覗くと、世評の高い『ビロードの悪魔』や『火よ燃えろ！』がいいのは勿論ですが、『恐怖は同じ』を読んだ時の面白さが忘れられません。また、破天荒というか図々しいというか、とにかくカーでなければできない不思議なミステリがあって、こちらの門から見ると、『わらう後家』が（後に『魔女が笑う夜』と訳題が改められました）ぎらぎらと光っています。

こういうカーが、早川の『世界ミステリ全集』が出た時、一巻になっていなかったのには驚きました。それどころかカーの名は、短編集の中にあるだけでした。

作品選択というのは主観でしかあり得ません。そこに商売がからむと、問題はより複雑になります。だから簡単にいえないのは分かっていますが、それにしても《ミステリ》が即ちクィーンでありカーであったわたしにとっては、谷崎潤一郎の巻のない『日本文学全集』を見るようなものでした。《うーむ、石が浮かんで木の沈む世の中だなあ》と慨嘆したものです。

カーの幾つか残っていた未訳作品が、日本語に移されることなど、夢のまた夢と思われました。ですから、最近のカー復活には、まさに《長生きはするものだなあ》と思ってしまいます。特に今回の『グラン・ギニョール』は、幾つかの門から、要領よくカーの王国を垣間見られるような作りになっていて、実に楽しく読ませていただきました。表題作もシンプルな形になっているだけに、おどろおどろしさの一方にある、カーの整然たる頭の働きがよく見えて来ます。また、『地上最高のゲーム』冒頭の、いかにも彼らしい高姿勢ぶりには嬉しくなってしまいます。

さて最後に、この機会をお借りして、昔、何十人かの方に投票をお願いして集計したカー作品のベスト30を（このようなものの常として集計結果より個人別のものの方が面白いのですが）、ご紹介したいと思います。なお、訳題は当時一般的だったものを採用しています。

1三つの棺　2火刑法廷　3曲った蝶番　4皇帝の嗅煙草入れ／火よ燃えろ！　6帽子収集狂事件　7プレーグ・コートの殺人　8ユダの窓　9死人を起す／読者よ欺かるるなかれ　11夜歩く／赤後家の殺人／アラビアンナイトの殺人／爬虫類館の殺人　15九つの答　16ビロード

の悪魔　17緑のカプセル　18囁く影　19ニューゲイトの花嫁　20盲目の理髪師／一角獣の怪／恐怖は同じ　23修道院殺人事件　24わらう後家　25蠟人形館の殺人　26死の時計／喉切り隊長　28髑髏城／毒のたわむれ　◇別格　めくら頭巾（短編なので同列におかなかったが、点数的には20位と同じ）

あったかい本——大野隆司『ねこのてからのおくりもの』

ぼくは猫です。名前はゆず。

ぼくの住んでいるうちのお父さんは、キタムラといいます。ワープロをカチャカチャさせながら、

「『ねこ』のことを書くんだ」

といっているので、ぼくの紹介かと思ったら、オオノさんという人の本のことなんだって。

「——ゆずも子猫だけれど、オオノさんの本も今度生まれたばっかりなんだよ」

ぼくの方が、お兄さん？

「そうだね。ちょっとだけお兄さんかな」

オオノさんて、どんな人？

「版画家さんでね、最初の出会いは、東京の神田というところ。絵の具や、額縁なんかが一杯置いてあるお店があってね、そこの階段をとんとんと上って行ったら——」

ぼくも、階段、大好きだよ。上ったり降りたり。

「まあ、聞きなさい」

にゃあ（はい）。

「二階でオオノさんの絵葉書やレターカードを売っていたんだ。一度見ると忘れられない絵柄でね。——それからね、猫というと、普通はまず《かわいい》となるよね」

にゃあにゃあ！

「でもね、例えばその時のレターカードの中には《猫科植物》なんていうシリーズがあった。桔梗や菫の花の部分が猫の顔になっている。それぞれにオオノさんの短い文章がついているんだ。『ネコツバキ』なんていうのには、こうなっている。《このツバキは猫好きだった人の庭に、とつぜん咲きはじめた。そこは死んでしまった愛猫をうめた場所だという。このツバキから取れる油は高級品として売られ、老人は裕福に暮らせるようになったそうだ。　別名：マユツバキ》」

なんだか、ちょっと怖いなあ。

「昔話めいているけれど、やっぱり、こういうところに《死》が出て来たり、また《猫科植物》などという発想も、ただかわいければいい《商品》だったら出て来ないものだと思う。かといって、否定的に《悪趣味》だと片付けられるものかというと、そうでもない。要するに、絵に《かわいい》だけでないところから訴えて来るものがあるんだ。今度の本でいうなら、『ねこ紙芝居』のクリちゃんの泣き顔や、観客のネコ達の後ろ頭が一緒に入って、一つの《劇場》を形作っている構図などは圧巻だと思う」

ふーん。

「それは、後から知ったことだけどオオノさんが仏教を勉強していたり、あるいは、奥さんもいて算盤の先生をやって生活していたのに、ある日、猛烈に版画をやることで生きてみたくなると迷うことなくその道に歩み出してしまう——そういう個性から、来るものだと思うんだ」

変な人なの？

「何回か会ったけど、子供好きの、やさしいおじさんだよ。頼まれると小学生たちを相手に版画教室をやったりする。いつか、それでテレビに出ていた。子供たちが、みんな目をきらきらさせてオオノさんを囲んでいた。オオノさんは、長い髪の毛で、お髭を生やしていたから、《ロンゲのヒゲちゃんと呼んで下さい》といっていたよ。うちの子は、その長い髪のオオノさんを知っていて、最近、短く切った写真を見た。そこで《心を入れ替えたのかな？》といっていた。オオノさんに、そのことを話したら、電話の向こうで《あははは》と楽しそうに笑っていたよ」

猫は？

「そりゃあ、大好きだよ。痩せて震えていた野良の三匹、マダ・テン・ウル——という名前の子供たちを飼っている。でもね、この前、聞いたら、もうお腹が空いたり寒かったりでブルブルしなくてもよくなったけれど、別のことで震えてるんだって」

どういうこと？

「オオノさんが、ダジャレ好きなんで、それが寒いんだって。でもね、この『ねこのてからのおくりもの』が《あったかい本》だから、その側にいれば大丈夫。電話して、近況を聞いてみようね」

——電話をかける音。オオノさんのうちの猫が出る。

「やあ、みんな、あったかいものはあったかい？」

にゃあ、にゃあ、にゃあ（寒いよお）。

ピンときた時はすかさず、買い　出会いが嬉しい海外の小説

●無条件に楽しく、時間を忘れてしまう

『リプレイ』ケン・グリムウッド著　新潮文庫

無条件に楽しく、時間を忘れて面白く読める。まずはそんな本から紹介しましょう。ケン・グリムウッドの『リプレイ』は、ある男が急死する場面から始まります。息を吹き返した男は若いころの自分に戻っていることに気が付きます。そこから人生をやり直すことになるわけですが、「あの時をもう一度やり直せたら」という設定で書かれた作品は、ご存じの通り他にもたくさんあります。

『リプレイ』がすばらしいのは、そこに思いがけないアイデアが加わったからです。「こんな手もあったのか」と読者を驚かせ、巧みなストーリー展開で引っ張り、最後まで気持ちよく読ませてくれる。限られた時を生きる人間の哀しみを描きながら、一方で上質なラブストーリーにもなっている、とても後味のいい作品でもあります。できるだけ前情報を持たずに、読んでいただきたいというのが、紹介者である私の願いです。

時間戻りの作品でお勧めしたい本がもう一冊あります。少年が時空を飛んで過去に戻り、戦争中の少女と出会うというメルヴィン・バージェスの『メイの天使』（東京創元社）です。展

ことを考えさせてくれる、ちょっと切ない作品です。

開は重く、読者の好みは分かれるかもしれませんが、こういう書き方もあるのかとさまざまな

●大豊作に恵まれた一冊のアンソロジー

『英国短篇小説の愉しみ1　看板描きと水晶の魚』西崎憲編　筑摩書房

一冊のアンソロジーに、面白い作品が二つも、三つも入っているというのは珍しいことですが、『英国短篇小説の愉しみ　看板描きと水晶の魚』は、まさにそんな希少なアンソロジーです。冒頭に置かれた短編「豚の島の女王」は、グロテスクな作風で知られるジェラルド・カーシュが思わず書いてしまった超一流の作品。思わずなんて言ったら失礼かもしれませんが、彼の他の作品には見られない深い味わいがあります。

高貴な家に生まれた美しい女性には、生まれつき手足がありませんでした。ところが占い師は、彼女がいつか女王になると予言します。あるとき彼女は豚の島と呼ばれる無人島に、醜悪な姿をした巨人や小人らと共に漂着し、彼らの女王となります。予言は成就されましたが、やがて彼女は悲しい結末を迎えるという話です。単純に見ればこれもまたグロテスクな話なのですが、四肢のない女性とは手足をもがれた知性であり、それがつぶされていくという、人間性の悲劇が見事に描かれています。

このアンソロジーのマイベスト3は「豚の島の女王」と、ありふれた男の秘密を淡々と描いたW・F・ハーヴィーの「羊歯《しだ》」という何気ない作品。三つめがニュージェント・バーカーの「告知」です。図書館内を巡っていた男が、閲覧室である告知を見て、最後に意外な行動をとるという、本当に短い作品です。

短編は売りにくいと言われ、名作がどんどん絶版になっている今。良質なアンソロジーは買い逃すとなかなか手に入らなくなりますから、今買っておかないといずれ読めなくなるかもしれませんよ。

●フランス古典文学の世界へいざなう

『「レ・ミゼラブル」百六景』鹿島茂著　文春文庫

海外文学を紹介してほしいという編集部の依頼からすると、この本は禁じ手だったかもしれません。ほんとうはせっかくだから大長編の『レ・ミゼラブル』を勧めるところなのですが、実は私もまだちゃんと読んだことがないのです。ミュージカルで見たり、子供用の本で読んで、あらすじを知っている人はいても実際にこの膨大な作品を読んだという人はほとんどいないんじゃないでしょうか。

そこで、興味はあってもなかなか読めなくて、という人のために『「レ・ミゼラブル」百六景』を選んでみました。フランス文学者の鹿島さんは、難解なフランス古典文学の味わい方をやさしく教えてくださる方で、私たちだけでは見えないものを見せてくれたり、豊かな世界へと連れて行ってくれます。この本でも、鹿島さんの語りはとても面白く、またオリジナルの木版の中から興味深い挿絵もたくさん紹介されています。

こういう話だったのかとストーリーを把握すれば、人に語れるようになりますし、挿絵を眺めていると、当時のフランス社会をうかがい知ることもできます。読んで、見て、楽しめて、さらに教養まで身に付いてしまう。これなら禁じ手どころか、企画趣旨に最もふさわしいお得な一冊と言えますね。

大変なことになってしまった。

某月某日

宮部みゆき『模倣犯』(上・下)(小学館)を読む。混沌《こんとん》を、一つの混沌として描くのは、並大抵の力量では難しい。座りのよい形である方が、読む側は当然、受け入れやすい。例えば、樋口めぐみが美しい少女でない方が、読者は安心出来る。しかし作者は、円錐が横から見れば三角で上から見れば丸であるような書き方を、随所でしている。そういう幾重にも折り畳まれた襞《ひだ》を持つ、巨大な総体が『模倣犯』という小説だろう。

第一部、第二部が具体的な写実であるのに対し、第三部はそれを重しとして立つ抽象の意味合いを持つ。犯人がある行為をしようとすることについてなど、様々な解釈が出るところだ。作者の手をはなれ、これから、多くの人が様々な意見を述べることによって、さらに広がりを見せて来る物語だと思う。

ファンとしては、『火車』に(高さでは、すでに『幻色江戸ごよみ』があるが)勝るとも劣らない大きさを持った作品の生まれたことが、とても嬉しい。

雑感的なことは色々あるが、一つだけあげれば、高井家に《凶報》の入る場面がどのように書かれるのかと思いながらページをめくって行くと、ついに出て来ない。その空白が下巻二百六ページ下段、八行から十八行に、ずしりと受けられる辺りは、実に重く、また見事だと思った。

某月某日

筑摩書房の『**明治の文学**』の配本が、個人的には、おいしい巻になって来た。第六巻が『**尾崎紅葉**』。紅葉は数えてみたら、今まで四作しか読んでいない。それも、一作読むと、「ま、いいか」と、数年から、長いと十年は手に取らない——という読み方であった。

どうも、紅葉という人は、緋縅《ひおどし》の鎧《よろい》を着て街を歩いているような感じがする。隣に並んでは行きにくい。作品は面白いより先に、まずおかしい。だから同行せずに、むしろ鎧の——作品の、一部分だけ抜いて、そこだけ見ている方がいい、とも思って来た。

しかし、鎧で街を行く《人物》というのも、気になる。だから、何年か間をおいて、また手に取ったりする。

わたしにとって紅葉とは、何々の作者というより先に、訪ねて来た泉鏡花に《「お前も小説に見込まれたな」》と笑いかけた先生であり、鏡花がかなりの原稿料を取るようになったと聞いた時、《顔をしづと見たまひて、「勉強しなよ」》と、いった人である。そして、菊池寛が大正の新聞小説『**真珠夫人**』の中に、外国のサロンの文学談義を日本に移して描こうとした場面で、名前の出る作家であった。《明治第一の文豪は誰だろう》という話題になった時、主人公は《鼈甲牡丹のように、絢爛華麗な文章》を持つ作家、尾崎紅葉の名をあげたために、——笑われてしまうのである。

こういう人間像には興味を魅かれずにはいられない。今回の本の収録作中、読んでいるのが『**心の闇**』だけであるのが嬉しい。得をした気になり、まず気になっていた『**青葡萄**』から読む。そうしたところが、今までと違って、「ま、いいか」ではなかった。今回は、もっと読みたくなってしまった。

今までの文学全集中、紅葉の巻で、『青葡萄』と『病骨録』の一方を採った例はある。しかし、共に収めた本はなかったと思う。それだけでも、この一冊は素晴らしいと思う。

この本の双子の山がそれらであり、一方の頂きは前者の《乃公の全身は文章で裲《うちうち》がしてあるから、吹けば滅《なく》なるやうな黴菌《バチルレン》や、取るにも足らぬ御長屋の井戸端評などは、到底冒すことが出来ないのだ。乃公は些《ちツ》とも怖れない。》だ。このくだりは、たまたま人から電話があったので、思わず読み上げてしまった。

もう一つの頂きは後者の最終行、《「私の誤診であることを希望するのです。」》である。文章について、前のようにいった紅葉が、自分の死病について語った文章を、医者のこの言葉で切る。最も適切な最後の一句を、これと選んで記す紅葉の筆。これこそ、彼の生涯のクライマックスではなかろうか。

某月某日

こうなると、『紅葉全集』や他の本まで読み出すことになり、ほかならぬ鏡花が、『青葡萄』のその文章を引いているのを見つけて嬉しがったりするようになる。

某月某日

そこで続けて、『明治の文学』の次の配本、『内田魯庵』を読み始めた。実に明晰な頭脳を持った真面目な人である。気持ちがいい。『文学者となる法』の中に、江戸期の《下らなき珍本の例として『風流伽羅人形』とでもいふ延宝板の零本があれば》とあり、ニヤリとした。紅葉の、読んだばかりの『風流京人形』を皮肉っていると思ったからだ。しかし、自分の知識、判断に全く自信がないから、百パーセントそう思っていいのか、と落ち着かなくなった。どうなのだろう。

こちらの巻も、一気に読んだ後、気になって魯庵の別の文章まで読みたくなる。そして、『**気まぐれ日記**』の中に、《或る蝙蝠傘屋が来て、ステッキのカタログの序文を書いて呉れといふ》に始まる部分を見つけて喜んでしまう。——つまりは、そうなるように編集されているわけで、仕組まれた素敵な罠《わな》に落とされたようなものだ。巧い。

某月某日

しかしながら、自然の流れとして、いずれは読むつもりだけれど取り敢《あ》えず置いてあった**坪内祐三『慶応三年生まれ七人の旋毛曲り』**（マガジンハウス）を開くと、これがまた面白い。どこかで一休みしないと仕事が出来ない。大変なことになってしまった。

㊤　愛すべき作品

二〇〇〇年十一月某日　ミステリ・ベスト10・アンケートが届く。こういう時には、各人が個性的な（しかも、わたしの場合なら、乏しい読書量の中から）回答をする。集約して順位付けする性質のものではなかろう。答えのない問題に無理やり答えを出しているような気がする。――とはいえ、「こんな作品があったのか、これは面白そうだ」などという情報を得るには確かに便利だ。

アンケート用紙には、到着早々、書名を並べた。しかし、出せないでいた。その直後、気になる本を手にしたからだ。海外ものでは、『悪魔を呼び起こせ』D・スミス（森英俊訳・国書刊行会　世界探偵小説全集25）。密室物の幻の名作といわれていた。出ると知って喜んだのに、今度は配本が遅れ、またやきもきさせられた。「いっそ老後の楽しみに取っておこうか」とも思ったが、この機会に、えいやっと掛け声をかけて読んでしまった。

まことに愛すべき作品だった。本格嫌いの読者からは、全否定されると思う。そこが、こちらには嬉しい。バドミントンの羽根でサッカーは出来ない、スポーツにも色々ある、というしかない。

十二月某日　このところ、枕元に『英文学夜ばなし』中野好夫（岩波書店）を置き、寝る前に少しずつ読んでいる。A・ポープの長詩『髪の毛盗み』について、その面白さが語られていた。学生の頃、かのビアズリーの絵を見て、「どんな話だろう」と思いつつ、不精なので、調べもせずにいた。絵の解説には「風刺物語」となっていたが、違うと分かった。

十二月某日　神田に行く。『象と耳鳴り』恩田陸（祥伝社）を買いたいと思い、本屋さんのミステリ・コーナーに行く。平台に置かれた表紙が目に飛び込む。あっと思う。我々の世代にはおなじみの（といっても古書店でだが）叢書、「創元クライム・クラブ」のコピーだった。これは嬉しい驚きだった。

㊥　恩田陸の筆遣い

十二月某日　恩田陸の『象と耳鳴り』を読む。
表紙が、懐かしい叢書「創元クライム・クラブ」のコピーである。本歌取りの元となったデザインは、花森安治氏のもの。わたしの書棚には、シリーズ第17巻『チャーリー退場』が二冊ある。瀬戸川猛資《たけし》氏が「君ねえ、あれを読まなくっちゃあ、本格は語れませんよ」といった本だ。最初に五十円で手に入れ、後から、より綺麗なものを九十円で見つけ、口惜しがって、また買った。今は昔のことである。

その叢書のデザインが、敬意をこめて踏襲されている。十二編からなる短編集だが、うち幾つかは、すでに読んでいた。しかし、こういう形で読み直した方がいい。何故だろう。全体を通して関根多佳雄という主人公が浮かび上がるところが連作の強み——などといってしまえば、格好はつくのだが、そうも思えない。

ここに収められた作品の論理は、「論理のための論理」と「何かを語るための論理」の二種類がある（本格好きとしては前者を評価したいのだが、実のところ、後者の方が印象に残った）。つまり、シリーズなのに作品の色合いが違い、関根多佳雄の像は揺れてさえいる。本来なら、それは欠点だろう。だが、絵でいうなら、写実ではなく抽象であるという一点で、見事そして、描く恩田陸の筆遣いが、まことに魅力的なのだ。来てよかったと思う画廊の個展に似ている。

十二月某日　『江戸のヨブ』野口武彦（中央公論新社）を読む。「遊女黛善行の事」の結びを、黛が「クチュッとほおずきを鳴らした」で切れば小説。その後に「様子が眼に見える」と続く。よく見通し、それを語る人である著者の関心が、この本ではストレートに、社会の中の「人」に向かっていることを示す一行だろう。

㊦　異なる演奏を聴くように

十二月某日　乙一氏という作家がいる。「おついち」と読む。十六歳でデビューした異才。学業が忙しいため（だと思う）、寡作である。その最新作が、「小説すばる　十二月号」に載っていると聞き、早速、読んでみた。短編『血液を探せ！』である。スラプスティック調の話だと思ったら、書き方も、設定も必然であることが分かった。これは本格ミステリの一変形なのだ。西澤保彦流の試みが、まことに巧みに行われている。何とも、頭のいい人だと思う。

前作が同誌、一年前の十二月号に載った『カザリとヨーコ』。話題を呼んだデビュー作『夏と花火と私の死体』と並べてみると、「死」が物語を動かし、何かを語る——という共通点こそあれ、それぞれ違ったタイプの作品なのに驚く。次はどんなものが書かれるか、楽しみだ。

十二月某日　『新編　俳諧博物誌』柴田宵曲著・小出昌洋編（岩波文庫）を枕元に置き、最初の数ページを読む。ルナールの『博物誌』について触れ、「二つ折りの恋文が、花の番地を捜している」と「蝶」が引かれている。訳者名はないが、いうまでもなく岸田國士である。岸田訳『博物誌』の、これと「蛇」の「ながすぎる」は、人口に膾炙して来た。こういう先行例があると、後から訳す人は大変だろう。岩波文庫に辻昶《とおる》氏の訳が入っているから、特にそう思う。

十二月某日　岩波版『博物誌』を確認する。「ちょう」は「このふたつ折りのラブレターは、花の所番地をさがしている」。変えようがないと思う「へび」も、「長すぎる」と漢字が使ってある。ひらがなで「にょろり」とさせた岸田訳に対して、文の短さがポイントという立場だ。朗読する時、前者と後者で速さが違って来るだろう。注を見て、「ああ、だから面白いのか」と教えられるところもある。挿絵も、岸田訳のボナールに対してロートレック。同じ曲の異なる演奏を聴くようだ。

付記　わたしの読んだ新潮文庫『博物誌』（昭和三十七年の九刷）は「ながすぎる」である。同じく岸田訳『三笠版現代世界文学全集1』中の『博物誌』も「ながすぎる」、新潮文庫の底本と思われる昭和二十六年の白水社版『博物誌』も同様だ。「蛇　ながすぎる」が岸田訳、「へび　長すぎる」が辻昶訳である。ところが、改版された現在の新潮文庫では「長すぎる」になっている。これでは岸田訳という気が（わたしには）しない。岸田は一九五四年に亡くなっているので直す筈もない。驚いた。

不思議な蝶番

詩のアンソロジーを読んでいると、幸せな不意打ちにあうことがあります。美術館の壁を曲がると自分にとって特別な絵があった――そういう瞬間に似ています。しばらくは、向かい合うページと自分だけが、世界に存在するような気持ちになります。

最近ではアンドラージの『集団』（田村さと子訳）、社会人になった頃ではシュペルヴェルの『動作』（安藤元雄訳）、高校時代には日本の幾つかの詩。それらを読んだ時のことは忘れません。

そして、大学生の頃には、岩波文庫『日本童謡集』の中で、金子みすゞという無名の女性の「大漁」が待っていました。今では、あまりにも有名になってしまった詩ですから、引用する必要はないでしょう。

どういう衝撃を受けたか。言葉になりにくいところを、無理やり言葉にするなら、不思議な蝶番《ちょうつがい》を見たようでした。

波打ち際は、陸と海の蝶番でしょう。この詩の場合には、六行目が、その役目を果たしています。「浜は祭りの」までは、この『童謡集』に載っていて何の違和感もありません。しかし、続く「ようだけど」で、世界は大きく捩られます。ある意味では、一冊の本のそこまでを、――日本の童謡を、この一行が待ち構えて、反転させてしまったような気さえしました。

大事なのは、その先に待っている世界、即ち「鰮《いわし》のとむらい」が単に奇をてらったものではなく、深い感情から生まれたものと思えることです。単純に愛とか哀しみなどという一語ですませられないものが、そこにある。それでいて、良質な幻想は、童謡を越えつつ、童謡であることを否定してはいない。

わたしは、図書館で、この作者について調べました。しかし、はっきりしたことは分かりませんでした。矢崎節夫氏による、金子みすゞ作品発掘の記事を、新聞で読んだのは、それから十年ほど経ってからです。作品集が出たというではありませんか。出版社の所番地も紹介されていました。わくわくしながら、早速、出掛けました。高田馬場駅から地図を片手に歩いて、たどり着き、小さな本を買って帰りました。見上げれば青空の広がる、いい日だったと思います。

電車の中でページをめくる度に、詩人の姿が、より明らかになって来ました。本を閉じた時、大事なものを落としていたかも知れないと思うように、《これらの詩が、時の海底に沈む可能性の方が高かったのだ》と思いました。岩波文庫で「大漁」を読み、心を震わせた人は相当数いることでしょう。しかし、一人の矢崎氏がいなければ、その本を手にすることは出来なかったのです。

今は、本屋さんで、ごく普通に「みすゞコーナー」を見かけます。日本中で、作品集が手に入るようになりました。そうあるべきでしょう。しかしまた、このような形で金子みすゞを求めに走れたのは、得難い幸せだった——とも思うのです。

織作　碧——忘れ得ぬ名脇役

三年前のこと、年の暮れから新年にかけて風邪をひき、寝込んだ。かなりの熱が出た。そういう中で、京極夏彦氏の『絡新婦《じょろうぐも》の理《ことわり》』を読んだ。

田舎だから、夜は静かである。入れ子のマトリョーシカ人形風にいうなら、まずは冬の夜の凍てつく闇に、家が覆われ、次いでその家の内側に、冷え冷えとした部屋が包み込まれ、さらにその部屋の空気に、熱気を秘めた布団が、最後にその中にわたしが——くるまれた。

京極氏の本は、そんな状態で読むのにぴったりだった（内容が、である。八百ページを越す厚さ、重さは、寝て読むのに適さない。物理的には閉口した）。

さて、うつつに夢見るように没頭する内に、印象深い人物と出会った。十三歳の美少女、織《おり》作碧《さくみどり》。半ばふらつく頭で次の箇所を読んだのは真夜中近くだった。今もはっきりと覚えている。

真っ直ぐに伸びた緑の黒髪。淡雪の如き白い肌。
大きな瞳には、凍てついた美由紀が映っている。
それを縁どる、濡れたような黒の、長い長い睫。

何と大胆な、と、わたしは目を見張った。だって、そうだろう。彼女は、《緑の黒髪》に《雪の肌》、そして《濡れたような睫》の持ち主なのだ！　下手な作家にこれをやられたら、たまらない。読者は、たちまち本を閉じてしまうだろう。軽い興奮を覚えながら、読み進むと、三ページ先で、また驚かされた。先程の部分は、そこで待ち構える《暗黒を吸い取った緑の黒髪。屍の如き白い肌。／虚ろな瞳には、凍てついた美由紀が映っている。／それを縁どる、濡れたような黒の、長い長い睫》の用意だと分かった。つまり、あれは、古風な対という《形》を生かすための《類型》だったのだ。

さらに、こういった手法が、碧に《人間らしさ》ならぬ《人形らしさ》を与えている。コロンブスの卵ではないが、書かれてみれば、これこそが碧という登場人物の見事な描写なのだ。どうしてそれが必然なのかは、読んでもらえば分かる。ここには人形が動き出したのを見るような恐怖がある。

作品の後の部分に、碧を抱えたある人物が《歌舞伎役者のような姿勢で立っていた》というところがある。だが、わたしはそれ以前から、碧の登場する箇所では歌舞伎の舞台を——ただし昔風の蠟燭ではなく、より人工的な電気照明を、まぶしいほどに浴びて立つ、振袖の娘役を思い浮かべていた。

いうまでもないが、リアリズムばかりが演劇の行き方ではない。小説における人間の描き方も同様だ。

この当たり前のことを、改めて、鮮やかに示してくれたのが、京極氏の手になる織作碧なのである。

未明といったら

「別冊太陽　子どもの昭和史Ⅱ　昭和二十年―三十五年」を見ていたら、見覚えのある背表紙に出会いました。旧版の『小川未明童話全集』（講談社）です。波打つ旗の上に題字が書かれ、個性的な赤い数字が巻を示しています。このうち二、三冊が、わたしの通った小学校の、図書室に置かれていたのです。どういうわけか、全巻揃いではありませんでした。《もっと読みたい》と思いました。東京に連れて行ってもらった時、本屋さんの棚に、未読の巻を見つけました。父にねだりましたが、高価だからか、それとも全集の一冊では半端だからか、買ってもらえませんでした。

図書室で借りた本の中で、はっきりと覚えているのは『台風の子』です。アンソロジーの類いには入っていないと思います。新版の全集で、読み返してみました。

台風が大好きな少年二人が登場します。そのうち、龍夫の父は南洋で病死している。豪雨で増水した川を見つめながら、龍夫はいいます。《「昨夜《ゆうべ》も、いまごろお父《とう》さんが、お通《とお》りだといって、お母《かあ》さんは、お仏壇《ぶつだん》に燈火《あかり》をあげられた。僕《ぼく》も、死《し》んだら台風《たいふう》になるよ。」「君《きみ》、そうしたら、僕《ぼく》の家《いえ》の頭《あたま》の上《うえ》を通《とお》るだろう。」》。笑い合った二人ですが、その秋の末、龍夫は、いい当てたように死んでしまい、残された源吉は、一人で翌年の台風を迎えることになります。

子供の頃のわたしにとって、台風は今以上に、身近なものでした。停電で真っ暗になった家の中で、轟々となる暴風雨の音を聞くことも、よくありました。だから、これが印象に残るのもよく分かります。

同じ頃、こういう話も読んだ――と思います。

美しい鳥が樹上にいる。元気な少年が、それを捕らえようとする。もう少しというところで鳥は逃げ、少年は木から落ちる。彼は一生、体が不自由なまま過ごした。こういう「童話」です。鳥は、理想や希望でしょう。何とも救いのない話です。そのせいで忘れられません。

未明作とはっきり分かっていて、個人的によく覚えているものなら、雑誌「童話」、大正十四年十一月号に載った『新しい町』もそうです。実はこれは、父の童話劇が入選して掲載された号なのです。だから、うちに置いてあり、繰り返し読んだのです。この内容にまで、触れている余裕はありません。

さて、どの本で、こんな事情で、などということを越え、純粋に一作をあげるなら、迷うことなく『金の輪』になります。読んだ時の身体の浮遊するような感覚は、特別なものでした。

――などと、未明の作品について並べて来たのも、最後に以下のことを書きたいからなのです。

昨年（一九九九年）、評論家の瀬戸川猛資氏が亡くなられました。氏が、小川未明について書かれていたかどうか、今は分かりません（少なくとも、『夜明けの睡魔』『夢想の研究』の人名索引には出て来ません）。しかし、三十年も昔、学生だった瀬戸川さんは、未明のある作品について語ったのです。「別冊太陽」を見ていて、それを思い出しました。この機会を逃したら、瀬戸川氏の言葉が、永遠に消えてしまうかも知れない。それを留めたくて、長い枕を置いたのです。

我々の溜まり場になっていた喫茶店で、氏はいいました。

「小川未明といったら、何といっても『二度と通らない旅人』だねー。娘が病気で寝てるんだよ。そういう大嵐の晩にさあ、誰だか分からない男が戸を叩くんだ。そしてさー」

そこから、お得意の仕方話《しかたばなし》になりました。瀬戸川氏は、小説と共に、こよなく映画を愛した人です。未明の作品の中から氏が、躊躇なくあげたのは、実に映画的なシーンを持つ『二度と通らない旅人』でした。そのことが、今になって、たまらなく懐かしく思い出されるのです。

創刊四十周年記念エッセイ　推理の城は落ちず

文学史の方に、「国風暗黒時代」という言葉があります。何やら物々しいですが、平安時代前期を指します。漢詩文が持て囃され、和歌が軽んじられた頃です。

わたしが中学三年の時、推理小説専門誌であった旧「宝石」が休刊となりました。それから長いこと、わたしにとっての「ミステリ暗黒時代」が続きました。世間では、いわゆる社会派が分野を代表するものと思われがちでした。これが口惜しく、もどかしかったのです。

そんな頃から《推理》の二字を捨てずに、続いているのが本誌「小説推理」です。昔は「推理ストーリー」という誌名でした。判型は今より大きな、週刊誌サイズでした。申し訳ありませんが貧乏な学生には毎号購読は無理でした。鮎川、高木といった名前を見た時に、手を伸ばしました。鮎川先生の作品リストを見ると、昭和四十一年の二月号に「赤い靴下」を発表していらっしゃいます。わたしは高校生でした。この号が、生まれて初めて買った「推理ストーリー」だったと思います。鮎川作品が載ると、《「宝石」は消えたが、こちらに宝石が残っている》という思いで本屋さんにいき、大事に大事に持ち帰り、撫でるようにして読んだものです。

やがて、「推理ストーリー」は「推理」と名を替えました。この時代、最大の事件は昭和四十五年の夏に起こりました。

当時、わたしは大学のミステリクラブに所属していました。溜まり場の喫茶店に行くと、何でも知っている先輩が教えてくれました。

「おい、土屋の新作が、今度の『推理』に載るぞ」

えっ、と叫びました。土屋隆夫の、『赤の組曲』以来、数年ぶりの長編が一挙掲載されるというのです。興奮しました。子供の頃は、「小学何年生」という雑誌を買ってもらっていました。発売日が来るのが楽しみでした。指折り数えて待ったものです。その時の気分がよみがえりました。さらに気を持たせたことには、掲載がひと月延期になったのです。昔のことですから、もしかしたら違っているかも知れませんが、七月号に載らず、《このまま消えてしまわないだろうな》と心配した記憶があります。

次の号の発売日には、わくわくしながら本屋さんに向かいました。多分、大学の前の店で買い、そのまま溜まり場の喫茶店に入ったと思います。雨が降っていたような気もします。背表紙には赤で《これが本格推理だ！》、そして、表紙には《本格推理の決定版！　一挙掲載四〇〇枚「針の誘い」　土屋隆夫》。暗中に火を見る思いでした。

子供が貴重なお菓子を手にしたように、食べたくもあり、食べてしまうのが惜しくもあり――という心境でした。もちろん、飾っておくわけにはいきませんから、おいしくいただきました。『針の誘い』の単行本を買っても、まだこの号の「推理」だけは取ってあります。あの時の高揚感が忘れられないからです。

さらに「推理」は「小説推理」となりました。名称こそ替われど、出版社は同じです。ほぼ半世紀にわたって、ひとつの雑誌が続いて来たことになります。稀なことでしょう。本誌はこれからも、推理ファンにとっての堅固な城として聳え続けるのだと思います。

前を不思議な電車が通るように――『仙人の壺』解説

上

このところ用があって、週の内半分ぐらい、夕方に一回、夜に一回、隣の市まで出掛けます。車で市街地に入ろうとする途中に、踏切があります。今時、珍しい単線の鉄路が、そこで大きくカーブを描いています。行きの時は、円弧の外側から近づき、帰りは円から出るような具合です。

カンカンという警報機の音に、ブレーキを踏む。夜や、夕暮れでも冬だったりすると周囲が暗くなっています。辺りが闇《やみ》に沈んでいる中を、単線であるだけに、身近に迫って見える電車が、目の前を轟々《ごうごう》と通り過ぎて行きます。

昼間だと、さほど感じないのですが、そういう時には、そこだけが明るい電車が、大きなカーブのために、ぶんと振り子を振ったようになり、思いがけないほど近くに寄って来るのです。眼前に不思議な世界が現れて、消えるように思えてしまいます。こちらの水平面と、あちらのそれは、ずれているのです。電車の中で直立している人を、そのまま取り出したら倒れてしまうでしょう。でも、《あちら》では、それが普通なのです。

冬の夜に、電車の中の光る空間を見ながら、「ああ、内田百間《ひやつけん》だ」と思いました。その次の日あたりに、「川上弘美だ」と思いました。すると、目の前を通る、何の変哲もない通勤車両が、途端に魅惑的なものとなりました。

そうしたら、この（二〇〇一年）五月、川上弘美さんの『椰子《やし》・椰子《やし》』（新潮文庫）の解説を南伸坊さんが書いているではありませんか。そこには、百閒が好きで、川上さんも読んでいっぺんに好きになってしまった——と書かれていました。おまけに、その後には稲垣足穂《たるほ》の『一千一秒物語』も並んでいました。途端に、伸坊さんが連結機で、こういう並びの列車を結んだように思えました。

列車の中には、勿論《もちろん》、伸坊さん御自身も入っています。

中

わたしが、伸坊さんの、中国の短いお話を題材としたシリーズに出会ったのは、『チャイナ・ファンタジー』（潮出版社）によってです。随筆や挿絵のお仕事は、勿論、知っていました。しかし、こういう形のものに接したのは初めてでした。一読して、すっかり、興奮してしまいました。一本の線、あるいは余白が、何と雄弁なことか。

伸坊さんは、この『仙人の壺《つぼ》』の「まえがき」で、まず《中国の怪談》の《読んだあとにポンとそこらに放《ほ》っぽらかしにされるような気分》が《ことのほか好き》だと語っています。その《気分》を不思議なゼリーにして固めて、見せられたようでした。

わたしは当時、『謎のギャラリー』（マガジンハウス）というアンソロジーを編んでいました。そこに、『チャイナ・ファンタジー』十四編の中から、「巨《おお》きな蛤《はまぐり》」「耳中人」「寒い日」を採らせていただきました。ところが、発行日が近づいて来るにつれ、中の一編が怖くて怖くてたまらなくなりました。それが「耳中人」です。最後の一ページが、この世のものとは思えないのです。

舞台には舞台ならではの、映画には映画ならではの演出というものがあります。本の場合には、最後の一ページをめくって、そこの画面を見た時の、それこそ幕が切って落とされたような効果というものがあります。それでした。――同様に恐ろしいものが、この『仙人の壺』の中にもあります。題名はあげません。読者の皆さんは、ぜひ自分でその怖さを味わって下さい。

さて、「耳中人」ですが、衝撃的だからこそ、採ったわけです。しかし、あまりの凄《すご》さに負けてしまい、とうとう間際《まぎわ》になって、「家の怪」という作品と代えさせていただきました。

著作権の関係で、アンソロジーの内容が変更になるのはあります。しかし、こういう理由で――、というのは珍しいことでしょう。

その「耳中人」は、マガジンハウスから、この夏――遅くとも秋風の吹く頃には出版される『李白の月』という本に収められます。文庫の解説で、他社の本を宣伝するのも異例ですが、形式としてはこの『仙人の壺』と兄弟のような本だということです。

伸坊さんの、このシリーズは食べ始めてしまったピーナッツのように後を引くので、《もっと、もっと！》という方のために御紹介しておきます。

そちらが弟だとすると、兄にあたるこの『仙人の壺』には、単行本に初めて収録される七編と、『チャイナ・ファンタジー』からの九編が採られています。

作品が月並みなものだったら、解説に、こう書くのはマイナスでしょう。《何だ、アンソロジーに採られなかった作品が、九つも入っているのか》と思われるからです。しかし、本屋さんの棚の前で、ぱらぱらとめくって見ただけでも、一編一編がどうこういうより、《どれもがいいのだ》と分かる筈《はず》です。ベストを選ぼうとしても、おそらく人によって違ってくるでしょう。

わたしも伸坊さんと同じく、中国のこういった話が大好きです。伸坊さんが、参考文献の

『中国怪奇小説集』（岡本綺堂）と『中国神話伝説集』（松村武雄）について、《やや入手が難しいかもしれません》と書いているのを見てニンマリしました。うちの本棚には、その二冊が並んで置いてあるからです。例えば、前者には「海井《かいせい》」などという話が載っています。――ある道具屋さんに、底の抜けた桶《おけ》のような形をした、奇妙な品物が置いてある。店の主人も、何に使うものか分からない。老人の客がそれを買う。そして、いう。――これは海井という宝だ。航海の際、海水をうつわにたたえ、中にこれを置けば、《潮水は変じて清い水となる》。

それは便利だと思いますが、老人は《わたしも見るのは今が始め》だといいます。よく確信が持てますねえ。けれども、このお話の世界では、その言葉に間違いはないのです。こういうのが、わたしは好きです。長大な小説の魅力というのもありますが、十数行で終わる、物語の故郷のようなお話を読んでいると、《こういうのだけ読んでいてもいいな》という気になります。

原作と、読み手の間に誰かが入るとそれが創作になります。翻訳も勿論そうで、岡本綺堂の訳したものと、そうでないものとでは別の作品になります。

『仙人の壺』の《創作》の力は、実に見事です。伸坊さんは、日本語訳された原典を《漫画の形に置きかえたにすぎません》と書かれています。そんなことはない。「四足蛇」の最初の二つの場面を、このように夢の舞台を見るように様式化する事など、他の誰に出来るでしょうか。

また、『仙人の壺』にはエッセイが入っています。それが余計なものになっていないのに驚きます。これは想像以上に難しいことでしょう。伸坊さんの作品は、間に言葉を入れられるようなものではありません。わたしも、あれこれ言葉を並べていますが、本来、無地の布の上に置かれて、それだけを眺めるものだと思います。

実際、わたしには、ある画集が欲しいと思っていて手頃なものが出たのに、どうしても買えなかった経験があります。絵の反対側のページに文章が載っているのです。見まいとしても、それが見えてしまう。純粋に、その《絵》を見たいと思っているから邪魔で仕方がない。買ってから切って、片側だけ見ればいいのですが、本に対してそんなことは出来ない。残念でした。

自作に添える文章でも、この作品の場合、そうなる危険性は大きかったと思います。冒険でしょう。それが軽々とクリアされて、蛇足ではない、どちらを読んでも魅力的な本になっています。

下

最後に、それこそ蛇足なのですが、「まえがき」で伸坊さんは、「山月記」の《もとになった『宣室志《せんしつし》』の「虎《とら》と親友」》――と書いていらっしゃいます。これが、ちょっと違うのです。前野直彬《なおあき》氏訳のこのあたりのものは、いずれも平凡社から、まず『中国古典文学全集6 六朝・唐・宋小説集』が昭和三十四年に、続いて唐代のもののみをまとめた『東洋文庫2・16 唐代伝奇集』が昭和三十八・九年に、さらに『中国古典文学大系24 六朝・唐・宋小説選』が昭和四十三年に出ています。

伸坊さんは、この『全集』本を最初に読まれたのではないかと思います。その解説に、《中島敦が『宣室志』の「虎と親友」によって「山月記」を書いたことなどは、あらためて指摘するまでもなかろう》と書かれているからです。

わたしも学生の頃、ここを読んで《そうか》と思いました。ところが、そうだとすると、「山月記」に出て来る詩の出典などの説明がつかない。実は、中島敦がもとにしたのは微妙に違う別系統の話、唐の李景亮撰「人虎伝《じんこでん》」なのです。内容からいってもそうだし、中島のノートにも「人虎伝」と書かれているので、動かないところです。

前野氏もそれを指摘されたのでしょう。最後の『大系』本の解説では、同じ流れの中で、《たとえば芥川が「杜子春《とししゅん》」を書いたように、志怪・伝奇に取材した作品が幾つか書かれている》と、「山月記」のくだりをカットしています。しかし、すでに出版してしまった本は直せない。書き手にとっては、つらいところです。

勿論、これは伸坊さんの論旨に影響を与えるものではありません。ただ、誰か細かいところをつつく人がいて（あ、わたしか）、《それは違うんじゃないの？》などと出て来られるのも嫌なので、この機会に書き添えておきます。

――仙人は、そんなこと、気にしないんですけどね。

2

自作の周辺

空飛ぶ馬　著者の言葉

小説が書かれ読まれるのは、人生がただ一度であることへの抗議からだと思います。そして展開される出来事がどうにも不可思議なものであり何故そうなったかという必然を探求するとしたら、そこに人間の『劇』（ドラマ）が生まれない筈がありません。

私はそれを書くというより、主人公の目を通して、自由に動き出す人々の姿を、驚きや愛や哀しみをこめて見詰めていたような気がします。

『織部の霊』の陶芸家の青年も、『空飛ぶ馬』のケーキ屋の女の子も、まさにその場面でいきなり「僕を書いて下さい」「私がここにいるのよ」と名乗りを上げて来ました。そして一番活発に動き出したのは、勿論、高岡の正ちゃんでした。

筆を置いた今は、主人公をはじめ総ての人達が無性に懐かしく思えます。彼ら彼女らが出来るだけ多くの人に愛されることを心から祈ります。

夜の蟬《せみ》　著者の言葉

どうして覆面作家でいるのか、と聞かれます。そんなつもりなど初めはなかったのです。夜中に目を覚まして枕もとのワープロに手を伸ばし、数行からせいぜい数十行書いてダウン。そこで、一年一作がいいところですよ、といったのが事の起こり。だったらいっそ縛られようのない透き通った人におなりなさい、という魅力的なおすすめがありました。

それに勿論、このシリーズを書いているのは北村薫ならぬ《私》です。作品が独立した世界である以上、作者が誰かなどというのは問題ではありません。

ところで、『夜の蟬』で主人公が手にする折りたたみの椅子は、前作の二百十五ページに出て来る椅子に違いないのですが、その時に比べて、きっといくらかは色を変えていることでしょう。主人公と周囲の人々を乗せ、確実に時間の歯車は回ったのですから。

かくれんぼ

覆面作家です。

もちろん、それなりの理由があるわけですが、深く考えてというより〝瓢簞《ひょうたん》から覆面作家〟という感じもします。

自分の書いたものが本となり、手に取ることが出来る。のみならず、読んでいただける。これは相当な快感です。そして、それと同時に生まれたわたしの立場もまた、一面楽しいものでした。江戸川乱歩先生に〝隠れ蓑《みの》願望〟という言葉がありますが、わたしはそれをすっぽり被れたわけです。

二冊目の『夜の蟬』の校正打ち合わせが銀座の喫茶店でありました。終わって立ち上がった編集部長が、「これから、乱歩賞の授賞パーティがあります。行きますか」。行っていいのかしらん、とおどおどしつつ、歩いてすぐの会場に入りました。田舎の鼠が都会に来たようなものです。出ている料理をつまむところなど、まさにその通り。

さて見渡せば、写真でならお目にかかったことのある方々が、今ここに爆弾が落ちたら日本のミステリ界はどうなるのだろう、と思うほど大勢いらっしゃいました。「誰々さんが――」などという話を、横で夢の中のことを聞くように聞いていると「で、あの覆面作家の北村さんは来てるのかなあ」。どきりとして、その場を離れました。くすぐったいような、しかし嬉しいものではありました。

ところで、この〝かくれんぼ〟を、一面楽しいといったのは、本来なら頭を下げ御挨拶すべき方々の前で、あろうことか知らん顔をして立っているような結果にもなるからなのです。この方は辛い。申し訳無いと思っています。

〝かくれんぼ〟がうまくいき過ぎたこともありました。新人作家の依井《よりい》貴裕《たかひろ》さんと初めてお話しをした時のことです。舞台は横須賀線の電車の中、わたしは本名を名乗りました。と、依井さんはいきなり熱っぽく、

「北村薫さん、ご存じですか」

「え、ええ」

「昨日、見ましたよっ」

「?」

「いやー、思った通りの人だったなあ」

「はあ」

「和服が似合って……」

生き生きとした顔で、その感動を語られます。途中から勘違いだと分かりました。〝北村薫〟はよほど素敵なひとだったようです。

前にいたのが推理作家の折原一《おりはらいち》氏、同じ埼玉生まれで、お宅のたけのこを御馳走になったこともあります。つまりは勿論わたしのことを知っています。「いっちゃいなよ。いっちゃえばいいじゃない」と、連続殺人が進行中なのに意中の真犯人をなかなか明かさない探偵を責めるように、盛んに攻撃してきます。

わたしがどうにも困って「実は……」と切り出すまでの数分間、ひた走る電車の響きと共に、依井さんの北村薫発見物語はなおも続いたのでありました。

時計の代替わり

昨日から明日へと、時計は時を刻む。しかしながら、時を司るものではないわけで、それ自身にも寿命がある。

先代の時計が動かなくなった時、修理にかかる値段を聞いて、何だか馬鹿馬鹿しくなった。そんな時、時計の安売りに出くわした。何と某社のデジタルが千円をはるかに割る値段で売られていた。

《これなるかな》と買い、腕につけて毎日行動を共にしていた。三年ほど経《た》った頃、ふと腕を見ると、表示が完全に消えていた。《寿命かなあ、それにしても数百円の割に、よく働いてくれた》と思い、心の中で《よしよし》と撫でていると、これがタフな、打たれても起《た》ち上がる奴だった。二、三時間経ったら、きちんと表示が浮かび上がって来た。

感心しながら、また一年ばかり使っている内にも同様のことがあった。

そして今年の冬、恐れ多くも『夜の蟬』で日本推理作家協会賞にノミネートされることとなった。副賞は《時計》である。《貰えるようなら、休ませてあげるよ》といったら、デジタルがにこりとほほ笑んだ。それから後は、まさに健気《けなげ》であった。

発表の数週間前に、バンドの部分が切れてしまった。しばらくはセロテープを巻いていたが、どうもうまくない。腕時計はポケットの中に入り、必要な際には取り出されて《時》を告げることになった。

受賞は神楽坂のあるお店で知ったが、その時も《彼女》は行動を共にしていた。可哀想である。《彼女》としてはいささか複雑な心境であったかもしれない。

賞の贈呈式は、四月の二十三日、火曜日であった。その数日前にデジタルの表示は静かに消えた。本当の最後であった。いくら待っても今度ばかりは、文字は浮かんでは来なかった。いただいた時計は腕に合わせるため、業者のところに行っている。そしてデジタルは、今も机の上に置いてある。

起承転転

起

戸川編集長とは長いお付き合いである。学生時代にミステリの個人雑誌を作っていた。それを早川書房と東京創元社に送ろうとした。ところが、戸川さんの御住所はどういうわけか分かっていたのである（第一号を送って、御返事をいただいたのかもしれない。とすれば、これは第二号の話になる）。

そのお住まいが、一部の人に《地獄荘》と呼ばれた南千住のお宅である。南千住なら地下鉄日比谷線で毎日通る。学生のわたしは、わざわざ切手を貼って出すより届けた方がいいと思った。今なら、わざわざ行くより送った方がいい、となるだろう。番号を調べてお電話すると、《よろしい》という御返事。東京都の地図を頼りに出掛けた。

考えれば、これが総ての始まりである。

承

その後、短文を書かせていただくことが何度かあった。戸川さんは勧め上手で、ここに書くのも気がひけるような乗せ方で《あなたは小説を書くといいでしょう》といってくださった。嬉しくないわけはない。卒業以来、会う度に同じことをいい続けてくれた友人達もいた。これまた、快く心をくすぐられつつ、しかし所詮は《夢》だと思っていた。

小説を書くには、飛行にも似た特別な力が必要だろう。文章が筋を展開させる道具にしかならないなら小説は書けない。自明のことだ。それを思い、嘆息するばかりであった。

転

そのわたしが大それたことをする気になったのが三年前。《十三のシリーズに席が取ってあります》と、具体的にいわれたのである。『空飛ぶ馬』の構想を一週間ほどでまとめた。最初の「織部の霊」が出来たところでお渡しすると、その夜に電話があった。書く気にさせられてしまう電話だった。以下、同じことが五回続いて完成。

そこで、《本が出ると注文が来ますよ》というお話。困りますね。《困っても来ます》。時間的にも能力的にも余裕がありません。《だったらいっそ、こうしましょう》。

というわけで覆面作家が誕生した。

また転

自分の本が出て、部屋にその表紙の原画が飾れるようになるのは、まさに《夢》だった。それがかなった。高野文子さんの素敵な絵である。見つめていても、本当のこととは思えない。

そこに、今回の推理作家協会賞受賞である。不思議の国にいるようだ。

こんなことになったおかげで、作家の方と話す機会が何回か出来た。その後、ごく自然に、《作家の方というのは――》と感動に近い感想を述べると、《あなたも作家でしょう》といわれる。《そうでしたね》とは、おこがましくていえない。

ただ、書かれたいと待っている《人間》が、まだまだ自分の中にいる。

「円紫さんと私」のシリーズに例をとっても、主人公と共に幼稚園の時合奏の列に並んだ子、《くすくすと興奮のあまり笑い出しそうになっている》《男の子より強いみさちゃん》。ただ一行出て来るこの子なども、《その後どうなったか書いてくれ》と作者を責める一人だ。

そういった人物達について、語り続けることが出来、読み続けてもらうことが出来るなら、これ以上の喜びはない。

三通の手紙

お手紙ありがとうございます。

春からはいよいよ大学生ですね。自分から何かをしようと思えば、いろいろなことが出来ますよ。思わないと——ある日、いつの間にか卒業していたことに気がつきます。

そちらをお出になった方とお会いする機会がありました。出版社の方です。《大学生活を迎える後輩に、何かアドバイスは？》と尋ねたら、《いや、格別ありません。過ごしやすいところです》とおっしゃっていました。

さて、『秋の花』に続いて『六の宮の姫君』でも出て来る「蚊柱のいしずゑとなる捨て子かな」の句について。おっしゃる通りです。——紹介者の芥川自身が「父四十二歳、母三十三歳のいわゆる大厄の年の子」（『芥川龍之介』吉田精一）であり、いったん捨て子の形を取られたことを響かせてあります。

そのままの方がいいのかな、とも思いますが、確かに不親切ですね。次あたりで触れることになるかもしれません。ただし、くどくなるのが心配です。

もっとも、作中人物が話し出してしまえば、わたしが、うるさい、と止めるわけにもいきません。それに、ちょうど次は俳句のからむ話なのです（頭の中で完成してはいるのですが、いっこうに書く方がはかどりません）。

そう、実は『六の宮』と俳句に関するお便りといえば、会津若松の深津健司さんとおっしゃる方から、御教示いただきました。「芥川龍之介仏大暑かな」の句は、〝七月二十四日〟とあるように芥川死亡の翌年の昭和三年七月二十四日の一周忌の席上（会場は田端の料亭・自笑軒ではなかったかと思いますが）の作です。

まったくのうっかりでした。「大暑」が、いつか告別式のやりきれない暑さと一緒になってしまい、ずっとその時の句と思い込んでいました。疑うこともありませんでした。どうしてもあそこにほしい句であり、また《この日（菊池寛の葬儀の日）、万太郎に句があるかどうか、私は知らない。》に響く伏線でもあったわけです。「大暑」の句は何冊かの本で読み、頭に入っていました。しかし、万太郎の菊池追悼句をわたしは知りませんでした。あるにしても埋もれているものと思い、そこに、より大きな思いをこめて、あの一行を書きました。好きな一行です。

というわけで、あえて万太郎全集にあたらなかったのですが、深津さんによれば、万太郎の、菊池の告別式における句は、以下の通りだそうです。

　花にまだ間のある雨に濡れにけり
　春雨にぬれて眠れるほとけかな
　かず〳〵の弔辞三月寒きかな

それだけでなく、「花にまだ」は《挨拶句の名手万太郎の追悼句として「大暑」の句と並んで引かれることの多い》ものだと教えていただきました。不明を恥じるしかありません。この句が著名なものだとすると、話は変わってきます。《思いをこめる》のは誤りだし、久保田万太郎氏に対して失礼でした。

ところがです。このような丁寧なお教えをいただくと、そこからまた、わたしの中の《物語》も動き出します。『六の宮』の経験をした《私》が時を置いて、やすらかな感情の内に「花にまだ」の句に触れるというのは、これからあるべきこと、一つの摂理のような気がしてくるのです。

＊

二つの、？、にお答えします（うまくいくかな）。

なぜ覆面作家だったのかという点。まず、現実的な理由がいくつかあります。それはさておいて、他にも、作品とのからみがあります。

あのシリーズ（『空飛ぶ馬』『夜の蟬』『秋の花』『六の宮の姫君』と続くシリーズ・いずれも東京創元社刊）、作中の本に関する言及。引用過多。あれは、《私》が書いている以上当然、《私》という人間の描写です。

それを単なる、《作者》の若気の至りと読まれたら、これは口惜しい（勿論、わたしだってまだ若いし、至らないんですけれど）。《私》は、——あの子はああいう子なのです。それを素直に読み取ってもらうには、作者が消えるのが一番でしょう。——いやいや、もっと簡単にいえます。わたしは《私》を実在させたかったのです。

ですから、本来は《北村薫》というペンネームはあのシリーズだけのものにして、最後まで正体を明かすべきではないのでしょう。しかし、書き進む内に《世界》はふくらみます。別の形で表現したい話も出て来ました。かくして《北村薫》は作家の名前となりました。あのシリーズを含む、より広い領域を示す境界線の表示となったのです。

これは、ことの次第です。その《世界》がどんなものかは、わたしにもいえません。いえるなら、作る必要もありませんものね。

百人が読めば百の『ハムレット』がある。これは理屈ではなく、事実です。そうでなかったら、書くことも無意味です。

だから、どんな作品にしろ、解説者として最も不向きなのは作者自身ですね。大変な欠点を持っている。意見が《正解》だと《誤解》されかねないことです。

作者が何をいおうが、この作品の読みに関しては、わたしの方が正しい、と思うことがありませんか。作品の内にある真実というのはそういうものではないでしょうか。

二番目の質問の本格へのこだわりですが、これはあります。というより、強い。

しかしながら、多かれ少なかれ、理論と実行には矛盾がつきものです。恋におちる相手は、必ずしも自分の胸に築き上げて来た理想のタイプとは限りません（いかがです、思い当たりますか）。

理論的には、わたしにとって、ミステリとは本格と同義語です。紅茶を入れたポットからコーヒーが出て来ることがあろうとも、この世から本格がなくなることはあり得ない。

そしてわたしの抱く本格像というのは、その最右翼のものです。推理小説と小説は別の言葉で語られるもの。なぜかといえば推理小説にとって、その推理小説的部分は手段ではないからです。それを手段とした小説は、内外を問わずいくらもあります。でも、それはミステリとは関係がない。別なもの。

推理小説にして小説なるものこそ、真の純粋推理小説である――と宣言すれば、これは文学史のパロディになります。確かにそれも一つの道ではありますけれど、最右翼の立場から見れば紛れもなく《不純》です。心たかぶる深夜には、純粋な推理小説は、小説でもなければ物語でもない、いや、あってはならないのだと思います。

ところが、ところがです。一方で、実際のわたしがミステリとして読んでいるものは、あきれるほど幅が広い。その幅の広さがミステリの豊かさだ――などと、思ったりもするのです。こうなるともう、ジキルとハイドですね。

で、自分で書こうとする時、どうしても物語が、謎と共に立ち上がって来てしまいます。これは無理にそうするわけではない。どちらが先にあるわけでもないのです。そうなってしまうのです。

＊

演劇は面白い。やみつきになります。一度も舞台に立ったことのない人間にはあの快さは分かりませんね。忙しいでしょうが、それだけ充実しているわけです。がんばってください。台本と演出、そして本との関係はおっしゃる通りでしょう。本を読んでいる時、読者は演出家ですね。

こんな世界を考えます。

ＣＤ売場に行くと、そこには朗読のＣＤばかりが並んでいる。名演奏家にあたるのが、名朗読家です。一方、書籍売場に行くと、本というのは即ち楽譜である。音楽とは読んで味わうものなのです。心の中に鳴るもの。誰かの《演奏》を聴くのでは、それはもう純粋に自分のものではない。

小説や詩は、名朗読家のものを聴くのが当然になっている。巨匠によって読まれることによって、それは一般的な生命を得る。よほどの人でなければ、一ページを読み通すことすら出来ない。内容に対する理解、声の質、抑揚、間によって、作品はそれぞれまったく違ったものになる。プロの読む《それ》をステレオにかけ、読者は、この朗読は深い、これは浅いけれど聴いて気持ちがいい、これは分からないけれど「朗読芸術」の特薦盤なのだから、きっとたいしたものなのだろうと思う。

そんな空想から現実に立ち戻れば、(音楽についても当然思うことは出て来るわけですが)読書というのは大変な作業なのだなと、改めて考えてしまいます。

今度の「小説中公」の挿絵はおーなり由子さんが描いてくださったのですが、最後の方の絵で、あっ、と思ったのがあります。

文が先にあるわけですから、挿絵も当然一つの解釈であり批評ですね。おーなりさんも絵に確固としたメッセージのある方です。その絵という形で、文章の目指しているのと同じところを捕まえてくださった、と感じました。

これは原画をいただいて飾りたいな、と思っています。役得です。

いや、単なる我がままかな。

馬が飛ぶまで

東京創元社の戸川編集長とは、わたしが学生時代からのお付き合いである。

その戸川編集長は、社会人になったわたしにも、時々「解説を書きませんか」、さらには「全集の編集を手伝いませんか」と、声をかけてくださった。活字の側に寄れるのは、ただもう嬉しくありがたく、お受けしていたのだが、そのうち「小説を書きませんか」。

夢のような話だった。

子供の頃、紙を綴じてパンフレットのようなものを作ったりした。玩具のちゃちな印刷機を買って、原紙が勿体ないままに、ほとんど使わず眠らせた。民話をノートに書き写し挿絵をつけて、自分の『民話集』を作ったりした。

そんなわたしだから、自分の手になる物語を閉じ込めて一冊の小宇宙を作ることは、まさしく幼い頃からの「夢」だった。しかし、それは「理想」という意味であると同時に、「かなわないこと」という意味でもあった。

小説を書くというのは、筋を作ることではない。克明に書かれたプロットも、「小説」ではありえない。たとえば、泉鏡花を読む時には、筋の無力さ、というものを思い知らされてしまう。バルザックに首根っこを押さえられ引き回される時、その「力」は本の上の不思議な空間にあるような気がする。

本にして許されるほどの「小説」が自分に書けるとは、——思いたいが——思えなかった。

そんな夢に対して、現実の方から一歩近づいてくれたのが、昭和もやがて終わり、翌年には平成になろうという年だった。戸川さんの企画が、全十三冊のミステリ双書として具体化したのだ。

「トップバッターは折原一さんです。来年になったら、一月に有栖川有栖さんという人の本格、続いて『オール』の新人賞をとった人のものを出します（これが宮部みゆきさんである）。その次あたりに間に合うように書いて下さい」

うむをいわせず、である。雑文こそ見ていて下さったが、小説らしい小説も読まずに、大胆不敵な依頼だ。そこまで期待してもらえるなら何とかやってみよう、という気になってしまった。

もとよりわたしもミステリファンなのだから、謎解きへの執着はある。しかし、その王道ともいうべき連続殺人事件は書けそうになかった。舞台に登場すべき人物が見えて来なかったのである。

真っ先に浮かんだのは、「若い女性の一人称」という形式である。物語を綴るなら、それは大筋として、個人の抱える内面の葛藤、救いと新生、そして成長の話になるだろうと思った。――そうしよう、ではなく、そうなるだろう、である。物語というのは、自分で御すことの難しい、一つの運命なのだから。となれば、それにふさわしい主人公でなければならない。彼女を導く探偵役が落語家というのも、すんなり決まった。この円紫さんについては、都筑道夫先生が後に「高座をおりたら普通の人なのがいい。本当の落語家というのはああいうものです」と、おっしゃってくださったのが、まことに嬉しかった。

さて、そこで事件だが、これまた苦労せずに浮かんで来た。人間の暗部に触れ、おかげで主人公は短い髪を、さらに短く切ったりするわけだが、最後には中入りのように救いが待っていてくれた。葛藤の真の解決はこの『空飛ぶ馬』から、次作『夜の蝉』にまで持ち越されたが、それも自然のなりゆきだった。

では、すらすらと運び、別に苦労しなかったのかといえば、そんなことはない。何よりつらかったのは頭の中の物語を実際に「書く」という、そのことだった。

はたして、そこにある物語を的確に掘り出せているのだろうかと思うと、もどかしくいらだたしく何度も逃げ出したくなった。

これは今も同じである。

小さな家

秋の終わりか冬の初めという頃、尾道に旅をした。宿に泊まったのは三人。ご一緒したのは、編集者の方と翻訳家の方である。

翌朝、そろそろ食事ということで、ひんやりする板張りの廊下を抜け、お仲間の部屋を訪ねた。すると、色白の翻訳家さんは、窓際の椅子に座り、眉根を寄せ、神経を集中させつつ、

――本を作っていた。

「何ですか？」

彼女は、えへへと笑い、

「締め切りが近いもので――」

ここまで聞けば、翻訳家さんらしく、洋書を前に置き、せっせと横のものを縦にしていたのだと思われるだろう。ところが違う。文字通り《本を作っていた》のである。

前のテーブルには紙箱がのっている。そこにはバルサか何かの薄板を長方形に切ったものが詰め込まれている。大きさは、手でオーケーの形をした時、親指と人差し指が作る輪の内側ぐらい。それに接着剤を塗り、別に用意した《表紙》を貼りつける。小人が読みそうな、可愛い本ができていく。

翻訳家さんは、何冊か揃え、こちらに背表紙を見せる。

「ドールハウスの本棚に入れるんです」

直訳すれば《人形の家》だ。

「――ミニチュアの家ですね」

「ええ」

「そういう趣味があったんですか」

こんな機会がなければ、ずっと気がつかなかったろう。彼女は頷き、

「同好会というか、グループに入っているんですよ」

改めて、一冊一冊を見る。

「細かい仕事ですね。大変だ」

「これでも手抜きなんです。時間があったら、表紙なんかもっとこるんですけれどね」

時間、といわれてわたしは、先程の言葉を思い出した。

「《締め切り》っていいましたよね。ドールハウスに締め切りがあるんですか」

なるほど、だから旅先にまで持って来て、作業しているのだ。

「そうなんです。新宿で展覧会があるんですよ。そこに出品するんです」

聞いてみると、最近はこれがブームらしい。専門雑誌も出ているという。

振り返ってみると、少年時代、多くの子供がそうであるように、わたしもプラモデルが好きだった。模型の雑誌も買い、中に出ている灯台や城を、厚紙でこしらえたりもした。板を買って来て、彫刻刀で床に傷をつけ怒られながら、船の洋上模型――喫水線から上のもの――も作った。ストーブもない、しんしんと冷える冬の板の間で、そういうことをやったりした。子供というのは元気なものである。

好みはといえば、どちらかというと、リアル、かつ小さいものだった。では、ミニチュアの家は？　というと、一回、挑戦しかけたことがある。きっかけは、友達が作ったテレビの模型

だった。厚紙の直方体に灰色のビニールテープを巻いたところがミソで、そのてらてらしたところがプラスチックめいて見えた。《家具も模型になるんだ》と目からうろこが落ちた。それなら、自分の住んでいる家も作れると思った。小学校五、六年の頃だったと思う。なぜ、そんなことを考えたか。ただ、模型作りの面白さからだけではない。《大きくなって見たら、きっと懐かしいだろう》と思ったのだ。

年を重ね、父母もすでにない今となってみれば、まさにその通りだ。生まれ育った家の間取りや、どこに何があったかは思い浮かぶ。しかし、ふすまの模様など、記憶から抜け落ちているところは多い。そこまで、きちんと描かれた模型があり、天上から見るように、今、眺めたら、妙に胸をうたれるだろう。

だろう——というので、お分かりと思うが、結局、《わが家の模型》は完成しなかった。それどころか計画段階で頓挫した。一番の問題点は大きさだった。それまで作った、城や灯台にしてもA4の紙にのるくらいのものであった。しかしながら、細かいところにまで気を配っていたら、その大きさでは収まらない。大きくては置くところにも困る。だが、この場合、細部にこだわらなかったら作る意味がない。

——何のことはない。一言でいえば、手にあまったのである。そんな、作られなかった小さな家の思い出がちらりと頭をかすめた。同時に、商売がら、ドールハウスなるものを種にした物語が芽を出し、枝を張りそうな気がした。こうなると、後は取材になってしまう。

「規格はあるんですか」

「十二分の一ということになってますね。あちらの物差しの関係で」

「物差し？」

「ええ。十二インチが一フィート」

「そうか」

などと、あれこれ聞く。尾道はいいところだったが、同行の方から、思いがけない話が聞けたのも収穫だった。

帰ってから図書館や本屋さんを覗くと、なるほど、その関係の本や雑誌が見つかった。読んでみて、細部にかける、執着といってもいい情熱にびっくりしてしまった。

なるほど、と思うこともあった。村上一昭さんの本を読んだので、そこに書いてあったのだと思うが、《茶室などの日本の伝統建築を縮尺にこだわって、緻密に作ると、外国人が作ったようになる》というのだ。これには唸ってしまった。そう見るという目が面白い。東西の文化の違い、感性の違いを語った言葉は多いが、これも見事にそこに切り込んでいる。

さて雑誌にも、カラー写真入りで作り方が出ていた。家具調度もさることながら、こちらでは食べ物が目についた。食堂などの前に見本を陳列するのは日本だけだというが、いってみれば、あれが十二分の一になって並んでいるのだ。

こうなれば乗り掛かった舟。小学四年になる女の子を連れて、翻訳家さんが出品しているドールハウス展に出掛けた。その時、マニュアルにある、特別な粘土やら何やらを一式買ってきた。

子供と一緒に、こたつで挑戦。和菓子をやってみた。指先に乗るほどの大福や、みたらし団子、煎餅などである。大福は餡《あん》と皮を別に作り、くるんで粉をまぶす。団子は、焼き鳥の串を割いた糸のような竹にさし、ニスと絵の具を混ぜたたれを垂らす。煎餅には絵の具の醬油を塗る。

「わー、本物そっくり」

と、子供が声をあげた。まさに、質感といい、色の具合といい、迫真の仕上がりである。

『枕草子』に《なにもなにも、ちひさきものはみなうつくし》とある。その通り。こういう可憐さは、確かに人を引き付ける。

わが家の、小さな愛しい子の歓声を聞きながら、その時、ふと、思った。——幻の模型の家が、ここにあったらと。そうすれば、わたしは、昔、家族で囲んだ茶の間のちゃぶ台に、今、これらの菓子を置いてみただろう。

『朝霧』とパソコン

パソコンを一昨年買ったのだが、うまく動かない。こちらのせいだと思って、一年ゲームだけに使っていた。ところが、くわしい友達に見てもらったら、機械が悪いらしい。そこで、「自分にはいじれないものだ」とあきらめればいいのに、目新しい周辺機器を見かけて衝動買いしてしまった。当然のことながら、これがまた使えない。泣きっ面に蜂である。いらいらしていると、蜂といえば花とばかりに、花粉が飛んで来て、目や鼻をいじめてくれる。――くしゃみをしながら、「この状況も、客観的に見たら、随分と滑稽だろうな」と思う。すると、「あははは」と笑う余裕も出て来る。そうなったところで気を取り直し、ワープロに（パソコンは使えないので）向かうしかない。仕事がたまっている。

そんな状況の中で、ようやく完成したのが、東京創元社の『朝霧』である。「円紫さんと私」が登場する最新作だ。

シリーズの前作、『六の宮の姫君』を書いた頃に、この本のラストまで頭の中にあった。形を取るのに、かなりかかったことになる。私事をいえば、その間に父と母を亡くした。時の階段は、容赦なく上らされるものである。シリーズの中でも、時は流れている。作者からすれば、それも目の前で起こった出来事のように思える。

『朝霧』は、三つの中編からなる。一年毎に、雑誌掲載させていただいた。現に頭の中にあることを、どこまで書くか、というのが、微妙であり、また面白い問題だった。単独のものとして書く場合には、ここまでは必要ないという線がある。例えば、主人公の姉が結婚する。独立した中編の場合には、そのことを語り過ぎると、形がいびつなものになるだろう。今回、連作として発表するに当たって、そういう部分を「こうだったのですよ」という感じで書き加えた。思い出を語るようでもあり、時を巻き戻すようでもあった。それだけ、このシリーズの中で流れる時は、わたしにとって親しいものだった。

さて、一冊、本が出ても、次の仕事が待っている。「その前に、ちょっと買い物に」と、近くのコンビニに行くと、「頭脳の格闘技」という謳い文句のパソコン・ゲームを売っていた。見ると、綾辻行人、小野不由美、我孫子武丸、喜国雅彦など各氏の推薦の辞が載っている。わたしが、皆さんのお言葉を読んでどうしたかが、本当の近況だが、——まあ、そこはご想像下さい。

あやつる神

わたしにとって「新本格」時代開幕のベルは、いつ鳴ったか。十年をひと昔というなら、今からひと昔と半ほど前のこと、朝日新聞の日曜版を開いた時に鳴りました。そこにあった読書コラムに、匿名氏が、

——ミステリの大きな要素に、仕掛けと驚きがある。そういうものは古いとしてかえりみない傾向があった。しかし、リアリズムだけがミステリの道ではない。嬉しいことに、現在の状況に飽き足りなかった読者の渇をいやすような作品が出版された。

と、わくわくするようなことを、熱のこもった筆致で書いているではありませんか。紹介されていた本は、泡坂妻夫先生の『しあわせの書』と、綾辻行人さんの『十角館の殺人』でした。実に久しぶりに、日本の新作ミステリを読んでみようか、という気になりました。新聞を置くと、さっそく、わが町の貸しビデオ兼書店に出掛けました。

昂揚しました。ミステリの本を探しているという気持ちが、——よくあるパターンでいうなら、以前は何かのプロであった男が、酔いどれとなって道を踏み外していた。そこに、身よりのない少年を救うといった類いのきっかけがあり、復活する。そういうドラマの登場人物になったようでした。「ミステリは、まだ死んではいなかったのだ」と思いました。

それからしばらく経って、東京創元社の戸川さんから、

「あなたも、何か書いてみたらどうです」

と、お声をかけていただきました。昂揚状態の続いていたわたしには、有り難いお言葉でした。かなり後になって、驚愕の種明かしがありました。「朝日新聞のコラムが、わたしに新時代の到来を告げてくれました」と話したら、戸川さん曰く、

「今だからいいますが、実はその回は、わたしが書いたのです」

びっくりしました。四人で担当していたそうです。その頃、東京創元社はまだ海外ミステリしか出していませんでした。そこで、戸川さんが日本物について書いたそうです。

「日本人作家のものを出すようになって辞めましたがね」

と、戸川さんは笑っていました。自分がまさに、クイーンの作品に出て来るマニピュレートされた登場人物になったような気がしました。

近況報告　『リセット』が出来ました。

何年も前に近刊と予告された『リセット』ですが、今度は本当に出版されます。お待たせして申し訳ありませんでした。しかし、実のところ、《物語には生まれるべき時期というものがあり、それは作者にも動かせない》というのが率直な感想です。

全体のプロット、語るべきことは、以前からあったものです。しかし、筋は小説ではありません。それにいかに肉付けするかが問題です。『リセット』の場合、実際に仕事に掛かろうとすると、まるで待っていてくれたかのように、様々な情報が入って来たり、偶然会った方が貴重なお話をしてくださったりしました。そういった種類の偶然が、今回は、書き始めてから何度もありました。《物語にとって、生まれるべき時が来ていたのだなあ》と思いました。

さて、今までに書いた『スキップ』も『ターン』も、人間が、人間である限り誰でもその中にいる《時》というものと、向かい合う話でした。普遍的なものではありますが、それは、いってみれば単数の問題でした。

『リセット』の場合は、そこがちょっと違うと思います。我々は生まれる時も環境も選べません。運命の針がちょっとずれただけで、人はまったく違った生き方をすることになります。

我々と違う時を生きた祖父母や父母の世代、そして後に続く世代。時という鎖はどのように繫《つな》がっていくのでしょう。

ところで、数年前の獅子座の流星雨のことを覚えていらっしゃいますか。中には、実際にご覧になった方もいらっしゃるでしょう。
『リセット』は、昭和初年、その獅子座の流星雨が空をよぎるところから始まります。
後は、本を手に取って読んでいただければ幸いです。

『リセット』が、この夏、文庫化されます。

『スキップ』『ターン』と合わせて、「時と人、のシリーズ、三冊」が揃います。三冊の文庫を縦に置くと、表紙の絵がひとつに、綺麗に繋がります。縦に長い、象徴的な時間の塔は、中山尚子さんの作品です。

実は、わたしがまだ『リセット』の「リ」の字も書いていない頃に、この絵の方は出来上がっていました。編集の方は、中山さんの絵を眺め、満足げにおっしゃいました。――「これが文庫用の表紙です。三作揃って見るようになっています」

昔の少年ドラマに、三つの鍵になるものを集めると宝のありかが分かる――というのがありました。そんな具合です。

書こうとする作品の構想は、勿論、あります。しかし、実際に書きあげるまでは、胸の中の思いがはっきりとした形をとるものかどうか、それが満足のいくものになるかどうか、不安なものです。まず先に、文庫版の表紙まで作られてしまうと、おぼろな道の向こうに行き着く先が見えるように奇妙な気がしたものです。

このシリーズは、ストーリーが繋がっているわけではありません。主人公もそれぞれに違っています。ただ、人は誰しも、時の流れの中にいます。いくら不当なことと感じても、個々人に与えられるのは、有限の時でしかありません。その中で生きる人間の、哀しみや苦しみを描きたいと思いました。

そういう意味で、小説の『スキップ』と『ターン』と『リセット』も、三冊の表紙のように、切れていて、しかし、繋がっている一枚の絵なのです。

書いていて不思議なことがありました。題名です。随分前から、外国映画の題が、カタカナばかりになりました。それを味気無く思っていました。自分の書くものに、しかも長編に、横文字の題をつけることになろうとは、思ってもいませんでした。

ところが、時と人の第一作については、後書きにも書いたように、唯一無二のものとして『スキップ』という言葉が、天から降りて来たのです。こうなると、以下も同様です。「スキップ」が早送りと同時に、足取りでもあったように、『ターン』も、繰り返しと共に、踊る時の「ターン」が響いています。ものを作る時には、こういうところまで、作者にもどうにもならない——運命で決まってしまうようなところがあるものです。

ただ、『リセット』という語については、わたしの意図とはまったく逆に、最近の使用例が、ゲームで使うような、ごく軽いものとなっているようです。邪まなもの、あってはならないものを、正しい位置に直す、大いなる救済——という感じで受け取ってもらえれば幸いです。

『リセット』が、この夏、文庫化されます。

歳月の移ろいの中で地団太踏むのでなく　自作再訪『スキップ』

生まれ育つ所は違っても、誰もが時の移ろいの中にいる。不老不死は、最も古くからある人間の夢だろう。いつかテレビで、古代中国のその研究について、放送していた。有効か、と考えられた薬が幾つかあげられていた。中に、鉱物の粉末があった。鉱物は、腐って形を変え、そのまま消滅したりはしない。人もそうありたいという願いが、砕いたそれを薬と思わせたのだ。――いうまでもない、そんなものを飲んで体にいいはずはない。解説の先生は言った。

「これは毒薬――それも致命的なものですね」

恐ろしい瞬間だった。人が「時」に、そういう形で抗《あらが》うことの空《むな》しさを、巨大な鞭《むち》で打たれるように、示された気がした。

『スキップ』は、時の容赦ない移ろいの前に立つ、人間の物語である。そのことを初めて感じた子供の頃、わたしは、恐れてじたばたし、怒って地団太を踏んだ。不老不死の薬があれば、と思った。そして年月は流れ、気がつくと四十を越えていた。

昔なら、人が老境に入るのは早かった。例えば『お伽草子《とぎぞうし》』に出てくる「一寸法師」のおばあさんの年齢は、はたして幾つか。笠間書院から出ている藤掛和美氏の『一寸法師のメッセージ』を、面白く読んだ。その中に答えが書いてあった。何と四十をわずかに越えたあたりだ。藤掛氏は、昔は四十代から「老人」だったのだろう、とおっしゃる。現代の我々には、四十は働き盛りだ。平均寿命が違う。しかし、人生の歩みと共に、後戻りしてやり直せないことは増えてくる。

その重みを感じ、前ではなく後ろを見るようになった時、人の老いは始まるのかも知れない。大人は、じたばたし地団太を踏む姿を人には見せない。しかし、口に出さずとも、それは多くの人が、自然に抱える哀《かな》しみだろう。

個人にとって切実な思いなら、それを聞くに耐えない愚痴としてではなく、普遍的なものとして描くこともできるはずだ。それは、まさにやり方次第だ。——そういう思いが、わたしにこの物語を書かせた。

設定は、十七の少女が一瞬にして四十過ぎのおばさんへと、時を飛び越えてしまう——というものだ。わたしは、これを突拍子もないこととは思わなかった。誰にでも、実感としてなら、ごく普通にあることだろう。小学生の私には、中学生も自分とは懸け離れた存在だった。見上げるように背が高く、きっと自分たちとは考えることも違うのだろう、と思っていた。しかし、いつの間にか、わたしは中学生になっていた。時と共に同じことが繰り返された。——となれば、これは必然の設定である。

『スキップ』を書き終えてから、すでに十年が経とうとしている。嘘《うそ》のようだ。しかし、指を折ってみると、確かにそうなる。

改めて、一瞬に過ぎ行く「時」のことを思う。

3

日常の謎
愛しいもの

DESIRE　透明人間にピアノを弾いてもらえたら……。

グールドの弾く「トルコ行進曲」を聴いたのは車の中であった。嘘のような話だが、ちょうどその時、広がる明るい風景を無数の銀線が撫で始めた。天気雨だった。恐ろしいような舞台装置というしかない。

同じ曲でもマリア・ジョアオ・ピリスが弾くと黄昏を感じるし、内田光子は三分三十一秒で駆け抜ける。こういった演奏がCDで聴けるというのも贅沢な話だが、更に贅沢をいえばどうなるか。そこで思い出したのが、かなり以前、銀座のデパートで出くわした自動ピアノの演奏である。透明人間が弾いている、という見た目も面白かったが、何よりも、現にピアノが鳴っているのだ。ステレオでは太刀打ち出来ない。

おいそれとは買えないものだが、ちょっと前には〈お宅のピアノをブーニンが弾きます〉といった感じのキャッチフレーズで、再生機能付きのピアノを売り出したメーカーがあったかと思う。

まず、それの置けるだけのスペースがなくてはならず、近所を気にしなくてすむように防音にも配慮しなければならない。――などと考え出すと実際には面倒なことばかりだけれど、空想するのは自由である。

かなりいいピアノで、そんな装置が付いているものが欲しい。そして古今の名演奏を、そのピアノ用にディスク化したものが何百枚か。

自分の好きな時に、その日の気持ちにあった演奏で、例えば〈捜り打つ夜半の最弱音（ピアニッシモ）〉を聴くのである。

と、ここまで書いて、ふと思う。秋の夜などに一人で自動ピアノを聴いているというのは、何だか怖い。それだけで小説が一つ書けそうだ。自動バイオリンがあったら、もっと怖いだろう。ディスクを入れると、弓と一緒にふうっと浮き上がり、やおら、故人の弾き癖そのままに曲を奏で始める――というのはどうだろう。

書店との出合い　駅前の本屋さん

本を、《買ってくれ》と親に頼むのではなく自分で《買う》ようになったのは、小学五、六年からだ。その頃、よく行ったのが駅前の本屋さん。

品揃えは、さほどではなかったが、話しやすいおばさんがいた。学校からの帰り、遠回りになるのに寄ったのは、その店の居心地の良さのせいである。

予算は僅少なのだから、対象は文庫本に限られた。

水谷謙三訳の『狐物語』が何とも面白かった。同じ動物の縁からガーネットの『狐になった夫人』まで読んだ。『皇帝のかぎタバコ入れ』の仕掛けに感心し友達に話したりした。教養文庫の『日本の菓子』を読んでは《鶏卵素麵というのは、どんな味なのだろう》と想像した。ルナールの『博物誌』は、最初難しい研究書かと思い、手に取り開いて、たちまち魅きつけられ繰り返し読んだ。

こんな具合だが、しかし、読みたいのに買えなかった本もある。春陽文庫の乱歩である。金銭の問題ではない。カバーの絵が、つまりロコツだったのである。

なるほど、これは思い返して頷ける。しかし、島田一男の『錦絵殺人事件』までが買いにくかったのだから、我ながら不思議である。表紙は、ただ単に浮世絵風の顔というだけで、顔を赤らめるようなものではなかった。それが中学生の頃の話だと思うが、いやはや何とも可愛いものである。

おばさんには迷惑もかけた。新潮文庫、カーの『黒死荘』とルブランの『棺桶島』が近刊としてあり、どこの本屋さんにもない。しばらくそういうことが続いた。読みたいと思うと、もうたまらない。

――実はもう出ているのかもしれない。何しろ随分前から、近刊なのだもの。

そう思って、《取り寄せてください》と頼んでしまった。ところが、しばらく経ってから《そんな本は出ていないって！》と睨まれた。

題がいけなかった。何しろ、『黒死荘』に『棺桶島』という取り合わせである。あまりにもおどろおどろしげ、かつ非現実的だ。おばさんは、からかわれたと思ったのだろう。

ともあれ、こちらの勇み足で、余計な手数をかけてしまった。近刊なら近刊と最初から事情を話して頼めばいい。しかし、それをいってしまったら、もう版元に打診してもらえないような気がしたのである。

懺悔は、これだけではない。実は、もっと冷汗の出ることがある。

おばさんのところにない本を、別の書店で買い、その足でお店に寄ったのである。黙っていればいいのに、そのことをしゃべってしまった。これが第一の失礼。ところが続けて、もっと失礼なことまで頼んでしまった。

「僕の本、このお店のカバーで揃えてあるんだ。ねえ、これにもカバーつけてくれる？」

今にして思えば、これは甘えである。本当にそうしてもらいたかったというより、自分がそこまで許してもらえるお客さんだ、と確認したかったのだ。

おばさんは――二冊の文庫本にカバーをかけてくれた。

店を出た時には、もう後悔したのを覚えている。そして、今も思う。

……ああ、何と、嫌みなことをしたのだろう。

　ここまで書いて、ふと思い立ち、書店をやっている後輩に電話をかけた。実際に子供がそんなことをいって来たらどうするか、聞いてみたのだ。

　返事はこうであった。

「僕だったら、カバーをあげますね。それで、おしまい。自分でかけてはやりません」

　心意気である。

　さて、全国の書店主の皆さんに聞いたら、どんな答が返って来るのであろうか。

「猿」から始まる

『我鬼窟日録』を読む。

大正八年六月二日のところに、こうある。《「猿」を英訳して発表したいが好いかと云つて来る。好いと答へる。前に「貉」の英訳あり。今又「猿」の英訳成る。ボクの小説の英訳せられる為には、獣の名を題とせざる可らざるに似たり》

ところで、この問い合わせをして来た人物が《西村熊雄氏》となっている。これは面白いと思ったら、同じページ、六月八日《中原虎男氏来る》その気になって探すと、六月七日には《平塚雷鳥さんを訪ひ》、そして六月一日には《室生犀星来る》。

出来過ぎだと唸ったが、思えばもとより芥川自身も「龍」であった。

うちのワープロさんの近況

整理整頓ができない。おかげで、思いがけないところから思いがけないものが出て来たりする。テレビの下の箱を何ということもなく、引っ繰り返していたら古いフロッピーが出て来た。よせばいいのに、ワープロに入れて呼び出したら、一発で壊れてしまった。湿気、埃等々のため、フロッピーがアウトになっており、機械までもダブルプレーというわけ。

修理に出し、（かなりかかるようなら連絡して下さい）といっておいたのに、すれ違いになり、当分買い替えにくいほどのお金を取られてしまった。

家に持って帰ってしばらくすると、《いじめた上に、捨てようとしたわね》とばかりに、促音の印字がおかしくなった。小さい《っ》が縦書きにすると下に寄るようになってしまったのだ。

致命的なものではなく、何とか使える程度の《反抗》であるところがニクイのである。

幼稚園と竜

友人がポケットから財布を取り出す。中に畳んだ紙が入っている。意味ありげに、「これを見ろ」という。見て驚いた。『ミステリアスな幼稚園』と題された一枚のカラー写真である。木々に囲まれた桜色の尖塔がある。ローラー式の滑り台らしきものもうかがえる。それは高台の上にある。前景が流れているので、走行中の車から撮った写真であろう。問題はその幼稚園の塀に取り付けられた看板だ。

「な・ぞ・の・幼・稚・園」。

異界を垣間見たような、妙な気になった。ところが、下のコメントにはこうある。「歯が抜け替わる年頃ですものね」。なるほど、「はなぞの幼稚園」の「は」が落ちた、というだけの話なのだ。JICC出版局（宝島社）の『VOW6』という本の一ページだそうだ。

それで思い出した。かなり前のこと、学校新聞の校正をしていて、「竜の栽培」という言葉に行き当たった。原文は「蘭の栽培」である。その一瞬、実験室の情景が頭に浮かんだ。ビーカーやフラスコの水に、手のひらに乗るような竜がつかり、あるものは楽しげに笑い、あるものは不機嫌そうにむっつりとしている。そんな実験室の様子である。

共に《現実》の中に《不思議》が、向こうから挨拶なしに足を運んで来てくれた。だから、印象が強烈なのだと思う。しかし子供の頃には、これ以上の驚きが本の中に溢れていた。今は――と思えば、心が固くなったのかと、さみしくもなるのだ。

解釈の冒険

ああ、その時です。背後の兵舎のほうから、誰やら金槌で釘を打つ音が、幽かに、トカトントンと聞えました。それを聞いたとたんに、眼から鱗が落ちるとはあんな時の感じを言うのでしょうか、悲壮も厳粛も一瞬のうちに消え、私は憑きものから離れたように、きょろりとなり、なんともどうにも白々しい気持で、夏の真昼の砂原を眺め見渡し、私には如何《いか》なる感慨も、何も一つも有りませんでした。(「トカトントン」太宰治)

＊

最近、本当にびっくりしたことがある。

有吉玉青さんが、雑誌「フラウ」で三冊の本を推薦していた。その一つに谷崎の「途上」があった。有吉さんはいう。

《男の妻が死んだ事件なのですが、探偵に誘導尋問をされて、男は自分の心の奥で妻の死を願っていたことを知ってしまうの》。

談話であるから細かいニュアンスは伝わっていないかもしれない。だが、趣旨はこのとおりと考えて、話を進めさせてもらう。

さて、こういう解釈をする人は、まずいないだろう――ということなのである。少なくともミステリファンにはいない。「途上」は、プロバビリティーの犯罪、即ち、あわよくば型殺人テーマの代表作ということになっている。つまり、ここに描かれているのは、夫による周到な計画犯罪なのである。念のため、読み返し、何人かに電話もした。やはりそうとるのが穏当だろう。

しかし、誤解しないでいただきたい。わたしはここで、有吉さんが間違っている、というのではない。だったら、こんな文章を書いたりはしない。逆である。有吉さんの読みも、また、そう解釈する感性も実に魅力的なのだ。感嘆しているのである。これは、読む、という行為が即ち創造であることの好例ではないだろうか。

作品は楽譜に当たるもので、それを演奏するのが読者である。読書は決して受け身の作業ではない。百人の読者がいれば、そこには百の作品が生まれる。人に読んでもらうのではない。名曲を弾くように、我々は名作を読むのだ。そこにこそ読書の醍醐味がある。

わが心のまち　木曽海道・美江寺「みゑじ」の椿の散るころ。

所は「みゑじ」である。

今は遠い夏の日、長い休みになると、母の実家へ行った。家族旅行など他に一度としてすることのない家だったから、外で泊まるということ自体がお祭りだった。何より、その家には子供向けの本があった。母の世代のために買われた旧仮名の本だったが、子供だからかえって意に介さない。蚕が桑の葉を食べるように読んだ。

そのうち一冊の口絵に、色刷りの「みゑじ」があった。『木曾海道六十九次』中の一枚、安藤広重の作である。村はずれ——といった風情。竹やぶと椿の木が右手に描かれ、道を尋ねる旅人の姿、そして彼方には連なる山並み。それが何の本かは忘れた。おそらくは美術の入門書だったのだろう。

「ねえ、これ、いい絵?」

即座に母に聞いたのは、それが子供でも知っている『東海道五十三次』でも北斎の『富嶽三十六景』でもなかったからだろう。母は頷き、

「その椿の花が、とても綺麗だね」

心からそういった。中学生になって、クレーやモンドリアンと共に浮世絵の本も何冊か買ったが、中に『木曾海道』があったのは、その《綺麗》なものを母に見せ、同じ言葉を聞きたかったからだろう。

本を買って知ったが、「みゑじ」は、この連作中にあって、例えば「洗馬《せば》」ほどに著名な絵ではない。一冊の本の巻頭を飾るのに「それ」を選んだのは、幻の本の著者の格別の意志だったわけである。

わが家の近くに、二階家の屋根程高い頂きまで、花をいっぱいに咲かせる椿の木がある。入院した母の看護に通うため、朝昼夕方と日に三度、その下を行き来した。自然よく見上げることになった。頭上、道の領分にまで、雲のごとくに葉は伸びている。

花が……、と思った頃にはもう路上に、いかにも椿らしく身を投げるように落ちる。当初は、それを避けて歩いた人も、やがては紅色の絨毯かと思える様に慣れ、無造作に踏むようになった。ぼってりとした花に混じり、無残につぶされ、剝かれて時を経た林檎の色を全身に呈し、そのままひからびた花もある。「みゑじ」の椿の、下の道はどうだったろう、と思った。確か、花は豊かに木を飾っていた筈だ。とすれば、あの村の道にも紅はこぼれていなければならぬ。

今、家にその本はない。四月、時間に余裕が出来、思い立って図書館に出掛け、大判の美術全集を開いた。堅い表紙の間から、その風景が現れた。竹には雀が戯れ、遠くに山並みは見えず、地平近くは夕焼けの色に染まっていた。所の名「みゑじ」は美江寺、合渡《ごうど》から一里六丁、赤坂に二里八丁の地と知った。だが、それは何ほどのことでもない。そこにあったのは絵空事であり、また、それゆえに価値あることでもあった。「みゑじ」の椿は木に咲き誇り、一輪たりとも散ってはいなかった。

濁音・半濁音・長音符号・促音・撥音・普通の字・小さい字

Q　右の七文字言葉を探せ

デビュー当時、わたしの書くものは、〈殺人のないミステリ〉といわれた。それ以来続いている「円紫さんと私」シリーズは、今年（一九九六年）で長短十二編となったが、確かに人が死ぬのは一作きり、それも厳密な意味では殺人事件とはいえない。それどころか、犯罪といえるものすら数えるほどだ。

こういう小説を書いていると、読者の方から〈日常の謎〉に関するお手紙をいただくことがある。「男の人が橋でいきなり自転車をとめ、背広の上着を脱ぎ革靴を脱ぎ、それを川にポンポン棄《す》てたかと思うと、何事もなかったかのように行ってしまいました。靴下のままでした。あれは一体、何だったのでしょう」

何だったのでしょう——といわれても、作者は名探偵のように、鮮やかには答えられない。しかし、こういう場面に遭遇すれば確かに不思議だろうし、わけを聞かされれば、あるいは「なるほど」と膝《ひざ》を打ち、あるいは「なーんだ」と拍子抜けするだろう。前者なら、そのままミステリになる。

こういう〈謎〉に執着するのが本格ファンだろう。漫画家の喜国雅彦さんは、ミステリ好きとしても名高い。近著『いつも心に太陽を！②』（竹書房）の巻末で、国樹由香さんが、そのプロフィールを書いていた。ややこしいが、国樹さんも漫画家、喜国さんの奥様である。

ある日のこと、喜国さんがいった。

〈あのさ　オレ　子供の頃から　考え続けてた　問いがあって　やっと　その答えを　みつけたんだよっ〉

〈だよ〉ではない。〈だよっ〉である。この小さい〈っ〉、つまり促音に押さえ切れない喜びが表れている。国樹さんは、当然のことながら、

〈へ――　なーに？〉

そこで、喜国さんはいう。日本の文字には、〈濁音、半濁音、ん、小さい字、音引き、普通の字〉がある。これらすべてが過不足なく組み合わされた言葉はないか。そういう疑問を少年の日に抱いた――と。そして、苦闘の日々を語る。

〈「ろっぽんぎー」とか　のびてればバッチリだったのに　「ピッチング」もくやしかった〜〜〉

わたしは、これを読んで大喜びしてしまった。その難問を、鳥が卵を抱くように抱き続けるところが実にいいではないか。科学者が新理論を打ち立てるのに、日夜、頭をひねるようなものである。そして、こちらも考えたくなる。固有名詞もいいのだろう。モーパッサンが、モーパッザンだったらよかったのに、などと。――ちなみに、この件に関する奥様の感想。

〈こんなダンナを見るたび　世の中には色んな人が　いるんだなあ……と　しみじみ思う　私なのでした〉

さて、喜国さんのたどり着いた結論は〈ポンジュース〉。なるほど、と拍手しつつ、わたしはそこで考えてしまった。清音、濁音、半濁音などという分類がある。これはいい。しかし、喜国さんのいう〈小さい字〉は、辞書では促音〈っ〉、拗《よう》音をつくる〈ゃゅょゎ〉と分けている。ここでルールの問題が生じる。前者はつまらせる働きとして独立しているのだ。

では、ティンカー・ベルの〈ィ〉などはどうなるのかという疑問もあるが、取りあえず、促

音とその他の小さい字に分けられると考えたらどうだろう。もし、モーパッサンが、ギョーパッサンなら〈濁音・小さい字・長音符号・半濁音・促音・普通の字・撥《はつ》音〉とそろうのだ。

我ながら細かい、世の中には色んな人がいる、と思いつつ、これを探すのは難しいだろうと、朝日新聞社の方に話した。そうしたら、技術を駆使してたちまち見つけてしまった。そしていわく、「音引きがありますから必然的に外来語になります。ちょっと、なじみのない言葉ですが、あることはありました。何かは、そのことをエッセイにしてくれたら教えてあげます」。

そこで、この稿を書き上げたわけである。

答えは、明日のこの文化面に。

Q　右の七文字言葉を探せ

七文字言葉の答え

文化面に昨日載った北村薫さんのエッセイ「右の七文字言葉を探せ」の答えは例えば、「パッセンジャー」です。

危ない読書

小学生でランドセル、中学生で肩掛けの鞄、高校生になってやっと手提げの革鞄になる、というのが、我々の頃の定番だった。というわけで、中学生までは手があいている。今の交通事情では考えられないが、下校の時、たまたま連れがいないと、本を取り出した。読みながら帰るのである。それが学校図書館で借りたばかりの江戸川乱歩、といえば待ち切れないのもよく分かる。だが一方で『故事成語辞典』だったりもした。味も素っ気もないようだが、ショートショート集として読むと、これが実によくできている。宋襄《そうじょう》の仁、耳を覆って鈴を盗む、愚公山を移す、などなど。洒落ているなあ、うまいなあ、と思った。芥川の随筆、雑文も歩きながら読むのに最適だった。

それだけ本に引き付けられたわけだが、高校生になると、読書がさらに面白くなる時を見つけた。試験の最中である。同感の人も多かろう。半日で帰って来て、昼食をとり、さあ勉強しなくてはと思った途端、太宰治『人間失格』を手にしていた。遠藤周作『海と毒薬』もそうだった。読み進むにつれ、どんどん勉強時間が減って行く。歩きながら読むのとはまた違った意味で危ない。このスリルがたまらない。見てはいけないといわれると見たくなるわけだ。

これを、逆をいく心理と拡大解釈するなら、今時の若者は本を読まないと言われたらどうなるか。つい、手近の『新潮文庫の１００冊』をめくり出すことになるのである。

食の楽しみ　ある日、突然

小学校は、駅前の通りから少し入ったところにあった。入り口のところに肉屋さんがあった。店先には、満面の笑みをたたえた豚の立て看板が出してあり、その台詞として、こう書いてあった。《わたしを食べて元気になろう》。――本当の話である。どうかと思う。母が嫌がりつつ、《犠牲的精神に富んだ豚だ》といっていた。

小学校の四、五年の頃だと思う。昼食を家に帰ってとる日だから、土曜だったはずだ。その日、お昼が近づくにつれ無性に食べたくなったものがある。豚肉なのだ。薄切りを香ばしく醤油焼きした、特に脂身の多いところが浮かんだのである。大人になった今では、しつこくて、むしろ気持ちが悪い。

図書館で、怪盗ルパンシリーズの一冊を借り、外に出たところで、財布を見たら百円以上入っていた。買い食いは禁じられていたが、おかずを買うぐらいなら許されるのではないかと、思った。そこで学校入り口のお店に入り、一人分の豚肉を買った。――ランドセルを背負ったお客が現れるというのは、おそらく珍しかったのだろう。

「お母さんに頼まれたのかい？」

「いえ、ぼくが食べるんです」

変な奴だ。……

わたしだって、この日以外に、そんなことをしたことはない。家に帰ってからのお使いなら勿論行ったが、学校帰りに、自分の意志で魚屋さん、八百屋さんに寄ったことはない（もっとも今の鍵っ子なら、スーパーで食材を買い揃え、《一人でできるもん》とばかりに夕食ぐらい作るのかもしれないが）。

家に帰って、母に見せたら、これもびっくりしていた。黒いフライパンで焼いてもらってこれも食べた。それを待つ間、ルパンを読んでいたことを思い出す。

あの時の、ほとんど暴力的な《食べたい》という衝動は何だったのだろう。以後、数回、そういうことがあった。これも小学校五、六年の頃、子供版の『東海道中膝栗毛』を読んでいて、突然、ようかんが浮かんだ。その描写があったわけではない。ただ、何となく、というしかない。大学生の時には、これまた突然、夜の帰り道に皮付きピーナッツを食べたくてたまらなくなった。

漫画家の喜国雅彦さんは、真夜中に、おはぎがほしくなりコンビニに走り、餡とご飯を買って合わせて食べたそうだ。同じようなことだと思う。《これがおいしい、天上の美味だ》というわけではない。そういうものは別にある。普段口にしている、ごくありふれたものが、神様の悪戯としか思えないような何かの加減で、砂漠の水のように魅惑的に輝き出すのだ。

何かを深く《食べたい！》と思えるのは幸せだ。ただし、この二十年は、それほど強烈に食べ物に心が向かったことはない。まことに残念である。

誰にも言えなかった話　やかんは、空を飛んだのか。

田舎《いなか》に育ったせいか、給食を食べたことがない。小学校も中学校も、わたしが卒業した後で、給食制になり、プールも出来た。

泳げないのでプールがなくてよかったと思う。しかし、プールがあったら泳げるようになっていたのかもしれない。小さい頃は食べ物の好き嫌いが多かったので、給食がなくてよかったと思う。しかし、給食があったら——いや、何がどうあろうと、やはり創成期のそれを食べずにすんだのは幸せだったろう。あまりいい思い出を聞かないからだ。残したりすると無理やり食べさせられたとかいう、恐ろしい話まである。

《お昼の飲み物》としての牛乳は、中学校では確かに出た。週番が取りに行ったものだ。休みの生徒がいると、週番がその分まで貰《もら》えたと思う。

小学校低学年の頃は、これが《お湯》だった。今流にいうなら業務主事さん——まことに味気無い呼び方だ——のいる建物に行くと巨大な釜《かま》に熱湯を沸かしている。クラス名を書いたやかんに入れてくれたのを、当番が持って来る。生徒は、机の上に弁当箱のふたを置き、お湯を入れてもらうのだ。

小学一年か二年の時だった。二人一組なのに一人で業務主事さんのところに行ってしまった。がらんとして暗い。釜の火はもうついていた。

「お湯をもらいに来ました」

早いんじゃないか、といわれた。渡してくれないと困ると思い、とっさに、

「先生が持って来い、といっています」

おかしいな、といいながら、お湯を入れてくれた。途中までは運んだが、重すぎてつらい。周りも人気《ひとけ》がなく、妙に静かである。水飲み場のところに、いったんやかんを置き、相棒を呼びに戻った。そうしたら、——何と、教室では授業をやっていた。わたしが一時間、間違えたのである。

「どこに行っていたの」

先生の問いに《むにゃむにゃ》と答える。これはえらいことになった、と思った。事実を告げて頭を下げればいいのだが、そういう判断が出来ない。さて、本当のお昼になった。今度は、相棒と二人でお湯を取りに向かう。水飲み場のところに、当然、一組のやかんが鎮座している。

わたしは、《あっ》と叫《さけ》んだ。

「誰かが、持って来てくれたんだ」

——そんな馬鹿な！　しかし、理不尽を押し通そうとするところが子供だった。相棒も不思議だったろう。しかし、やかんは、そこに実在する。事実は強い。二人で運んで、注いで回ったが、

「ぬるいよ、ぬるいよ」

と、いわれた。ばれないわけはないのだが、怒られた記憶はない。

十年を一昔というなら、そろそろ四昔も前の話になろうとしている。一組のみなさん、その節は、どうも申し訳ございませんでした。

『獄門島』と映画

子供の頃、映画館は川向こうの隣町に一軒だけあった。町角に貼ってあるポスターには、異界を覗かせる怪しい力があった。『女殺し油地獄』も、そういう文字が看板となり、立っていると、わけが分からぬままに実に恐ろしかった。恐ろしいといえば、同じく時代物で『怪談蚊喰鳥』。自分の入ることの出来ない映画館の暗闇の中で、どれほど怪しげな鳥が羽ばたいているのか、と戦慄したものである。カクイドリ――蚊を食う、という言葉を読んだだけで、口の中に無数の小虫が潜り込んだような、生理的な不快感があった。大人になって、多少本を読むようになるまで、蚊喰鳥の正体は分からなかった。知ってみれば何のことはない、ホトトギスを不如帰や時鳥、あるいは杜鵑等々と書くように、蚊喰鳥とは蝙蝠、即ちコウモリの書き方の一種だった。

ところで子供の頃には、怪獣映画を友達と観に行ったりはしたが、自分だけで映画館に行くということは、まずなかった。そのただ一回といっていい例外、親に黙って、貯めたお金を握って一人で走ったのが――金田一ものだったら話になるのだが、何と、森繁が主演する『サラリーマン忠臣蔵』だった。子供が、である。今、こう書いていて、我ながら意外感のある選択だと思う。

どうして『サラリーマン忠臣蔵』なのか。《見立て》の魅力のせいである。広告を見て、浅野社長とか大石専務とかいう、世界の移し方にたまらなく引き付けられたのだ。はるか後年、スー・グラフトン原作・脚色の『ロリ・マドンナ戦争』が来た時、ロードショーに行った。これも、家と家の争いを戦争と呼ぶ《見立て》のせいであった。

さて、フィルムの上の金田一耕助は何人もいる。古いのは片岡千恵蔵だろう。わたしは銀幕の上の彼を観ていない。これについては学生時代、映画好きの先輩から聞いた。

「『獄門島』が凄かったぞー」

「はあ」

「最後が原作と違うんだ。千恵蔵が、《犯人はそこだーっ》といって、天井を指さす。そうすると、天井がするすると開いて犯人が顔を出し、《わはは、よく見破ったな！》」

あの犯人が天井裏に隠れていたとなると、これは凄い。理屈の通らないところに古怪な歌舞伎にも似た妙味がある。

そうしたところが、この間、衛星放送で千恵蔵版の『獄門島』をやったのである。楽しみにして観たが、先輩の話とは違う。犯人の設定に触れてしまうので、細かく説明するわけにはいかないが、とにかく思っていたよりまともであった。なーんだと、がっかりしてしまった。記憶には美化作用がある。面白くしてしまうという脚色もその中に含まれる。この場合がそうだったわけだ。

ところで、横溝作品で一つとなったら、わたしの場合はやはり『獄門島』になる。

なぜか、いうまでもなかろう。《見立て》である。童謡、あるいは民謡の見立ては海外にもあり、その無邪気さ（なかなか無邪気ではないものもあるが）と残酷の対比に味があるとされる。クイーンには、様々な《見立て》を扱った連続殺人ものがある。

『獄門島』の場合は、それを俳句でやったところが、実にそそるのである。「ヒッチコック・マガジン」のカーをめぐる座談会で、横溝はいう。当時、掲載誌「宝石」の編集長だった城昌幸が、俳句殺人のくだりでこういった、と。――《作家として嫉妬を感じる》。編集長としても最上の殺し文句だが、それ以上に、ショートショートの名人、城らしい、実にいい言葉だと思う。

『おどるばか』の謎

上

『踊る人形』といえば、コナン・ドイルの暗号小説、しかし、『おどるばか』は、シャアロック・ホルムスとは無関係である。

本について分からないことが出て来ると、人に電話したりする。逆に、こちらにかかって来ることもある。そういう時、すらりと答えられれば、してやったりという気分になる。

ある人が、聞いて来た。

「チェーホフの短編で、冒頭にこういうのが出て来る――」と、原語で呪文のようなつぶやきを繰り返し、「これ、何だろう」。

それだけでは無理だったが、

「どうも《ねんねんよう、おころりよ》という感じらしいんだ」

ここまでいわれて、

「あ、それは『ねむい』ですよ」

後で、正解だったと聞いて嬉しかった。しかし、難問だから人に尋ねるわけで、分からないことの方が格段に多い。

山口雅也さんが、五、六年前にいった。

「ぼくねえ、ずっと気になってる本があるんですよ」

「何です」

「しばらく前に、神田辺りで電車に乗ってたら、おばさん二人連れが、前の座席に座ったんです。で、紙袋を取り出す。古本屋さんで買ったばかりらしい本を大事そうに取り出す。何だろうな、と思って見ていると、昭和二、三十年代風の、割合、立派な本だった。その題にびっくりしました」

「ほう」

「『おどるばか』」

一瞬、絶句してしまう。

「……それは」

「強烈でしょう。『おどるあほう』だったら、阿波踊りのことかと思いますけどね。何の本だろう、と首をひねりました。よっぽど聞こうかと思ったところで、——おばさん達は、降りて行ってしまった」

「典型的なリドル・ストーリーのパターンですね」

こちらも気になるから、図書館に行った機会に確認できるだけの古い出版年鑑を見てみた。

「『おどるバリ』という本はありましたけど、これじゃあありませんか」

電話して、そういうと、

「だったら当たり前でしょう? 『おどるばか』だから引っ掛かったんですよ」

それはそうだろう。真剣に調べるつもりなら、ここで国会図書館に足をのばすところだが、そこまではしなかった。

そして、去年の暮れ。

最近は不精をして、送られて来る『古書展目録』にも、満足に目を通さなくなっていた。それが天の配剤か、たまたま手があいて、なにげなく、ぱらぱらとめくったところ、問題のひらがな五文字が目に飛び込んで来たのだ。

遅かったが、さっそく、山口さんに電話した。いらっしゃらない。留守録の《ピー》の後に、勢いこんで、《おどるばか、おどるばか。ありましたよ》と吹き込んだ。

三十分としない内に、山口さんの電話。

「——おどるばか、おどるばか」

「売りに出てますよ」

「いくらです？」

「千五百円」

「買ったっ！」

「希望者が多いと抽選ですからね、二人で申し込みましょう」

「何て本屋さんです」

「おもしろ文庫さん」

この名前が、また受けてしまった。

目録の、隣に並んでいるのが『日本舞踊曲集覧』『日本舞踊総論』。著者名のあるべきところに、《人間石井漠》と副題が入っている。ここから、舞踊家の伝記だろうと想像はついた。常識があれば石井漠と聞いただけで、《ああ、あの人》と膝を打つところ、らしい。ものを知らないことが分かってしまう。

下

さて、明けて平成九年。古書展の当日は、一月の十日。

三省堂二階の喫茶店で、山口さんと落ち合った。山口さんは、すでにいろいろと買い物をしていた。例えば魚の骨型電気コード四千八百円などなど。そして、開口一番、

「いや、本はぼくのものですよ」

「お店に電話したんですか」

「結果が分かってちゃあつまらないから、してません。でも、何となくね。それに、店の親父さんが《当たりますよ》っていってくれました」

「何を根拠に？」

「別に、根拠はないみたいですけどね。《あんたで二人目だ。当たりますよ》って」

「二人目――じゃあ、もう一人いるんだ」

山口さんは、驚いて、

「えっ？　北村さんは、いつかけたんです」

「あんまりくっつかないように四、五日してから、かけましたから」

「そうかーっ。ぼくはてっきり、もう一人が北村さんだと思ってた。うーん、外にもいるんだ、『おどるばか』のほしい奴」

「しかし、三人だとしたら、こっちの方は二人一組、確率は倍ですよ」

すぐには店を出ず、あれこれと話す。山口さんが、

「ミステリだったら、これ、どういう結末になるんでしょうね」

「本が手に入って、開いた途端、タランチュラダンスのように踊りだしたりして」

「陳腐ー」

気分を盛り上げたところで、いざ出陣。

歩いてすぐの、古書会館に行く。荷物を預け、受付に立ったが、先客がいて、なかなか話ができない。

「このもどかしさが、何ともいえませんね」

「そうそう」

などと、いっている内に順番が来た。目録の本には整理番号がついている。それを申告して、当たりはずれを聞くわけだ。意気込んで告げる。

「二百八十番、『おどるばか』の山口です」

「同じく、北村」

そこだけ聞くと、我々が《おどるばか》のようだ。

担当さんは、抽選本の並んだ棚をちらりと見て、

「どっちもはずれ」

壁に手をついたら豆腐だったように、当てがはずれた。山口さんは、

「じゃあ、見るだけ見せて下さい」

外見からあの時の本だと、確認できればいいわけだ。ところが、

「さっき当たりの人が来て、持ってっちゃったよ」

熱心なお客だ、かわいそうに、という目で、見てくれる。そこで、――ここが、この《事件》で、一番好きなところなのだが――わたし達はいったものである。

「で、それって、どういう本なんです」

知らずに買おうというのは、どういうわけだろう。向こうから見れば、こちらの行動もまた不可思議。《電車のおばさん達》がそうであったように、我々もまた、謎の作り手だったのだ。

しかし、プロは、変だという様子も見せず、丁寧に教えてくれた。そして、

「『おどるばか』はないんだけれどね」

「はい」

「石井漠さんの色紙ならあるよ。一万五千円。どう？」

我々は、顔を見合わせ、

「……それは、もう少し勉強してからにします」

年の初めである。一年はまだ長い。あまりに早く、ことが解決してしまうのも面白みがない、という神様の思し召しであろうと語り合いつつ、我々は古書会館を後にしたのであった。

その後の『おどるばか』

本誌前号に、このようなことを書かせていただいた。

作家の山口雅也氏は、電車の中で見た、――『おどるばか』という本を、紙袋から出し、何やら熱心に話している中年女性二人を。山口氏は、彼女たちの手にする書の、簡潔にして異様なる題名に魅かれた。《何だろう》。よほど聞こうかと思った時、二人は降りて行ってしまった。

その日から、山口氏の煩悶の日々が始まった。

これが発端。以下、わたしも、いささか、かかわることになった、『おどるばか』探求事件について述べた。今回、語るのはその後日譚である。様々なことがあったので、まとまりに欠けるのはお許し願いたい。


さて、実は、宮部みゆきさんとのトークショーでも、わたしは、これを話題にした。

「何なんでしょうねえ」

すると、それを聞いていらした鈴木千賀さんとおっしゃる方が、お手紙をくださった。検索したところ『おどるばか』は双子だというのである。

①『おどるばか』　石井漠・産業経済新聞社
②『をどるばか　人間石井漠』　山野辺貴美子・宮坂出版社

その時には、舞踊家石井漠に関する本だということは分かっていたので、①が自伝、②がそれを元にした評伝だろうと見当がついた。前号で書いた――わたしと山口さんが、あわやというところで、手から逃した本は②である。

細かいデータも書かれていた。鈴木さんはおっしゃる。《山口さんが電車でごらんになったのは①の方かと思われます。〝をどる〟だったら印象的だったでしょうし……27㎝の本をひょいと出すのも難しい気が……》。ちなみに、①の方は19㎝である。

さっそく、山口さんに電話して、読み上げたところ、ミステリ作家らしく喜ばれた。

「推理してる、推理してる」

わたしは、続けて読んだ。

「《北村さんと山口さんが直にこの本をごらんになる機会があることを心から祈っております》とあります」

山口さんは、しみじみと、

「祈られてもなあー」

これればかりは運である。

そうしたところが、本誌編集部から電話があった。

「『おどるばか』の件ですが」

「はい」

「実は、出久根達郎先生が、あれをお読みになりまして、それならお譲りしようという、お話です」

意外な展開である。山口さんに連絡したところ、《ただいま出掛けております》。そこで今回

も、ピーの後に、

「北村です。おどるばか、おどるばか」

すぐに、

「山口です。おどるばか、おどるばか」

「いや、実は、出久根先生がお持ちだそうです」

「え、本当ですか」

「はい。売るほどあるそうです」

「なるほど」山口さんは、そこで一息入れて、話し出した。「いや、北村さんが国会図書館に行っちゃいけないっていったでしょう。そんなことしたら、つまらないって。でも、僕、もーう、耐えられなくなって、――実は今日、出掛けようとしてたんです」

「あ、そうなんですか」

「今、東京のホテルなんですけどね、ビール一杯飲んで、まさに出ようとしてたんです。《その前に》と思って、留守電確かめたら、これでしょう。いやー、何かあるんですかねえ」

とにかく、《先に図書館で調べたらルール違反ですよ》といって、出久根先生のご本の到着を待つことになった。


ところが、《図書館の本》を先に手にすることになったのは、わたしの方なのである。神奈川県伊勢原市の図書館で講演をすることになり、出掛けたところ、司書の梶さんとおっしゃる方が、問題の書を二冊揃えて、待っていてくださった。

「パソコン通信で話題になっているのを見ました。これは、と思いまして、県立図書館から借りておきました」

こうまでしていただいたのを、《いや、山口さんとの約束がありますので》といって、見もしないわけにはいかない。手に取って、しばし感慨にふけった。

勿論、この話のゴールは、山口さんが見て《これが、あの日の、あの本だ！》というところにある。県立図書館本は表紙をコピーしていただいた。出久根先生からの本も届いた。こちらは②の『をどるばか』。極美本、カバー、箱つき、である。

そして、神田で山口さんと会った。

「どうなりますかねえ」

と、口にしつつ、山口さんは、本が出る前の雰囲気を楽しんでいる。コーヒーなど飲み、しばし、気を落ち着け、

「では――」

『をどるばか』を取り出す。その箱の紅色を見たとたん、山口さんは、手を横に振り、

「違う。ぜーったい、違う！」

『を』ではなく『お』ではないか、という方に傾いていたわたしは、《やはり》と思いつつ、箱から本を滑り出させた。と、山口さんが身を乗り出すではないか。

「あれ。お、おー」

カバーの方には、黒い幕の前で、石井漠がジャンプしている写真が載っている。

「これですか」

勢い込んで聞くと、

「うーん」

山口さんは、うなってしまった。赤ではないことは確かだが、こうなると微妙。二つを比較

しないと、判断がつかないそうだ。そこで、わたしは伊勢原市立図書館でのことを話した。

「じゃあ、そのコピーは？」

「ありますがね、実は——」

出して、お見せした。図書館の、しかも古い本なので、箱はいうまでもないが、カバーもなかったのである。布装の地に『おどるばか』、『をどるばか』の文字が、まさに踊っているのみだった。

かくして、最後まで明確な結論は得られなかった。

で、後段の展開で、わたしの一番好きなところは、出久根先生からいただいたお葉書の一節である。先生のお店では、この本を版元から百冊ほど買い取ったという。《だから、どうした》といわれるかも知れない。しかし、想像してみていただきたい。

それが、まとめて店頭に出ることなどはあり得ないが、万が一、百冊の『をどるばか』が積まれているところに、山口さんが来かかったとしたら、どうだろう。

その場面を想像すると、わたしは、何とも不思議な物語を読むような、おかしな気持ちになるのだ。


と、いうところで、この文章は結ばれる筈だった。しかし、《その後》の《その後》があった。

山口さんは、先日、江戸川乱歩邸の書庫訪問に行かれた。同行した京極夏彦氏が、何げなく、乱歩のスクラップの一ページを開いて、山口さんの構えるビデオカメラの前に差し出した。

山口さんは絶句した。

直木三十五の連合映画芸術家協会で『一寸法師』が映画化されたことを報じる記事。そして、何とそこに《石井漠》の三字。

舞踊家としての彼が頭にあった山口さんは、

「……石井漠が演出したんですか」

平井隆太郎先生、曰く。

「いやいや。石井漠が明智だな」

「えー」

このやり取りが、ビデオにはっきりと残っている。『をどるばか　人間石井漠』は、ついに、大乱歩に、そして明智小五郎にまで繋がったのである。

おそるべし、『おどるばか』。

いつか読む本　教えないで下さい

古典なのに、なぜ、未読なのか。本格ミステリの、特に初心の読者にとって、大きな理由となるものがある。犯人、またはメイン・トリックを、先に知らされた場合である。珍しいことではない。最近も、新聞の読書欄に『Yの悲劇』の犯人設定を明かしている文章が載った。見た時には、胸が痛んだ。

さて、小学生の時、貸本屋の漫画で、実によく出来た話を読んだ。面白過ぎる。子供心に下敷きがあるのだろうと思った。中学生になって、ミステリの入門書を読み、クリスティーの『そして誰もいなくなった』(早川書房)そのままらしいと知った。原作何々と断ってあったのなら、納得出来る。読んだ自分の責任である。そうではなかった。口惜しかった。おかげで、いまだに読めずにいる。そうこうするうちに映画版も舞台版も観てしまったから、皮肉なことに、内容には詳しくなる一方である。

これが、わたしの「いつか読む本」である。ところが、似た条件で「読んでしまった本」について、もっと面白い話がある。この場を借りて書いておきたい。

高校生の頃、坂口安吾の「推理小説論」を読んでいたら、横溝正史『蝶々殺人事件』の「犯人○○」という一節が目に飛び込んで来た。名前をあげる必要もない、単に「犯人」と書けばすむ箇所なのに、そうなっていた。トリックに深入りせず書いてあったから油断していた。そこを、いきなり辻斬りに斬られたようなものだ。

これは本当の話だが、わたしは、ノートに「犯人は□□」などと別の名を書き、記憶の消去に努めた。苦労のかいもなく、その名を忘れられぬまま、ついに『蝶々』を読んだ。——すると信じられないことに、犯人は○○ではなかった。

『安吾全集』でも、こんなところに、「実は記憶違い」などという注はつかないだろう。もっとも、そうした上に、御丁寧に真犯人まで書かれたら困るわけだが。

エドセルと今川焼き

夏を迎える頃、テレビの衛星放送で、映画『ペギー・スーの結婚』を観た。倦怠期のさなかにある中年の主婦、ペギーが、ふと気が付くと、学生時代に戻っている——というお話だ。小説にしろ、映画にしろ、人生をやり直せたらというパターンは、実によく使われる。

その中で、一番印象に残ったのは、実は、本筋とは関係のないところだ。場面は時間をさかのぼった数十年前、ペギーの父親が、意気揚々と帰ってくる。新車を買ったのだ。表に出ると、大きな大きな車が横付けされている。父親は、つやつやと光る車体を指して、自慢げにいう。

「エドセルだ」

途端に、ペギーは手を打って笑い出す。家族は目をぱちくりさせる。——ここで、日本の観客の多くも、きょとんとしたのではないか。字幕では説明のしようがなかったのだろう。物語は、そのまま進んで行く。しかし、ここは、ペギーが過去を知っているということが如実に分かる、洒落た、おかしい場面なのだ。

米語にくわしい人なら、すぐに分かるところだろうが、わたしは語学の方からではなく、知識として知った。確か、板坂元氏の著書、『日本語横丁』に出ていたのだと思う。随分前に買った本なので、今、とっさに出て来ない。記憶をたどっていうしかないが、フォードのエドセルといえば、鳴り物入りで売り出されながら、出来がよくなく、まことに評判の悪かった車らしい。板坂氏によれば、あちらでは、駄目なもの一般を「あれはエドセルだ」とまでいうそうだ。

ルーイス・キャロルは、「チェシャ猫のように笑う」という英語の慣用句から、この世には実体として存在しない「チェシャ猫」を抜き出し、『不思議の国のアリス』の中に登場させた。「エドセル」の方は逆で、決まり文句になると抽象性を帯びる。いったんそうなってしまった「くず」の代名詞が、目の前に「現物」として登場する。ここに、何ともいえない奇妙な味わいが生じる。

同じ駄目になったものでも、「倒産する会社の株を買った」などというのでは洒落にならない。「エドセル」の場合には、どこかユーモラスな語感がある。ここは、それを知っている観客が、ペギーと共に、吹き出すところなのだ。

さて、この夏、家族旅行に行った。ある街で、名物、饅頭作りの実演を見た。職人さんが見事な手つきで、餡《あん》をくるんでいく。手の内で、皮を均一に、薄く薄く、布のように伸ばし、餡を覆っていく。

その内に、小学生の娘がいった。

「――おじさん、照れないのかな」

ガラス一枚を隔て、囲むようにして、見られているからである。

「照れないんだよ」

「――嫌じゃないのかな」

「嫌じゃないんだよ」

あっさり否定されてしまった娘は、「それならどうだ」とばかりに、

「――でもさ、皆が天狗のお面かぶって、ガラスに鼻つけて見てたら、嫌だろうね」

なかなかにシュールな状況である。子供が、こういう月並みでないことをいってくれると、とても嬉しい。

「そりゃあ、嫌だろうね」

笑いながら、饅頭を買った。その場は、それだけで終わったのだが、後で考えてみると、これがエドセルに繋がる。

自分が小学生の頃に見た、この手の実演販売は何か、と考えたのである。――今川焼きである。駅の近くの店で、冬になるとやっていた。

鉄板の型の、丸い穴の列を、溶かされた小麦粉の白が、すうっと横に走る。やや焼けて、縁が狐色になり、ぷくぷくと表面が泡立つ頃に、それぞれに餡が切り落とされる。餡を入れない半面は、千枚通しのような道具で刺され、器用に穴から引き抜かれる。そして、下の半分の上に、シンバルを合わせるように乗せられる。

辺りには、舌なめずりをしたくなるような、香ばしい匂いが漂っていた。ソフトクリームなどというものには、まだ都会に行かなければ、お目にかかれなかった頃の、寒い季節の話である。

中学生になった頃、テレビで『織田信長』という少年向け連続ドラマをやっていた。それで戦国時代に興味を持ち、図書館の百科事典を調べた。かなり古い事典だったと思う。「今川義元」を見たら、すぐ近くに「今川焼き」が載っていた。

百科事典を読む楽しさは、こういうところにある。そこには、こんなことが書いてあった。――田楽狭間の合戦で、たちまちに敗れた今川義元をもじって、「即座に焼ける今川焼き」といったのが名の起こり。

ユーモラスで、そして、ちょっと哀しい。「こんなマイナス・イメージで、饅頭に名を残すというのも、つらいな」と、思ったものだ。

考えれば、「失敗」の刺《とげ》が、時にくるまれ鋭さを隠し、諧謔の色合いを帯びて来るところは、「今川焼き」と「エドセル」に、共通する。いかに緻密に計画したところで、取り返しのつかぬ失態を演じるのが人間だ。ここには、そういう人の営みが垣間見える。

ところで、旅行を終え家に帰ってから、平凡社ＣＤ－ＲＯＭ版『世界大百科事典』で、「今川焼き」を見た。こちらでは、その名の起源は「江戸神田今川橋付近で売り出された」ため、とされている。最新の説明である。中学校の図書館で読んだのは、妄説なのだろう。

とはいえ、こんなわけで、わたしは、「即座に焼ける今川焼き」にも捨て難い味を感じるのだ。

きらきら星の夜

中学生の時に、ポータブルのレコード・プレーヤーを買ってもらった。ＣＤなど、まだ影も形もない頃である。父が何枚か、レコードを借りて来てくれた。それで聴いた初めてのモーツァルトが、ワルターの『四十番』だった。二十五センチ盤で、その一曲しか入っていなかった。第一印象というのは強烈なものだ。『ト短調』に関しては、例えば後でベームなどの演奏を聴いても、しっくりこなかった。合わないシャツを着たように、ぎくしゃくした感じになってしまった。人によって曲の表情が変わるのを聴く。そこにこそ、醍醐味があると分かるのは、しばらく経ってからである。

やがて、ストコフスキーが来日した。わたしの親の世代には、映画などでもなじみ深い指揮者だ。ディズニーの『ファンタジア』では、ミッキーマウスと「やあ」とばかりに握手している。父が聴きに連れて行ってくれた。会場は、なんと日本武道館だった。『運命』の途中で、工事でもやっているようなドカーンという音が、外から響いた。ストコフスキーが眉を寄せ、音のした方をにらんだ。何だか申し訳ない気がして身を縮め、心の中で「すみません」と謝ってしまった。わたしの行った、初めてのコンサートがこれである。

さて、現代では、国と国が近くなり、メンデルスゾーンの『ホ短調』の凄いＣＤが出たと話題になると、その若いヴァイオリニストの演奏がすぐに東京で聴けるようになった。

「あ、来たんだ」と思ったのが、ついこの間のことのようだが、それも、もう大分前のことになってしまった。ナージャ・サレルノ＝ソネンバーグである。

プログラムを見ると、彼女がいたり、モーツァルトの弦楽四重奏では『十五番ニ短調』があったり、声楽もピアノも管弦楽も——と、いった具合。真夏の夜のコンサートは、どの晩もどの晩も、きらきら星が並んだように輝いている。

日本橋——傘と粗品

地下鉄日本橋の駅で、可哀想なおじさんを見ました。わたしは、東西線に乗っていました。ホーム側を向いて座っていたので、一部始終が、よく分かりました。すでに発車のベルは鳴っています。そこに、おじさんがかけて来たのです。駅では、よくある光景です。後、ほんの少しのところで間に合いません。ドアは無情に閉まって行きます。

——さて、そこでどうするか。普通はあきらめ、くるりと向きをかえ、「気にしてないよ」といった顔をするところでしょう。ところが、その日は雨でした。おじさんは手に傘を持っていたのです。それをフェンシングでもするように伸ばし、閉まるドアの間に、先端を入れたのです。

そんなことをする人を初めて見ました。心の動きは手に取るように分かります。「いったん、ドアは傘を挟む。それから、異物を検知して開くだろう」——こう考えたのでしょう。もしかしたら、会社などで、閉まりかけるエレベーターに手を差し込み、よく開けている人かも知れません。

車内の視線を浴びながら、傘は、ちょうど真ん中辺りをドアに押さえられ、宙に浮いた形になりました。地下鉄の車両の中に、外から団子の串でも刺し込まれたようです。おじさんは、ホームで傘の柄を握っています。計算通りだったのでしょう、——ここまでは。しかし、「うまいなあ。俺も今度やってみよう」と、思ってはいけません。ドアは開かなかったのです。電車は串を刺したまま、ゆるゆると走りだしました。

さあ、おじさんはあわてました。傘を咄嗟に引き抜こうとしました。しかし、うまくいかない。柄をつかんだまま、数メートル走ってあきらめ、手を離しました。転んだりしなくてよかったと、ほっとしました。自分にも他人にも危ないことをしたのですから、自業自得。それにしても、乗れない上に、傘を取られ、まさに踏んだり蹴ったりです。

ところで傘の方ですが、電車が次の駅に柄を突き出したまま入って行ったら危険です。ドアの近くにいた人が、出来る限り車内に引き入れたように思います。わたしは茅場町で降りましたが、傘の方は、そのまま、遺失物になったのだろうと思います。

地下鉄には、もう半世紀近く乗っていますが、いろいろなことがあるものです。

わたしが子供の頃、東京は「東京」でした。つまり、特別なところ、そこに行けば何でもありそうなところだったのです。そういう特別なものの一つが地下鉄でした。だって、そうでしょう。穴を掘って、地面に電車を通してしまうんですよ。これは驚異です。

最初に乗ったのがいつか、覚えていません。しかし、路線の見当はつきます。銀座線です。わたしのいる埼玉の町から東京に出るには、昔は、まず浅草に行くのが決まりでした。そこから、上野、日本橋、銀座方面へと走っているのが、日本最古（だったと思います）の銀座線です。「これが話に聞く地下鉄というものか」と思ったに違いありません。

中学生の頃、友達と二人で、そのコースをたどって、日本橋で降りたことがあります。どうしてかといえば、デパートが複数あったからです。ああ、東京のデパート！　今は何でもありません。しかし、当時の田舎の中学生にとって、それは魅惑に満ちたものでした。

今はなき白木屋デパートの入り口に着いた時です。二人の制服のお姉さんが立っていました。わたしの方を見ると、

「あの子にしようか」

と、いうのです。何だろう、と思いました。空耳ではありません。お姉さん達は、わたしに話しかけて来ました。

「ねえ、どこから来たの」

要するに、客層の調査だったのですね。どこから何線に乗ってやって来たかを答えると、御礼をいわれて、手のひらに載るくらいの紙箱をもらいました。「粗品」です。開けてみるとプラスチック製の物入れでした。今でも、ほぼ正確に思い浮かべることが出来ます。透明のケースに、蓋がレモンイエロー。その黄色に、黒で二の字を書くように、横になった二匹の魚が描かれていました。うちに帰って両親に見せました。


あの時、二十ぐらいだったお姉さん達は、今はどこで何をしていらっしゃるのでしょう。にこにこ笑って、いかにも入社したてのような顔でした。中学生のわたしは、ごくごく単純に、「ああ、白木屋っていいなあ」と思いました。ファンになったのです。だから、お店が消えたのは残念でした。さらに年月が流れ、今度は同じ場所を引き継いだ東急が、幕を閉じるというニュースを聞きました。寂しくなりました。しかし、その一方、日本橋のあちこちで、また新しい笑顔がお客さんを迎え、「あそこ、いいなあ」と語るファンを作っているのだろうな、とも思いました。

私とモノとの出あい　うちの子

うちの子が一番、可愛い——といいます。本当の「子供」の場合はもちろん、ペットなどを飼い始めたときも口にするようです。

そこで、「モノ」の話になります。わたしは、旅行は好きですが、外国に行こうとは思いません。それどころか、動くのはほとんど東北から関西の間——つまり、本州から出たことさえ数回しかないのです。

九州も二回行ったきりです。二回目は仕事でした。福岡に一泊し、翌日がフリー。ただ帰って来るのもつまらないから、佐賀県の有田まで足を延ばしてみました。そこの陶磁器センターで買ったのが湯飲み茶わんです。窯元まで行ったのに、何と有田焼ではない。しかしながら、棚にあったのを見て、迷わず手に取っていたのですから、縁というしかありません。

鉄錆色《てつさびいろ》の地の三方に、図案化された葉のそよぎが、すっと描かれている。間に、指の腹の跡を残して、くぼみがつけられている。ここに、持つ者の親指が誘われます。持って落ち着きます。さすがに家族には有田を買いましたが、自分用はこれと決めました。

家に帰って使ってみると、お茶を飲むときの口も、「来い」と言われたように、へこみに向かいます。すると、釉薬《ゆうやく》でわずかに膨らんだ縁の微妙な感触が、今度は唇に心地よいのです。

これはいい買い物をしたな、と思いました。それ以来、日本茶を飲むときの、ひいきの茶わんになりました。

さて、今年の春のことです。ある版画展を観るために、千葉県の柏というところに行きました。帰りにデパートに寄り、陶磁器の売り場をのぞいて、あっと言いました。佐賀と千葉という遥《はる》かな距離と時間をおいて、あの茶わんの兄弟に巡り合ったのです。同じデザインながら、そちらの地肌は赤みがかかっていました。奇遇に驚きつつ、思ったものです。——うーん、これは、うちの子の方がいいな、と。

うちの秘蔵っ子　不思議の国の猫

家族の誕生日は、三月に二回、それから七月と十二月にありました。今度、そこに二月十八日が加わりました。

去年の春、うちに来た時には、手のひらに乗りそうなくらい小さかった《ゆず》が、いつの間にか一歳になったのです。今、幼い頃の写真を見ると、顔が小さく耳が大きく見えます。童顔だったのだなあ、と思います。

飼い主である下の娘と、話します。

「早いねえ」

「うん」

「猫の一つは、人間の何歳だろう？」

「大体、十八ぐらいじゃない？」

「それじゃあ、大学受験だ」

「大変だね」

「ゆずもネコ大学に、受けに行ったりして——」

「どんな試験かなあ」

試験官になったつもりで、演じてみます。頭に浮かぶのは、白い髭のふさふさと生えた、太ったネコ先生です。房のついた大学の帽子をかぶっています。

「（エヘン）えー、では質問です。猫にはアビシニアン、ペルシアなどの種類があります。では、あなたは、何という種類の猫ですか」

「――アメリカンショートヘアのブラウンタビー」

「それが正解だね。さて、どうなるかな。《ゆず》は『はいっ』と手を挙げて――きっぱり、『ゆずですっ！』。――うーん、残念、不合格」

娘は、いけないといいます。

「可哀想だよ。みんな、合格」

「じゃあ、《ゆず》も大学生だ」

次の疑問。

「ネコ大学は、どんな授業をやるのかな」

先生が、いいます。

「えー、では、猫の食生活について調べます。宿題です。一回分のキャットフードは何粒あるか、数えて来て下さい。――《ゆず》は手を挙げて、きっぱり「はいっ」。さて、おうちに帰ったら、声がしました。『ご飯だよー』。『わーい』と叫んで、跳んで行く。パクパクパクパクパク――。気がついてしょぼん。『全部、食べちゃったー』」

娘は、にっこりしていいます。

「それでいいんだよ」

――というようなわけで、《ゆず》が来たおかげで、会話も増え、空気も増えました。後の方は、感覚の問題です。家族が泊まりがけで、どこかに行ったような時、一人で留守番していると、家が痩せたように感じます。今、目の前にいなくとも、この家のどこかに家族がいれば違う。自分を包む空気まで、ゆったりします。

その人間の数に《ゆず》が加わったのです。柔らかな生命が、この屋根の下で息づいているだけで、不思議なくらい、空気が変わって来るのです。

不思議といえば、こんなことがありました。以下四行ほどは他でも書いたことなのですが、次の枕になりますので、お許し下さい。

《ゆず》がうちに来たばかりの頃、トイレットペーパーのロールを転がしてやると、喜んでじゃれていました。しばらくして気がつきました。そのペーパーの銘柄名は《ダイナ》なのです。びっくりしました。あの『アリス』の子猫の名前ではありませんか。――ずっと《ダイナ》と遊んでいたのか、この子は不思議の国の猫だなあ、と思いました。

つまり、名前の持つ神秘性、偶然というものの面白さを感じたわけです。さて、夏、秋、冬と過ぎて、ここからが最近の出来事です。

本名に対して、愛称、呼び名というのはあるものです。《ゆず》もいつの間にか、時に《ゆーじん》と呼ばれるようになりました。食べ物を盗み食いしようと探していると、抱き上げられ、「こら、《ゆーじん》」などと叱られます。もうちょっとのところだと、いかにも無念そうに、「イヤーン」と鳴きます。

ところで、《ゆず》に続いて、三月には飼い主の子の誕生日が来ます。東京でデパートに入ったついでに、プレゼントを買っておこうと思いました。絵葉書売り場を見たら、さすがに猫物が、たくさんあります。よく売れるのでしょう。何枚か選んで、カウンターに持って行きます。他の品物とあわせて、

「何か、リボンを貼って下さい」

と頼みました。

売り場の人は、剝離剤をつけて、丁寧に値段の表示を剝がしてくれます。

「お手数かけます」

と恐縮しながら、自然、その手元を見つめることになります。すると、表の写真だけで選んでいた時には気づかなかったメーカー名が見えました。目を疑うとは、このことです。そこには、こう書かれていたのです。

――《ユージン》。

さあ、どっち？

古書店というと冷たい。古本屋さん、というと丸く温かい。嫌な思いをしたことは、あまりない。しかし——という話である。

学生だった頃、よく行くお店に入った（神田ではない）。改造社版の『菊池寛全集』があった。三段組で五百ページを越える大冊である。『1』を手に取った。六長編が収められている。戦後の文藝春秋の全集には、長編が少ししか収められていない。「これで補える、買おう」と思ったが、いくらか分からない。値段が外箱と中に二つ付いていて、食い違う。どうしてそうなったかは簡単だ。隣に『3』がある。こちらは短編集だから必要ない。確認すると案の定、『3』の箱と『1』の中、また、その逆とが合致する。単純な取り違えである。二冊をレジに持って行き、「『1』を買いたいのですが、どちらの値が正しいのでしょう」と聞いた。若い男性だったが、高い方を示した。「珍しいからな」と、不思議にも思わず、お金を払い、家に帰った。これだけなら、何でもない。翌日、その店に行くと、残った『3』に高い方の値段を付けて並べてあった。

値を付けるというのは、古本屋さんの誇りを賭けた行為だと思っていた。自分が帰るとすぐ、言葉とは裏腹に値を付け替える指の動きが頭に浮かんで、耐えられなかった。信じていた老舗だったから、衝撃は大きかった。我慢出来なくなり、必要のない『3』を買った。昨日のことをいい、安い方のお金を並べた。そうしなければ自分の損得の問題になり、「正しい値による売買」が消えてしまうからだ。今、思えば、随分、生意気な学生だったと思う。
それにしても、これの『1』と『3』、本当はどちらが高いのだろう。

幻の男

中学生の時、初めて宇宙中継が行われた朝、テレビが、ケネディ大統領暗殺を報じた。その画面も記憶に残ったが、しばらく後の夕刊に載っていた小話も忘れ難い。大統領職はわずかの間も空けておけない。そこで、すぐ、副大統領のリンドン・ジョンソンが宣誓をし、ホワイトハウスの主となった。彼はいきなり舞台の前面に押し出されたのである。普通、副大統領という存在は影が薄い。そこで——といって紹介されていたのが、こういうジョークだ。「兄弟がいた。兄は外人部隊に入り、弟は副大統領になった。二人とも、今は行方知れず」。うまいと思った。小学生の頃、「ディズニーの国」という漫画雑誌の中に、ドナルドダックが大失敗をする話があった。結びで、ドナルドの甥達が「おじさんは、町の人に顔向けが出来なくて、外人部隊に入ったよ」といっていた。それと副大統領を結び付けたのを、いかにもアメリカ的だと思った。

ところで、姿の見えなくなった「副」なら、日本にも実際にいる。何のことかというと、自動車の助手である。私がこれを初めて意識したのは、谷崎潤一郎の『春寒——渡辺温君のこと——』という文章を読んだ時である。渡辺温は雑誌「新青年」に独特の輝きを持つ短編を発表した作家であり、同時に編集者でもあった。谷崎の原稿を貰いに行った時、乗ったタクシーが、《神戸と大阪の真ん中辺》の踏切で貨物列車と衝突し世を去る。昭和五年のことであった。谷崎は書く。《助手と渡辺君は左側に、運転手と楢原君は右側に乗っていた。そして最初の一撃に運転台の右のドアーが開いて運転手は跳ね飛ばされ、暫くしてから助手が跳ね飛ばされ……》。

勿論、渡辺温への哀悼の意の、よく伝わって来る文章なのだが、ここの部分を読んだ時には、タクシーに助手が乗っているということに驚いた。続けて谷崎は、この踏切の危険性について語り、僕はいつも《踏み切りの前でエンヂンの呻りを止め、助手を線路へ出してみてから渡るようにしていた》と書く。してみると、タクシーに助手が同乗しているのは、ごく当たり前のことらしい。思えば、今でもあのシートを助手席というではないか。人に聞くと、戦前は実際そうだったという。

ところが、これが一種の「見えざる人」で、冒頭にタクシーを使った小説として名高い菊池寛の『三家庭』（昭和八〜九年）を開いても、助手がいるのかどうか、判然としない。当たり前のことなら、ことさら書く必要もない。タイヤがあったと明言されなくとも、自動車にタイヤはある。描写がないからといって、助手がいなかったとはいえない。『映画の昭和雑貨店・完結編』（川本三郎）の「タクシー」の項には、助手のいる円タクの写真が載っている。ところが、文章には《助手席に助手が乗っているタクシーも走っている》とある。《も》とあれば、《乗って》いない方が主流ということになる。そこで『愛染かつら・総集編』（昭和十三年）というビデオを買って来て、以前、テレビで観たことのある、ヒロインが駅に駆けつけるシーンを確認した。この場面のタクシーには助手がいないように見えた。

となると、最初は旅客機に副操縦士がいるように助手同乗が常識であったものが、やがて運転手だけのタクシーも現れ、次第にそちらの数が増えたのではないか。

自家用車ならどうか。持ち主が自ら運転する車に、助手などつく筈はない。しかし、お抱え運転手を雇えるような家ならどうだろう。伯爵家に運転手と助手が雇われている——という実話に基づく小説を見つけたが、その二人が、常に並んで乗っていたものかどうか、役割分担が分からない。この助手は運転が出来るので、「副」といった役回りであると推測出来る。

前田侯爵家の令嬢であった酒井美意子さんの『ある華族の昭和史』を読むと、女子学習院への送り迎えをしたフォードには、お付きの他に、制服制帽の運転手と助手が乗っていた——と明記されている。しかしながら、こちらの助手の役目は《ドアを開けたり閉めたりするだけである》というから、どちらかというとガードマンに近いようだ。

さて、記録の上では影の薄い、自動車の「助手」であるが、その実態はどういうものだったのだろう。

付記　この稿、掲載後、多くの方から、ご教示のお手紙をいただいた。初期の車は、エンジンを始動させるため、前に回ってクランクハンドルをさしこみ回す者が必要で、助手の存在は不可欠だった——ということである。

あとがき

丸谷才一先生が訳されたジョイス作品の中に、小学館から出た『猫と悪魔《歴史的假名づかひの絵本》』があります。娘がまだ小さい頃、一緒に読んでいました。ページが進むと、悪魔が出て来ます。長身でメガネをかけた紳士です。その絵を見て、娘がいいました。

「あんどー」

ワセダ・ミステリ・クラブ時代の友に、書評などで健筆をふるった安藤恭一氏がいます。卒業後も、この仲間と一緒に小旅行に出掛けています。娘にも、旅行中の写真を見せていました。

いわれてみれば、安藤氏は長身にメガネ。ジョイスのいうような《ダブリンなまり》などありませんが、絵の持つ雰囲気は似ています。嬉しくなって、さっそく電話しました。

そこから数えても、長い年月が流れました。

今回、この本のゲラを見、またまた安藤氏にかけてしまいました。

「ブランドの『ジェミニー・クリケット事件』、最初に絶賛してたの、安藤だっけ?」

「いや、二人でほめたでしょ」

この安藤氏は、クラブ入部の際、記入する用紙の《好きな作家》欄に、クリスチアナ・ブランドと書いた嬉しい人です。そんな大学一年生がいたのです。

「いやー、僕だって驚きましたよ。ブランドのこと話せる人がいるなんて、さすが大学だなあ、と思いました」

その頃、ブランドに関する資料は少なく、一般的なものとして『緑は危険』『疑惑の霧』『はなれわざ』について語られたものぐらいでした。わたしは、

「いや、ベストワンは『ジェゼベルの死』だよ」

と、持論を展開しました。評価されるためには、まず読まれねばなりません。安藤氏でさえ、入学時には読んでいませんでした。ミステリ・クラブ内での『ジェゼベル』顕彰に努めたわけです。作品の力ですが、賛同者は徐々に増えていきました。

あの頃、『ジェゼベル』のことをいう人はなく、当時の紹介文をブランド航海の地図にしていたら『はなれわざ』という島に行き着くのは当然。一九八五年、文春のミステリーベスト100アンケートで、『はなれわざ』が三十八位になったのも頷けました。一方、『ジェゼベル』は九十位と健闘。これについて書く機会を与えられたわたしは、

——よーし、『はなれわざ』より『ジェゼベル』だよ——と書いてやろうっ！

と、闘志を燃やしました（勿論、『はなれわざ』も『疑惑の霧』も面白いですよ）。

『招かれざる客たちのビュッフェ』の解説では、『ジェミニー・クリケット事件』について《かの有名な》そして《もはや古典》と書きました。実際には、昔、安藤氏との間で盛り上がっただけでした。ある方が、その後、《そんな有名な作品を知らなかった》と書いていらっしゃいました。それが普通。これも戦略的に、

——よーし、《定説》にしてやろうっ！

と、書いたものです。

『三つの棺』については、やはり我が友、名編集者斎藤嘉久氏の顔が浮かびます。我々が、ミステリ・クラブにいた頃は、カーの代表作であるこれが入手困難でした。いちはやく入

手して読んだ氏が、フェル博士の《われわれは推理小説の中にいる人物》という言葉を取り上げ、クラブノートで熱く語りました。氏の後で読んだわたしは、問題の箇所に至り、

——ああ、ここかあ……。

と思ったものです。それまで『三つの棺』について書いた人も、ここを問題にはしていなかった。皆が素通りしていました。見逃さなかった斎藤氏の目は見事です。

——よーし、埋もれた言葉を《名言》にしてやろうっ！

と意気込んで、ペンをとったものです。

安藤氏と電話で語り合っていると、昔の熱気がよみがえって来ました。それにしても、ミステリ・クラブってすごい《場》だったなあ——と、あらためて思います。

ここに収められた本に関するエッセイの多くは、そういう幸せな時代の熱の中に根を置くものです。

作品リスト（登場順）

1　読書　1978〜2001

高校生の文章表現　鈴木亮一編
レ・ミゼラブル　ヴィクトル・ユーゴー
現代文の書き方　扇谷正造
日本人の言語表現　金田一春彦
駈込み訴え　太宰治
思い出の断片　津島美知子
かもめ　チェーホフ
現代作家と文章　安岡章太郎編
わが文学半生記　江口渙
吾輩は猫である／行人／こころ　夏目漱石
黒岩涙香　小酒井不木　甲賀三郎集／江戸川乱歩集／大下宇陀児　角田喜久雄集／夢野久作集／浜尾四郎集／小栗虫太郎集／木々高太郎集／久生十蘭集／横溝正史集／坂口安吾集／名作集1／名作集2　日本探偵小説全集

Yの悲劇／黄色い部屋の謎／死の接吻／ブラウン神父の童心／三つの棺／はなれわざ／災厄の町／ギリシア棺の謎／ジェゼベルの死／獄門島／不連続殺人事件／黒死館殺人事件／黒いトランク／黒い白鳥／りら荘事件／バイバイ、エンジェル／半七捕物帳／人生の阿呆／殺人鬼／顎十郎捕物帳／完全犯罪／石の下の記録　東西ミステリーベスト100

Xの悲劇　エラリー・クイーン

推理小説の歴史はアルキメデスに始まる　フレイドン・ホヴェイダ

ローズマリーの赤ちゃん　アイラ・レヴィン

探偵小説弁護　ギルバート・K・チェスタトン

プレーグ・コートの殺人　カーター・ディクスン

本陣殺人事件　横溝正史

ヨット（船上）の殺人　チャールズ・P・スノウ

人外魔境　小栗虫太郎

憎悪の化石　鮎川哲也

Xの悲劇　エラリー・クイーン

ヘンリー四世　ルイジ・ピランデルロ

白昼の死角　高木彬光

青の時代　三島由紀夫
裸で転がる／薔薇荘殺人事件／死に急ぐ
もの／砂の城／わらべは見たり／笹島局
九九〇九番／女優の鼻　鮎川哲也
唇のねじれた男　アーサー・コナン・ドイル
わるい風／私の推理小説作法／南の旅、
北の旅／虚ろな情事／地虫／緋文谷事件　鮎川哲也
年はいくつだ　ジャック・リッチー
暗い穽　鮎川哲也
推理小説ノート　中島河太郎
赤毛のレッドメーンズ　イーデン・フィルポッツ
幻の女　ウイリアム・アイリッシュ
グリーン家殺人事件／僧正殺人事件　ヴァン・ダイン
バスカヴィル家の犬　アーサー・コナン・ドイル
Yの悲劇　エラリー・クイーン
怖るべき娘達　パット・マガー
アクロイド殺害事件　アガサ・クリスティ
樽　フリーマン・ウイルス・クロフツ
黄色い部屋の謎　ガストン・ルルー
闇からの声　イーデン・フィルポッツ
813　モーリス・ルブラン

作品リスト

男の首　ジョルジュ・シムノン
推理文壇戦後史　山村正夫
被害者を捜せ！／探偵を捜せ！／四人の女　パット・マガー
地獄庵蔵書目録　戸川安宣
ハムレット　ウイリアム・シェイクスピア
恐るべき子供たち　ジャン・コクトー
時間の檻／雪姫／達也が笑う／五つの時計　鮎川哲也
鏡地獄／目羅博士の不思議な犯罪　江戸川乱歩
黒死館殺人事件　小栗虫太郎
虚無への供物　中井英夫
白い密室／赤い密室／早春に死す／愛に朽ちなん／道化師の檻／悪魔はここに／黒いトランク／黒い白鳥／不完全犯罪／硝子の塔／地虫／憎悪の化石／ああ世は夢か／人買い伊平治／赤い密室　鮎川哲也
アンドロマック　ジャン・ラシーヌ
碑文谷事件／達也が嗤う／誰の屍体か／冷凍人間／金魚の寝言／他殺にしてくれ／マガーロフ氏の日記／ベッドの未亡人　鮎川哲也

／罪と罰／暗い河　鮎川哲也
文殊の罠　鷲尾三郎
下り〝はつかり〟／鍵孔のない扉／砂の
城／積木の塔／妖塔記／プラスチックの
塔／風の証言／城と塔　鮎川哲也
五つの棺　折原一
人生の阿呆　木々高太郎
柳桜集（緑色の目／文学少女／「文学少
女」を読む＝江戸川乱歩）　木々高太郎
探偵小説四十年／彼　江戸川乱歩
一粒の麦若し死せずば　アンドレ・ジード
探偵小説二年生　木々高太郎
折蘆／わが女学生時代の罪　木々高太郎
黒死館殺人事件　小栗虫太郎
殺人鬼　浜尾四郎
網膜脈視症　木々高太郎
話の屑籠　菊池寛
探偵小説四十年　江戸川乱歩
蛍草／破船　久米正雄
批評の標準　木々高太郎
点と線／木々先生のこと　松本清張

鍵孔のない扉　鮎川哲也
死の味　フィリス・D・ジェイムズ
うた――その幻の作家を探る／憎悪の化石　鮎川哲也
孤島パズル／月光ゲーム／やけた線路の上の死体　有栖川有栖
ナイン・テイラーズ　ドロシー・L・セイヤーズ
源氏物語　紫式部
招かれざる客たちのビュッフェ／猫とねずみ／ジェゼベルの死　クリスチアナ・ブランド
大あたり殺人事件／大はずれ殺人事件　クレイグ・ライス
はなれわざ／事件のあとに／ゆがんだ光輪／血兄弟／疑惑の霧／ふしぎなマチルダばあや／婚姻飛翔／カップの中の毒／ジェミニー・クリケット事件／スケープゴート／もう山査子摘みもおしまい　クリスチアナ・ブランド
いざ言問はむ都鳥　澤木喬
探偵小説の世紀・下　ギルバート・K・チェスタトン編
猫が死体を連れてきた　シャーロット・マクラウド
ゆく水にかずかくよりもはかなきは／飛び立ちかねつ鳥にしあらねば　澤木喬

Look what I can do　ホセ・アルエゴ
我らが隣人の犯罪／魔術はささやく／龍は眠る／本所深川ふしぎ草紙／火車／パーフェクト・ブルー　宮部みゆき
IT　スティーブン・キング
白い密室　鮎川哲也
くらやみ砂絵　都筑道夫
亜愛一郎の転倒　泡坂妻夫
運命の八分休符　連城三紀彦
この子誰の子／サボテンの花／祝・殺人／気分は自殺志願　宮部みゆき
名探偵オルメス　カミ
キッド・ピストルズの妄想　山口雅也
十日間の不思議／九尾の猫／悪の起源／ダブル・ダブル／最後の一撃／盤面の敵／Yの悲劇　エラリー・クイーン
生ける屍の死　山口雅也
サボテンの花　宮部みゆき
時のかたち　服部まゆみ
永劫の庭／ノアの最後の航海／反重力の塔　山口雅也

慟哭　貫井徳郎
凍える島　近藤史恵
さびしがりやに捧げる首ナシ殺人　風田二兎
青き沈黙　瀧まゆみ
『三國志』のために　桑原武夫
ヴァレリ會見記　アラン
砂漠の情熱／Z・マルカス／ゴリオ爺さん／捨てられた女／ユルシュール・ミルエ／悲戀／ゴプセック／従妹ベット／ウジェニー・グランデ／谷間の百合　オノレ・ド・バルザック
日本におけるバルザック書誌　原政夫
舞姫通信／見張り塔からずっと　重松清
生ける屍の死　山口雅也
眠りの森　東野圭吾
われよりほかに　伊吹和子
鉄鼠の檻　京極夏彦
名探偵の掟／『花のOL湯けむり温泉殺人事件』論　東野圭吾
湯の町連続殺人事件　サスペンス劇場
暴かれた美人OLの過去！　ヨロイ武者は呪いか？　謎の男は見ていた！／底抜　しりあがり寿&西家ヒバリ

けカフェテラス　しりあがり寿&西家ヒバリ
妖人ゴング　江戸川乱歩
名探偵オルメス　カミ
切断の理由／むかし僕が死んだ家　東野圭吾
廃市　福永武彦
初旅　丸谷才一

百日紅の下にて／獄門島（横溝正史）／聖アレキセイ寺院の惨劇／黒死館殺人事件（小栗虫太郎）／推理小説ノート（中島河太郎）／小笛事件（山本禾太郎）／殺人鬼（浜尾四郎）／二銭銅貨（江戸川乱歩）／不連続殺人事件（坂口安吾）／孤島の鬼／赤い部屋（江戸川乱歩）／途上（谷崎潤一郎）／D坂の殺人事件（江戸川乱歩）／高木家の惨劇／奇蹟のボレロ（角田喜久雄）／虚像／石の下の記録（大下宇陀児）／アンゴウ（坂口安吾）／三の字旅行会（大阪圭吉）／青服の男（甲賀三郎）／「文学少女」を読む（江戸川乱歩）／お文の魂／かむろ蛇（岡本綺堂）／

なめくじ長屋捕物さわぎ（都筑道夫）／私の推理小説作法（都筑道夫）／川越次郎兵衛／三つの声（岡本綺堂）／半七捕物帳を捕る／半身棺桶（山田風太郎）／推理作家の出来るまで（都筑道夫）／春の雪解（岡本綺堂）／監獄部屋（羽志主水）／途上／私（谷崎潤一郎）／アルセーヌ・リュパンの逮捕（モーリス・ルブラン）／アクロイド殺害事件（アガサ・クリスティ）／ある抗議書（菊池寛）／わが切抜帖より／三百六十五日（永井龍男）／新月（木々高太郎）／玄宗の心持（菊池寛）／霧しぶく山（蒼井雄）／小笛事件／探偵小説と犯罪事実小説（山本禾太郎）／藪の中（芥川龍之介）／「オカアサン」／陳述（佐藤春夫）／瘋癲老人日記（谷崎潤一郎）／点眼器殺人事件（海野十三）／上海された男／舞馬（牧逸馬）／偽眼のマドンナ（渡辺啓助）／父を失う話／可哀相な姉／兵隊の死（渡辺温）／カナカナ姫（水谷準）／ヂャマイカ氏の実　日本探偵小説全集11　名作集1

験／ママゴト／スタイリスト／憂愁の人／絶壁／幻想唐艸／模型／古い長持（城昌幸）／幻の探偵作家を求めて（鮎川哲也）／魔（地味井平造）　日本探偵小説全集11　名作集1

赤い密室／青い密室／人それを情死と呼ぶ　鮎川哲也

ゼロの焦点　松本清張

硝子の塔／青い密室／呪縛再現／りら荘事件／憎悪の化石／朱の絶筆　鮎川哲也

つくられた障害「色盲」　高柳泰世

道化師の檻　鮎川哲也

人形はなぜ殺される　高木彬光

妖塔記　鮎川哲也

青い密室／薔薇荘殺人事件／悪魔はここに　鮎川哲也

鉄鼠の檻　京極夏彦

黒い白鳥／黒いトランク／赤い密室／人それを情死と呼ぶ／風の証言／城と塔／呪縛再現　鮎川哲也

殺人鬼　浜尾四郎

作品リスト

グリーン家殺人事件	ヴァン・ダイン
悪魔の灰／朱の絶筆／りら荘事件／憎悪の化石／薔薇荘殺人事件／砂とくらげと／茜荘事件／棄てられた男	鮎川哲也
新潮現代童話館1・2	今江祥智・灰谷健次郎編
親指魚	山下明生
鮎	池澤夏樹
パズル崩壊／懐中電灯／トランスミッション	法月綸太郎
王／王を探せ	鮎川哲也
笑わない数学者	森博嗣
目は嘘をつく	ジェイン・S・ヒッチコック
ストリート・キッズ	ドン・ウィンズロウ
エリー・クラインの収穫	ミッチェル・スミス
黒死館殺人事件	小栗虫太郎
さむけ	ロス・マクドナルド
ジェゼベルの死	クリスチアナ・ブランド
毒入りチョコレート事件	アントニー・バークリー
大あたり殺人事件／大はずれ殺人事件	クレイグ・ライス
星を継ぐもの	ジェイムズ・P・ホーガン
寒い国から帰ってきたスパイ	ジョン・ル・カレ

シャドウボクサー　ノエル・ベーン
度胸　ディック・フランシス
死の接吻　アイラ・レヴィン
すばらしき罠　ウイリアム・ピアスン
鳩笛草　宮部みゆき
波の塔　松本清張
黒死館殺人事件　小栗虫太郎
ホロー荘の殺人　アガサ・クリスティ
暗闇へのワルツ　ウイリアム・アイリッシュ
血統　ディック・フランシス
リプレイ　ケン・グリムウッド
目は嘘をつく　ジェイン・S・ヒッチコック
ストリート・キッズ　ドン・ウィンズロウ
エリー・クラインの収穫　ミッチェル・スミス
どんどん橋、落ちた　綾辻行人
むらさき鯉／かむろ蛇　岡本綺堂
六の宮の姫君　北村薫
近代日本文芸読本　芥川龍之介編
順番　菊池寛
国貞ゑがく　泉鏡花
白／奉教人の死／カルメン／点心／六の

宮の姫君　芥川龍之介

頸縊り上人　菊池寛

菊池寛　永井龍男

私が愛したリボルバー　ジャネット・イヴァノヴィッチ

ちびまる子ちゃん　さくらももこ

六月歯医者／三太郎少年の日／幸福な質問　おーなり由子

怪人二十面相・伝／青銅の魔人　怪人二十面相・伝　北村想

アダムとイヴの日記　マーク・トウェイン

3D　MUSEUM　杉山誠

私が愛した名探偵　新保博久編

Xの悲劇／Yの悲劇／緋文字　エラリー・クイーン

グラン・ギニョール／皇帝のかぎタバコ入れ／黒死荘／プレーグ・コートの殺人／三つの棺／ユダの窓／死人を起す／赤い鎧戸のかげで／ビロードの悪魔／火よ燃えろ！／恐怖は同じ／わらう後家／魔女が笑う夜／三つの棺／火刑法廷／曲った蝶番／皇帝の嗅煙草入れ／火よ燃え　グラン・ギニョール

ろ！／帽子収集狂事件／プレーグ・コートの殺人／ユダの窓／死人を起す／読者よ欺かるるなかれ／夜歩く／赤後家の殺人／アラビアンナイトの殺人／爬虫類館の殺人／九つの答／ビロードの悪魔／緑のカプセル／囁く影／ニューゲイトの花嫁／盲目の理髪師／一角獣の怪／恐怖は同じ／修道院殺人事件／わらう後家／蠟人形館の殺人／死の時計／喉切り隊長／髑髏城／毒のたわむれ／めくら頭巾　グラン・ギニョール

＊ジョン・ディクスン・カー名義の作とカーター・ディクスン名義の作が混在する。また一文中に訳題の不統一もあるが、そのまま示した。

ねこのてからのおくりもの　大野隆司

リプレイ　ケン・グリムウッド

メイの天使　メルヴィン・バージェス

英国短篇小説の愉しみ1　看板描きと水晶の魚　西崎憲編

豚の島の女王　ジェラルド・カーシュ

羊歯　W・F・ハーヴィー

告知　ニュージェント・バーカー

「レ・ミゼラブル」百六景　鹿島茂

模倣犯／火車／幻色江戸ごよみ　宮部みゆき

明治の文学	
真珠夫人	菊池寛
心の闇／青葡萄／病骨録	明治の文学6　尾崎紅葉
文学者となる法／気まぐれ日記	明治の文学11　内田魯庵
風流京人形	尾崎紅葉
慶応三年生まれ七人の旋毛曲り	坪内祐三
悪魔を呼び起こせ	デレック・スミス
英文学夜ばなし	中野好夫
髪の毛盗み	アレクサンダー・ポープ
象と耳鳴り	恩田陸
チャーリー退場	アレックス・アトキンスン
江戸のヨブ	野口武彦
血液を探せ！／カザリとヨーコ／夏と花	
火と私の死体	乙一
新論　俳諧博物誌	柴田宵曲
博物誌	ジュール・ルナール
集団	カルロス・ドルモン・ジ・アンドラージ
動作	ジュール・シュペルヴィエル
日本童謡集	与田準一編
大漁	金子みすゞ
絡新婦の理	京極夏彦

台風の子／新しい町／金の輪　小川未明
夜明けの睡魔／夢想の研究　瀬戸川猛資
二度と通らない旅人　小川未明
赤い靴下　鮎川哲也
赤の組曲／針の誘い　土屋隆夫
椰子・椰子　川上弘美
一千一秒物語　稲垣足穂
仙人の壺／チャイナ・ファンタジー／巨きな蛤／耳中人／寒い日／家の怪　南伸坊
中国怪奇小説集／海井　岡本綺堂
中国神話伝説集　松村武雄編
四足蛇　南伸坊
山月記　中島敦
宣室志　張読
人虎伝　李景亮選
杜子春　芥川龍之介

2　自作の周辺

空飛ぶ馬／織部の霊／夜の蝉／秋の花／六の宮の姫君／朝霧　北村薫
芥川龍之介　吉田精一

枕草子　清少納言
しあわせの書　泡坂妻夫
十角館の殺人　綾辻行人
リセット／スキップ／ターン　北村薫
一寸法師のメッセージ　藤掛和美

3　日常の謎　愛しいもの

狐物語　中世古典
狐になった夫人　デビッド・ガーネット
皇帝のかぎタバコ入れ　ジョン・ディクスン・カー
日本の菓子　富永次郎
博物誌　ジュール・ルナール
錦絵殺人事件　島田一男
黒死荘　カーター・ディクスン
棺桶島　モーリス・ルブラン
我鬼窟日録　芥川龍之介
VOW6
トカトントン　太宰治
途上　谷崎潤一郎
いつも心に太陽を！②　喜国雅彦
人間失格　太宰治

海と毒薬　遠藤周作
東海道中膝栗毛　十返舎一九
獄門島　横溝正史
踊る人形　アーサー・コナン・ドイル
おどるばか　石井漠
をどるばか　人間石井漠　山野辺貴美子
Yの悲劇　エラリー・クイーン
そして誰もいなくなった　アガサ・クリスティ
推理小説論　坂口安吾
蝶々殺人事件　横溝正史
日本語横丁　板坂元
不思議の国のアリス　ルーイス・キャロル
菊池寛全集　菊池寛
春寒――渡辺温君のこと――　谷崎潤一郎
三家庭　菊池寛
映画の昭和雑貨店・完結編　川本三郎
ある華族の昭和史　酒井美意子

初出一覧

1　読書　1978〜2001

高校生の文章表現　コラム　さきたま出版会　1982年3月
日本探偵小説全集　内容紹介　「紙魚の手帖18」東京創元社　1984年10月
東西ミステリーベスト100（文藝春秋編）　文春文庫　1986年12月
『裸で転がる』解説　『鮎川哲也名作選7』角川文庫　1978年10月
幻の『娘達』――『七人のおば』解説　創元推理文庫　1986年8月
『時間の檻』解説　光文社文庫　1987年2月
『硝子の塔』解説　光文社文庫　1987年10月
『五つの棺』刊行に寄せて　わがままな密室　「紙魚の手帖40」東京創元社　1988年3月
三位一体の『人生の阿呆』　木々高太郎『人生の阿呆』解説　創元推理文庫　1988年7月
『鍵孔のない扉』解説　光文社文庫　1989年4月
『孤島パズル』解説　東京創元社　1989年7月
『招かれざる客たちのビュッフェ』解説　創元推理文庫　1990年3月
夢のうちにも花ぞ散りける――『いざ言問はむ都鳥』解説　東京創元社　1990年12月
私の一冊『Look what I can do』「東京人」1992年8月号
『我らが隣人の犯罪』解説　文春文庫　1993年1月
オルメスが通れば道理が引っ込む　「野性時代」1993年7月号

『キッド・ピストルズの妄想』解説　東京創元社　1993年10月
『慟哭』解説　東京創元社　1993年10月
その妙味と恐さ　『新装　世界の文学　セレクション36　バルザック』付録　中央公論社　1994年12月
生き残ったことの重さを見つめる――重松清『舞姫通信』を読む　「波」1995年9月号
山口雅也『生ける屍の死』トビラ紹介文　創元推理文庫　1996年3月
東野圭吾論――愛があるから鞭打つのか　『本格ミステリの現在』国書刊行会　1997年9月
『日本探偵小説全集11　名作集1』解説　創元推理文庫　1996年6月
『赤い密室』解説　出版芸術社　1996年8月
『青い密室』解説　出版芸術社　1996年8月
偏愛読書館　水族館の硝子窓を次々に覗くような愉しみ　「オール讀物」1997年9月号
法月綸太郎の複雑な才能　自ら説明してしまう〈業〉　「図書新聞」1996年8月31日
「野性」が時代を作った　「野性時代」1996年4月号
森博嗣『笑わない数学者』カバー推薦文　講談社ノベルス　1996年5月
ミステリが、愛と孤独を語る時。「ブルータス」1996年5月15日号
ミステリーざんまい　捕物帳「どんどん」二つ。「東京人」1996年9月号
芥川龍之介全集　月報13　嬉しい新全集　岩波書店　1996年11月
ニューウェイブ作家が選ぶ、今月のミステリー。「UNO!」1997年1月号
お知らせします　「波」1997年2月号
見えないモノを見せてくれる――おすすめ本　「ピンク」1997年4月号
『私が愛した名探偵』――エラリー・クイーン「複数の顔」が魅力　朝日新聞社　2001年11月

カーの門――『グラン・ギニョール』解説　翔泳社　１９９９年４月
あったかい本――大野隆司『ねこのてからのおくりもの』「波」１９９９年６月号
ピンときた時はすかさず、買い　出会いが嬉しい海外の小説　「クレア」１９９９年10月号
音羽ブックセンター　館内談話室　大変なことになってしまった。「小説現代」２００１年６月号
読書日録　㊤・㊥・㊦「週刊読書人」２０００年１月７日、14日、21日号
不思議な蝶番　「文藝別冊　ＫＡＷＡＤＥ夢ムック総特集　金子みすゞ」２０００年１月
織作碧――忘れ得ぬ名脇役　「文藝別冊　ＫＡＷＡＤＥ夢ムック総特集　Ｊミステリー」２０００年３月
未明といったら　「現代」２０００年11月号
創刊四十周年記念エッセイ　推理の城は落ちず　「小説推理」２０００年11月号
前を不思議な電車が通るように――『仙人の壺』解説　新潮文庫　２００１年９月

２　自作の周辺

空飛ぶ馬　著者の言葉　カバー　東京創元社　１９８９年３月
夜の蟬　著者の言葉　カバー　東京創元社　１９９０年１月
かくれんぼ　「プリーズ」１９９０年10月号
時計の代替わり　「週刊小説」１９９１年６月７日号
起承転転　『鮎川哲也と十三の謎'91』　東京創元社　１９９１年12月
三通の手紙　「海燕」１９９３年10月号
馬が飛ぶまで　『本屋でぼくの本を見た――作家デビュー物語』　メディアパル　１９９６年10月
小さな家　「国語展望」１９９７年夏１００号

『朝霧』とパソコン　「新刊ニュース」１９９８年６月号
あやつる神　『本格ミステリ・クロニクル３００』　原書房　２００２年９月
近況報告　『リセット』が出来ました。「小説新潮」２００１年２月号
『リセット』が、この夏、文庫化されます。　新潮社テレフォンサービス「自作を語る」原稿　２００３年
歳月の移ろいの中で地団太踏むのでなく　自作再訪　『スキップ』「朝日新聞」２００４年12月12日

3　日常の謎　愛しいもの

ＤＥＳＩＲＥ　透明人間にピアノを弾いてもらえたら……。「野性時代」１９９１年９月号
書店との出合い　駅前の本屋さん　「日販通信」１９９２年７月号
「猿」から始まる　「日本推理作家協会会報」１９９２年４月号
うちのワープロさんの近況　「日本推理作家協会会報」１９９３年11月号
幼稚園と竜　「文芸家協会ニュース」１９９４年８月
解釈の冒険　「銀座百点」１９９４年３月号
わが心のまち　木曽海道・美江寺　「みゑじ」の椿の散るころ。「マルコポーロ」１９９４年７月号
濁音・半濁音・長音符号・促音・撥音・普通の字・小さい字　Ｑ　右の七文字言葉を探せ　「朝日新聞」１９９６年７月17日夕刊
危ない読書　新潮文庫の１００冊小冊子ブックエッセイ　１９９６年夏
食の楽しみ　ある日、突然　「マミークラン」１９９６年12月号
誰にも言えなかった話　やかんは、空を飛んだのか。「小説現代」１９９６年11月号
『獄門島』と映画　「本の旅人」１９９６年10月号

初出一覧

『おどるばか』の謎　「別冊文藝春秋」１９９７　ＳＰＲＩＮＧ
その後の『おどるばか』　「別冊文藝春秋」１９９７　ＳＵＭＭＥＲ
いつか読む本　教えないで下さい　「週刊文春」１９９８年10月１日号
エドセルと今川焼き　「日本経済新聞」１９９８年９月13日
きらきら星の夜　「ＭＯＳＴＬＹ　ＭＯＺＡＲＴ」１９９８年８月号
日本橋——傘と粗品　日本橋のタウン誌　１９９８年１月号
私とモノとの出あい　うちの子　「暮らしの風」２０００年４月号
うちの秘蔵っ子　不思議の国の猫　「諸君！」２０００年５月号
さあ、どっち？　「図書」２０００年８月号
幻の男　「文藝春秋」２００１年11月号

北村薫　著作リスト

1989年3月　『空飛ぶ馬』（東京創元社）　創元推理文庫
1990年1月　『夜の蟬』（東京創元社）　創元推理文庫
＊第44回日本推理作家協会賞短編および連作短編集部門受賞
1991年2月　『秋の花』（東京創元社）　創元推理文庫
1991年11月　『覆面作家は二人いる』（角川書店）　角川文庫／中央公論新社C★NOVELS
1992年4月　『六の宮の姫君』（東京創元社）　創元推理文庫
1993年9月　『冬のオペラ』（中央公論社）　中公文庫／角川文庫／中央公論新社C★NOVELS
1994年10月　『水に眠る』（文藝春秋）　文春文庫
1995年8月　『スキップ』（新潮社）　新潮文庫
1995年9月　『覆面作家の愛の歌』（角川書店）　角川文庫／中央公論新社C★NOVELS
1996年5月　『謎物語―あるいは物語の謎』（中央公論社）　中公文庫／角川文庫
1997年1月　『覆面作家の夢の家』（角川書店）　角川文庫／中央公論新社C★NOVELS
1997年8月　『ターン』（新潮社）　新潮文庫
1998年4月　『朝霧』（東京創元社）　創元推理文庫
1998年7月　『謎のギャラリー』（マガジンハウス）
＊2002年2月増補し『謎のギャラリー　名作博本館』として新潮文庫化
1999年5月　『ミステリは万華鏡』（集英社）　集英社文庫／角川文庫
1999年8月　『月の砂漠をさばさばと』（新潮社）　新潮文庫

１９９９年９月　『盤上の敵』（講談社）　講談社ノベルス／講談社文庫
２００１年１月　『リセット』（新潮社）　新潮文庫
２００２年６月　『詩歌の待ち伏せ　上』（文藝春秋）
＊『詩歌の待ち伏せ１』として文春文庫化
２００３年１月　『街の灯』（文藝春秋）　文春文庫
２００３年10月　『詩歌の待ち伏せ　下』（文藝春秋）
＊『詩歌の待ち伏せ２』として文春文庫化
２００４年４月　『語り女たち』（新潮社）　新潮文庫
２００４年10月　『ミステリ十二か月』（中央公論新社）　中公文庫
２００５年２月　『ふしぎな笛ふき猫―民話・「かげゆどんのねこ」より』　山口マオ・絵　（教育画劇）
２００５年４月　『続・詩歌の待ち伏せ』（文藝春秋）
＊『詩歌の待ち伏せ３』として文春文庫化
２００５年６月　『ニッポン硬貨の謎―エラリー・クイーン最後の事件』（東京創元社）　創元推理文庫
＊第６回本格ミステリ大賞（評論・研究部門）受賞
２００６年３月　『紙魚家崩壊―九つの謎』（講談社）　講談社ノベルス／講談社文庫
２００６年７月　『ひとがた流し』（朝日新聞社）　新潮文庫
２００７年４月　『玻璃の天』（文藝春秋）　文春文庫
２００７年８月　『１９５０年のバックトス』（新潮社）　新潮文庫
２００７年11月　『北村薫のミステリびっくり箱』（角川書店）　角川文庫
２００８年５月　『北村薫の創作表現講義―あなたを読む、わたしを書く』（新潮選書）
２００８年８月　『野球の国のアリス』（講談社）

２００９年４月　『鷺と雪』（文藝春秋）　文春文庫
　＊第１４１回直木賞受賞
２００９年８月　『元気でいてよ、Ｒ２-Ｄ２。』（集英社）　集英社文庫
２０１０年１月　『自分だけの一冊―北村薫のアンソロジー教室』（新潮新書）
２０１１年２月　『いとま申して―「童話」の人びと』（文藝春秋）
２０１１年５月　『飲めば都』（新潮社）

アンソロジー

１９９８年７月　『謎のギャラリー　特別室』（マガジンハウス）
１９９８年11月　『謎のギャラリー　特別室Ⅱ』（マガジンハウス）
１９９９年５月　『謎のギャラリー　特別室Ⅲ』『謎のギャラリー　最後の部屋』（マガジンハウス）
　＊２００２年２月『謎の部屋』、２００２年３月『愛の部屋』『こわい部屋』として増補し新潮文庫化、さらに２０１２年７月『謎の部屋』８月『こわい部屋』は増補の上、ちくま文庫化
２００１年８月　『北村薫の本格ミステリ・ライブラリー』（角川文庫）
２００５年10月　『北村薫のミステリー館』（新潮文庫）

宮部みゆき氏との共編アンソロジー（ちくま文庫）

２００８年１月　『名短篇、ここにあり』
２００８年２月　『名短篇、さらにあり』
２００９年５月　『読んで、「半七」！　―半七捕物帳傑作選１』

２００９年６月　『もっと、「半七」！　―半七捕物帳傑作選２』
２０１１年１月　『とっておき名短篇』
２０１１年１月　『名短篇ほりだしもの』

編集協力　宮本智子

北村薫（きたむら・かおる）

一九四九年埼玉県生まれ。早稲田大学ではミステリ・クラブに所属。母校埼玉県立春日部高校で国語を教えるかたわら、八九年、「覆面作家」として『空飛ぶ馬』でデビュー。九一年『夜の蟬』で日本推理作家協会賞を受賞。小説に『秋の花』『六の宮の姫君』『朝霧』『スキップ』『ターン』『リセット』『盤上の敵』『ニッポン硬貨の謎』（本格ミステリ大賞評論・研究部門受賞）『月の砂漠をさばさばと』『ひとがた流し』『鷺と雪』（直木三十五賞受賞）『語り女たち』『１９５０年のバックトス』『いとま申して』『飲めば都』などがある。読書家として知られ、『詩歌の待ち伏せ』『謎物語』など評論やエッセイ、『名短篇、ここにあり』『名短篇、さらにあり』『とっておき名短篇』『名短篇ほりだしもの』（宮部みゆきさんとともに選）などのアンソロジー、新潮選書『北村薫の創作表現講義』新潮新書『自分だけの一冊――北村薫のアンソロジー教室』など創作や編集についての著書もある。

読《よ》まずには いられない

北《きた》村《むら》薫《かおる》のエッセイ

2012年12月20日 発行

著者 北《きた》村《むら》薫《かおる》

発行者 佐藤隆信

発行所 株式会社新潮社

〒162-8711 東京都新宿区矢来町71
電話 編集部03-3266-5411 読者係03-3266-5111
http://www.shinchosha.co.jp

装画・挿画 中山尚子

装幀 新潮社装幀室

印刷所 大日本印刷株式会社

製本所 株式会社大進堂

ISBN978-4-10-406608-7 C0095